पेंगुइन बुक्स

आधी सदी का सफ़रनामा

स्वयं प्रकाश जी का जन्म 20 जनवरी 1947 को, इंदौर (म.प्र.) में हुआ। आपने एम.ए., पीएच.डी. और मेकेनिकल इंजीनियरिंग में डिप्लोमा प्राप्त किया। आपकी अनेक रचनाएं अभी तक प्रकाशित हो चुकी हैं—मात्रा और भार, सूरज कब निकलेगा (कहानी संग्रह); ज्योति रथ के सारथी, जलते हुए जहाज़ पर (उपन्यास); फ़ीनिक्स (नाटक); स्वांतः सुखाय (व्यंग्य); परमाणु भाई की दुनिया में (बाल उपन्यास)। आपको अनेक सम्मानों से भी सम्मानित किया गया है।

आधी सदी का सफ़रनामा

स्वयं प्रकाश

पेंगुइन बुक्स
पेंगुइन रैंडम हाउस इम्प्रिंट

पेंगुइन बुक्स

यूएसए | कनाडा | यूके | आयरलैंड | ऑस्ट्रेलिया | सिंगापुर
न्यू ज़ीलैंड | भारत | दक्षिण अफ्रीका | चीन

पेंगुइन बुक्स, पेंगुइन रैंडम हाउस ग्रुप ऑफ़ कम्पनीज़ का हिस्सा है,
जिसका पता global.penguinrandomhouse.com पर मिलेगा

पेंगुइन रैंडम हाउस इंडिया प्रा. लि.,
चौथी मंजिल, कैपिटल टावर -1, एम जी रोड,
गुड़गांव 122 002, हरियाणा, भारत

पेंगुइन
रैंडम हाउस
इंडिया

प्रथम हिन्दी संस्करण पेंगुइन बुक्स इंडिया और यात्रा बुक्स द्वारा 2006 में प्रकाशित

10 9 8 7 6 5 4 3 2

ISBN 9780143099796

मुद्रकः रेप्रो इंडिया लिमिटेड

www.penguin.co.in

FSC www.fsc.org
MIX
Paper from responsible sources
FSC® C047271

This is a legitimate digitally printed version of the book and therefore might not have certain extra finishing on the cover.

अनुक्रम

एक ख़ूबसूरत घर

और ताज्जुब की बात है कि वह था। वह घर। दिखने में बिल्कुल आम घरों जैसा।

घर में एक मम्मी थीं, दो बच्चे थे और एक पापा थे। दो बच्चे इसलिए नहीं थे कि मम्मी-पापा को अपने देश से बहुत प्यार था या उसके भविष्य की उन्हें बड़ी चिंता थी, बल्कि इसलिए कि इससे ज़्यादा वे अफ़ोर्ड ही नहीं कर सकते थे। ऐसा और भी कई अच्छी बातों के साथ था। मजबूरी थी। अच्छाई मजबूरी थी।

पापा नौकरी करते थे। पापा तनख़्वाह लाते थे। घर को जो चाहिए, वह पापा ख़रीदकर लाते थे। बच्चों को जो चाहिए, पापा से कहना पड़ता था। बच्चे कहना नहीं मानते तो मम्मी उन्हें पापा का डर बताती थीं। आने दो पापा को, बताती हूं। पापा पुलिस थे। पापा न्यायाधीश भी थे। बच्चे एक-दूसरे की शिकायत पापा से ही करते थे। वे अपने मूड और विवेक के अनुसार दंड या क्षमा दे सकते थे। इससे आगे कोई अपील नहीं थी। पापा डॉक्टर भी थे। कहीं चोट लगी है, कुछ दुख रहा है, क्या करना है, पापा मम्मी को अनुदेश देते थे, जिनका मम्मी तत्परता से पालन करती थीं। पापा आश्वस्त भी थे। कुछ नहीं होगा, सो जाओ। या कोई ख़ास बात नहीं है, खेलो जाओ। बच्चे बीमारी से उठते तो पापा ही तय करते कि आज वे स्कूल जा सकते हैं या नहीं। पापा दौरे पर जाते तो मम्मी पड़ोसन आंटी की दस साला बिटिया को बुलाकर पास सुलातीं और

डंडा पास रखकर सोतीं। फिर भी सारी रात उन्हें डरावने सपने आते। पापा डंडा थे। पापा चौकीदार भी थे। पापा सेनापति भी थे।

पापा के और भी कई उपयोग थे। लोहे की अलमारी पापा ही सरका सकते थे। टूटे स्टूल की मरम्मत पापा ही कर सकते थे। ख़राब रेडियो पापा ही ठीक कर सकते थे। रसोई में घुस आया सांप या चूहा पापा ही मार सकते थे। गेहूं पापा ही पिसाकर ला सकते थे। 'राइट' का पास्ट टेंस पापा को ही आता था। 'रिमेंबर' की स्पेलिंग पापा को ही आती थी। अच्छे-ख़ासे कैलेंडर और डायरियां रद्दी कहकर पापा ही फेंक सकते थे। बच्चों को हवा में उछालकर पापा ही झेल सकते थे। दक्षिण अफ़्रीका और मंडेला और समाचारों में आनेवाली कई बातों का अर्थ पापा को ही पता था।

पापा को हरा रंग पसंद नहीं है, इसलिए घर में हरे रंग के पर्दे नहीं हैं। पापा को पान खाना चीपनेस लगता है, इसलिए हमारे यहां कोई पान नहीं खाता। पापा को अमिताभ बच्चन से सख़्त चिढ़ है, इसलिए उसकी पिक्चर आते ही टी.वी. बंद कर दिया जाता है। पापा खटाई नहीं खाते, इसलिए घर में कोई खटाई नहीं खाता। पापा मॉर्निंग वॉक, बी.बी.सी. और लौकी के घोर प्रशंसक हैं, इसलिए किसी को अच्छा नहीं लगने पर भी इनकी गंभीर आलोचना नहीं हो सकती। मज़ाक़ में कुछ भी कह लो, पापा बुरा नहीं मानते। अब ये सारी बातें भी तभी तक हैं जब तक बच्चे छोटे हैं, पर तब तक तो हैं ही।

घर में एक मम्मी भी थीं। मम्मी खाना बनाती थीं, बर्तन मांजती थीं, कपड़े धोती थीं, झाड़ू-पोंछा करती थीं, बच्चों के बैग जमाती थीं, उन्हें तैयार कर स्कूल भेजती थीं, होमवर्क में उनकी मदद करती थीं और रात को उन्हें थपकी देकर सुलाती भी थीं। उनके खुद के शब्दों में दिनभर खटती थीं। लेकिन उनका खटना दिखाई नहीं देता था। उनका परिश्रम टेकेन फ़ॉर ग्रांटेड था। घर के सब लोगों को अपने कपड़े धुले-प्रैस किए मिल जाते थे। दोनों वक़्त खाना पका हुआ मिल जाता था। घर झड़ा-पुंछा सजा

हुआ मिल जाता था। इसलिए यह सब कैसे और किस मेहनत से हुआ, इस बेकार के सवाल पर कोई माथापच्ची नहीं करता था। हां, कोई कसर रह जाए किसी चीज़ में तो सब मम्मी को सुनाना नहीं भूलते थे। मम्मी चुपचाप सारा दोष स्वीकार कर लेती थीं।

मम्मी को देखने के लिए दफ़्तर जाते पापा, स्कूल से लौटते बच्चे और आज़ू-बाज़ू के मकानों की खिड़कियां थीं, सुनने के लिए रेडियो और मनोरंजन के लिए टी.वी. सीरियल या चित्रहार। वे अख़बार उठातीं तो मैले कपड़े बुला लेते, पत्रिका उठातीं तो महंगाई का झींकना झींकने वाली और सारे मोहल्ले की लेडीज़ की बुराइयां करने वाली पड़ोसन और सिलाई-कढ़ाई उठातीं तो सब्ज़ीवाला, ब्रेडवाला, दूधवाला, पुराने कपड़ों के बदले स्टील के बर्तन देनेवाली और बचे-खुचे बर्तनों पर बची-खुची क़लई करनेवाले बचे-खुचे क़लईगर, या मेहतरानी या ग्यारस-तेरस पर सीधा मांगनेवाले।

मम्मी के एकरस-नीरस जीवन के भी कुछ आसरे थे। वे धीरे-धीरे फीके पड़ गए या पीछे छूट गए। मसलन पीहर की यादें, कॉलेज के क़िस्से, सहेलियों की छेड़छाड़, सलवार-कमीज़-दुपट्टों का फ़ैशन, ख़ूब मिर्चवाले चटपटे गोलगप्पे, लिपस्टिक के शेड्स और राजेश खन्ना की पिक्चरें। कुछ और चीज़ें भी खो ही गईं। अमुक या अमुक से शादी होती तो... के खिलंदड़े दिवास्वप्न... घुंघराले बाल वाले एक लड़के द्वारा किताबों में छिपाकर दिए गए प्रेमपत्र... ज़री-गोटेवाली शादी की भारी-भारी साड़ियां... मित्रों-सहेलियों द्वारा समय-समय पर दी गई छोटी-छोटी भेंटें... मां बनने से पहले की लंबी और सुरम्य यात्राएं... गृहस्थी के नए और मज़ेदार अनुभव... उदास और स्वप्निल कर देनेवाले पुराने फ़िल्मी गाने!

मम्मी के पैरों में ढेरों बिवाइयां थीं, मन में अपार थकन और मस्तिष्क में अनंत ऊब। मम्मी के बाल पूंछड़ी जैसे रह गए थे। मम्मी की कमर पर चर्बी की परतें चढ़ गई थीं। मम्मी की छातियां बेडौल और लटकी हुई थीं। मम्मी की आंखों के नीचे कालिख और गर्दन पर झुर्रियां थीं।

मम्मी टहलने का महत्त्व जानती थीं। जॉगिंग और एक्सरसाइज़ जैसी चीज़ों का उन्हें पता था, गोरा होने के कई नुस्ख़े उन्हें रटे हुए थे, चेहरे पर से झाइयां हटाने के कई तरीक़े उन्होंने पत्रिकाओं में पढ़े थे, बालों को लंबे, काले और घुंघराले बनाने की तरकीबें उन्होंने खुद कइयों को बताई थीं लेकिन अब ये सब उनकी रुचियों के केंद्र में नहीं, परिधि पर चला गया है। किसके लिए करना है ये सब? कहां जाना है बन-ठनकर भी? सज-संवरकर भी? सुचिक्कन-सुडौल होकर भी? कौन देखनेवाला है? शरीर को उन्होंने केवल माध्यम माना था—सुखी-संपन्न घर-परिवार पाने का। हो गया। अब उसकी परवाह करने की क्या ज़रूरत है? दूसरी बात यह भी है कि उनकी दुनिया इस क़दर चार दीवारों में क़ैद है कि जैसे जेल में। जेल में क्या कोई सजता-संवरता है? अब मम्मी की दिलचस्पी के केंद्र में दूसरी चीज़ें थीं। मसलन नींबू के उपयोग, छोटी-मोटी तकलीफ़ों के घरेलू नुस्ख़े, करेले और टमाटर के अचार बनाने की विधि पुराने कपड़ों से कुशन-मेट्रेस बनाने की कला आदि।

घर में दो बच्चे भी थे। वे कुछ भी नहीं समझते थे। वे सदा सच बोलते थे। इस पर पिटते थे। फिर वे झूठ बोलने लगे। इस पर वे और पिटे। उनकी बचकानी बातों से मम्मी-पापा का मनोरंजन होता था। वे लाड़ में भरकर बच्चों को चूमने लगते थे। बाद में ऐसी ही बातों के लिए बच्चे डांट खाने लगे। कभी-कभी पापा उन्हें खिलाते थे। दरअसल वे उन्हें खिलाते नहीं, उनसे खेलते थे। बच्चों के लिए वे बहुत सारी चीज़ें मना थीं जो मम्मी के लिए भी मना नहीं थीं। पापा के लिए तो नहीं ही थीं। बच्चों की एक अलग दुनिया भी थी। वह उनके हमजोलियों की दुनिया थी। वहां एक-दूसरे के कान में गुप्त रहस्य बताने का, एक-दूसरे के आगे अपने घर-खिलौने-मम्मी-पापा का रोब मारने का, उत्सुकता और कौतुक से एकसाथ मुग्ध, भावुक या भीत होने का, रूठने-मनाने का और एक-दूसरे को सहारा देने का अतींद्रिय आनंद था, जिसमें अच्छे से अच्छे पापा और प्यारी से प्यारी मम्मी का प्रवेश वर्जित था।

कुल मिलाकर बच्चे बहुत ही अच्छे थे। उनमें एक ही बुराई थी। वे याद बहुत रखते थे। बचपन की नाइंसाफ़ियों को वे बड़े होने तक भी याद रखते थे और मम्मी-पापा के व्यवहार की बीस-बीस साल बाद भी समीक्षा करते थे।

फिर भी कुल मिलाकर यह एक घर था। आम घरों की तरह सुंदर। प्यारा।

एक दिन पापा नहीं आए। रात हो गई। मम्मी फ़िक्र के मारे अंदर-बाहर चक्कर लगा रही थीं। बच्चे पहले तो खेल में व्यस्त रहे। बाद में वे भी उदास हो गए। पापा क्यों नहीं आए? क्या पापा रात को भी नहीं आएंगे? बच्चे पहले पापा के बारे में मम्मी से सवाल करते रहे, फिर यह देखकर कि मम्मी उनके सवालों से परेशान हो रही हैं, वे चुप हो गए, वहां से हट गए और फुसफुसाते हुए आपस में ही सवाल-जवाब करने लगे। वे एक-दूसरे को कोई दिलासा नहीं दे सकते थे। उनके पास सिर्फ़ प्रश्न थे। उत्तर नहीं थे। वे रुलाई के कगार पर पहुंचकर वापस आ जाते। उन्हें भूख भी लगी थी। मम्मी ने अभी तक कुछ नहीं बनाया था। छोटा बच्चा तो भूखा ही सो गया।

मम्मी शर्मा जी के घर गईं। शर्मा जी पापा के ही ऑफ़िस में काम करते हैं। शर्मा जी को कुछ पता नहीं था। उन्होंने बुशर्ट पहनते हुए कहा—आप चिंता मत कीजिए भाभीजी, मैं पता करता हूं। मम्मी वापस चली आईं।

मम्मी को ध्यान आया कि घर की बत्ती भी नहीं जली है और खाना भी नहीं बना है, छोटा बच्चा तो सो भी गया। बड़ा भी रोज़ की तरह 'भूख-भूख' नहीं कर रहा है। वे रुआंसी हो गईं।

क्या करें? किसके पास जाएं? कहीं से फ़ोन करें? क्या हो गया होगा? पापा क्यों नहीं आए अभी तक?

मम्मी के मन में बुरे-बुरे ख़्याल आने लगे। कहीं उनका एक्सीडेंट तो नहीं हो गया? किसी से झगड़ा तो नहीं हो गया? कहीं उसी मिसेज़ भार्गव के पास तो नहीं चले गए? कहीं किसी... देखना... अभी किसी अस्पताल से ख़बर आएगी... आपके पति...

मम्मी की छाती पर जैसे किसी ने सिल रख दी। क्या करूंगी मैं उनके बिना? कैसे जिऊंगी? कैसे इन दो-दो बच्चों को पालूंगी? वे भगवान का नाम लेने लगीं। जाप करने लगीं। प्रसाद बोलने लगीं : 'इस बार, बस इस बार मेरे सुहाग की रक्षा कर लेना प्रभु!'

पता नहीं कब उनकी आंखों से आंसू बहने लगे।

मम्मी को रोता देख बड़ा बच्चा सकपका गया। उसने अपनी नन्ही-नन्ही हथेलियों से मां के आंसू पोंछे और बोला—रोओ मत मम्मी! पापा अभी ज़रूर आ जाएंगे। पापा को कुछ नहीं होगा।

मम्मी चुप हो गईं। बच्चा दूसरे कमरे में चला गया और दरवाज़े के पीछे खड़ा होकर ख़ुद रोने लगा।

मम्मी ने बच्चे को फिर शर्मा जी के घर भेजा। उसने आकर बताया कि शर्मा अंकल खाना खा रहे हैं।

रात कोई ग्यारह बजे पापा आ गए।

'इतनी देर कहां लग गई? मैं शर्मा जी के...' मम्मी बोलीं।

'पहले तो मीटिंग लंबी चल गई, फिर स्कूटर ख़राब हो गया। रास्ते में। पहले तो करंट ही नहीं मिल रहा था। फिर साली किक ही टूट गई। ठेलता हुआ लाया हूं। मेकेनिक की दुकान भी बंद। बाप रे! थक गए यार! क्या हुआ?'

मम्मी कुछ नहीं बोलीं। जो हुआ वह बताया नहीं जा सकता था। बच्चा भी कुछ नहीं बोला। वह चुपचाप पापा के पास गया और उनके

काले-काले रोयोंवाले मज़बूत हाथ को दोनों हाथों से पकड़कर उनसे सटकर खड़ा हो गया।

मम्मी ने पूछा—'चाय बनाऊं?' और रसोई में चली गईं।

हां, यह घर था। और हमारी दुनिया में जो कुछ ही ख़ूबसूरत बातें रह गई हैं, उनमें से एक ख़ूबसूरत बात यह भी है, कि यह था।

अशोक और रेनु की असली कहानी

उन लोगों की शादी को तीन साल हो चुके थे।

पहला साल मित्रों-रिश्तेदारों, रीति-रिवाजों, परिवार की झकों-ज़िदों-परंपराओं-परेशानियों और एक दूसरे की पसंदों-आदतों और शरीर से परिचित होने में बीत गया।

दूसरा साल सिर्फ़ उन दोनों का रहा। इसमें वे एक-दूसरे पर पिछले बचपन की कारगुज़ारियों से कॉलेज की मज़ेदारियों तक की छोलदारी तानकर उसमें घुसते-निकलते रहे, और घर-गृहस्थी की छोटी-मोटी चीज़ें जुगाड़कर ख़ुश होते रहे, पड़ोसियों-परिचितों की मज़ेदार बातों पर हंसते रहे, प्यार क्षेत्र में अन्वेषक और प्रयोगशील रहे और मित्रों के गुलगुले बच्चों को गोदी में उछालते रहे।

तीसरे साल पति अपने दफ़्तर की छोटी-मोटी तीसमारख़ांई पत्नी को बताता रहा और पत्नी उसके स्वेटर, कपड़े, जज़्बात और मित्र संभालती रही, अपनी भूतपूर्व सहेलियों को याद करती रही, मीठा-मीठा मुस्कराती रही और पति की परछाईं होती रही।

पति एक कंपनी में इंजीनियर था। ठीक-ठाक सा ख़ूबसूरत होने, मां-बाप का इकलौता होने के अलावा उसका इंजीनियर होना भी इस बात के लिए काफ़ी था कि जो लड़की उसे देखे, उस पर मर मिटे। पत्नी ने एम. एससी. के बाद बी.एड. की थी। वह काफ़ी चटपटी और चरपरी लड़की

रही थी—और बेहद बातूनी, ख़ूब... और ख़ूब ज़ोर-ज़ोर से हंसने वाली। उसकी चपर-चपर और छतफाड़ हंसी उसकी मां को चिंता में डाल देती थी कि री! तेरा क्या बनेगा?

पति का नाम अशोक और पत्नी का रेनु था।

आज कोई देखे तो यक़ीन न करे कि ये वही दो चुटिया मटकाती, नाक पर उंगली रखकर हंसती और ज़माने भर की चपर-चपर में पड़ोसन आंटियों के यहां दोपहर से शाम करने वाली रेनु है। और यह वही अशोक है, जिसकी साबुत-सलामत पतलूनें भी इसलिए बेकार हो गई हैं कि पीछे से खुलकर भी तंग हो गई हैं और जिसकी तोंद और ठुड्डी ज़रा सी हंसी में लहर-लहर हिल उठती हैं और जिस पर यदि कोई मरती भी रही होगी तो शुक्र मना रही होगी कि एकदम से ही नहीं मर गई।

एम.एससी, बी.एड. की यही उपयोगिता थी कि रेनु को अशोक मिल जाए। भेज रहे हैं स्नेह निमंत्रण। अशोक के पिता ने मानस के राजहंसों को इसीलिए बुलाया था कि मां-बाप से सत्रह सौ किलोमीटर दूर अशोक बाबू अपने तीन कमरों के क्वार्टर में रेनुबाई के साथ अकेले रहें, हेरॉल्ड रॉबिंस पढ़ते रहें, त्रिफला की फंकी लगाकर सो जाएं या जेलुसिल कुतरते हेरॉल्ड रॉबिंस के हो जाएं।

अब अक्सर ऐसा ही होता है। बातें... ख़त्म हो गई हैं। लतीफ़े सुनाए जा चुके। परचर्चा सुख एक निश्चित मात्रा में प्रतिदिन छक ही लिया जाता है। आसपास न कोई सिनेमा घर है न बाज़ार। बस कंपनी कर्मचारियों की कॉलोनी, एक मंदिर, एक सड़क और एकतान एकरस आलाप जैसे रात-दिन। मन करता है कोई तीसरा हो। और हरदम हो। इसलिए जब कोई मेहमान घर आकर जाए या ये किसी के घर होकर आएं, तो दोनों एक-दूसरे को कुछ अधिक अच्छे लगने लगते हैं।

हल्की सर्दियों के दिन थे। अंधेरा हो चुका था। अशोक और रेनु घूमने

जा रहे थे। कॉलोनी के क्वार्टरों के पार तक दोनों चुप-चुप। बच्चे घरों में... क्वार्टरों की खिड़कियां बंद। कहीं कोई रेडियो बजता हुआ। सड़क पर सिर्फ़ जूतों के नीचे चरमराती बजरी की आवाज़। दूर तक ठिठुरती सी खड़ी ट्यूब लाइटें। जैसे वर्षों से दोनों इसी तरह चुपचाप चले जा रहे हों।

देखो, बिल्ली! अशोक ने कहा।

सड़क के किनारे दुबकी एक बिल्ली बुरा सा मानकर एक तरफ़ चल दी।

हाऽऽ—रेनु ने कहा।

फिर दोनों चुप हो गए।

आगे जाकर एक सुनसान पड़े बग़ीचे की एक बेंच पर बैठ गए। तीन-चार फ़र्लांग दूर।

आज तुम्हारी नीली क़मीज़ की जेब से एक रसीद निकली। रेनु ने कहा।

नीली क़मीज़?

धो रही थी।

सेल ख़रीदे थे टॉर्च के। बेकार हैं।

फिर चुप।

चलें? कुछ देर बाद अशोक ने पूछा।

रेनु चुपचाप उठ गई।

दोनों चल पड़े।

रोज़ के रास्ते। रोज़ की तरह ख़ामोश।

कॉलोनी में एक जगह दो क्वार्टरों के बीच कुछ लोगों ने बैडमिंटन कोर्ट बना रखा है। शाम के बाद लाइट जलाकर खेलते हैं। कोर्ट ख़ाली

था। लाइटें जल रही थीं। एक तरफ़ कुर्सी पर दो रैकिट रखे थे, चिड़िया नेट में अटकी हुई थी। शायद अभी-अभी कोई खेलते-खेलते चला गया था।

खेलती हो? अशोक ने पूछा।

चलो। थोड़ा सा रुककर रेनु ने कहा।

अशोक को यह आशा नहीं थी कि रेनु हां कह देगी, कि उसे आता भी होगा।

अशोक एक रैकिट से हवा में स्विंग मारकर, चिड़िया निकालकर उसे रैकिट से आसमान में उछालने लगा। रेनु ने पल्ला लपेटकर कमर में खोंसा और बाईं टांग पर की साड़ी को आगे से पेटीकोट समेत ज़रा सा उठाकर कमर में उड़स लिया; और रैकिट को झारे की तरह पकड़कर खड़ी हो गई।

अशोक ने सर्व किया और बड़े आराम से रेनु को सारे कोर्ट में नचाया। एक ट्रेनर के से अंदाज़ में। उसने सोचा, वह हल्का-फुल्का खेलेगा, ताकि रेनु एकदम से नर्वस न हो जाए और खेल कुछ जम सके। कुछ देर के वार्मअप के बाद रेनु थोड़ा उत्साह से बोली—शुरू करो।

गेम शुरू हो गया।

रेनु ने सर्व किया। अशोक ने बैकहैंड एक शानदार अदा के साथ उठाई। रेनु ने ड्रॉप कर दी। अशोक कवर नहीं कर सका। रेनु का पॉइंट बन गया। अशोक खुश हुआ, जैसे बच्चों का अच्छा खेल देखकर। अच्छा! उसने मन ही मन कहा, तो तुम्हें असली खेल दिखाना पड़ेगा।

लेकिन कुछ देर में बाज़ी पलट गई। रेनु के करारे शॉट अशोक के लिए चैलेंज बन गए। वह पॉइंट पर पॉइंट गंवाता रहा और खिजलाने लगा। पर नहीं। ऐसे नहीं चलेगा। उसने हिम्मत बटोरकर खेलना शुरू किया और एक दो करारे शॉट मारे, जो रेनु के बदन पर पड़े। वह उठा नहीं पाई। फिर अशोक ने बैक लाइन पर एक-दो प्लेसिंग कीं। लेकिन

अब रेनु भी अशोक को बैक लाइन पर खिलाने लगी और बीच-बीच में क्रॉसकोर्ट ड्रॉप मारकर पॉइंट लेने लगी। अशोक संभाले-संभाले कि गेम हो गया। रेनु जीत गई।

अरे, वाह! अशोक मुस्करा उठा। रेनु भी मुस्करा रही थी। दोनों हांफ रहे थे। रेनु के गोरे माथे पर पसीने की बूंदें छलछला रही थीं। गाल लाल हो रहे थे। एक-दो लटें चेहरे पर गिर पड़ी थीं। कोर्ट की तेज़ रोशनी में हाथ में रैकिट उठाए, बाईं टांग पर से साड़ी उठाकर कमर में उड़से, पल्लू कसे, मुस्कराती और हांफती रेनु... किस क़दर उत्तेजक लग रही थी।

अशोक एक गेम और प्रपोज़ करता-करता रह गया। फिर हार जाए तो?

नहीं भाई, अब दम नहीं है।

तभी लाल साहब आ गए। अशोक के ही एक साथी इंजीनियर। वही जो अभी-अभी कोर्ट छोड़कर चले गए थे। लाल साहब इन्हें देखकर खुश हुए और बोले, चलिए एक गेम हमारे साथ हो जाए।

अशोक ने कहा—नहीं, मैं अब नहीं। रेनु तुम खेलो।

रेनु खेलने लगी। अशोक उसे चीयर-अप करता रहा और सोचता रहा कि अमुक शॉट वह क्यों नहीं उठा पाया था? या अमुक ड्रॉप शार्ट कैसे रह गया? लाल साहब तो रोज़ खेलते थे। अशोक के चाहने के बावजूद रेनु ड्यूज़ पर हार गई। पर ड्यूज़ तक तो खींच लाई!

दोनों लाल साहब से विदा लेकर चले।

रेनु ने अपनी साड़ी नीची कर ली थी, पल्लू खोलकर लटका लिया था और छोटी सी रुमलिया से पसीना पोंछ, दोनों हाथों से माथे की लटों को पीछे ढकेल दिया था। वह इतनी उत्फुल्ल थी कि इतनी अस्त-व्यस्तता में भी बहुत दिलकश और तरोताज़ा लग रही थी।

क्या अशोक अपनी हार पर रेनु से खिजला रहा था? या इस बात पर चकित, गर्वित और प्रसन्न था कि रेनु इतना बढ़िया खेलती है? या

पूछना चाह रहा था कि जब इतना अच्छा खेलती है, तो इतने दिनों से एक बार भी कहा क्यों नहीं कि वह बैडमिंटन खेलना चाहती है? उधर से तो वे अक्सर घूमने जाते हैं! और कई बार कोर्ट ख़ाली भी रहता है। क्या अशोक रेनु के लिए एक बढ़िया सा रैकेट नहीं मंगा देता? आप क्या सोचते हैं? क्या सोच रहा होगा अशोक?

लेकिन नहीं। अशोक इनमें से कुछ भी नहीं सोच रहा था। रिकॉर्ड की ख़राब सुई की तरह उसका दिमाग़ एक ही जगह अटका हुआ था। पिंडली। रेनु की पिंडली। जब वह खेल रही थी और बाईं टांग पर से साड़ी उठाकर उसने कमर में उड़स ली थी। गोरी। पुष्ट। उत्तेजक। मादक। सुडौल। पागल कर देनेवाली। ललचाकर तड़पा देने वाली। क्या अशोक ने इसे पहले कभी नहीं देखा? फिर माथे पर छलछला आईं पसीने की बूंदें। तपे हुए गाल।

भर-भर प्यार किया उसने उस रात। लेकिन वह कहां थी? वह बैडमिंटन-कोर्ट में हांफती श्रमक्लांत रूपसी लड़की कहां थी? यह श्रीहीन, निढाल, थकी, उत्तापशून्य देह क्या वही है?

अशोक को लगा, हो न हो, अनजाने में वह ज़रूर कोई अपराध करता रहा है, रेनु के प्रति। उसकी प्रफुल्लता-चंचलता को चूने की मानिंद सोखता रहा है। अब तक। लगातार पीला पड़ते चुपचाप देखता रहा है, एक चटख़ गुलाबी पंखुड़ी को। निरंतर। मरते हुए।

रेनु सो गई। अशोक जागता रहा।

लेकिन क्या उसने कभी, किसी भी कारण रेनु को आहत किया? कोई भी ऐसा प्रसंग याद नहीं आता, जब वे असहमत होकर असहमत ही रहे हों, और हुआ वही हो जो अशोक ने चाहा हो। या अपनी इच्छा उसने रेनु पर थोपी हो। या रेनु की कोई भी फ़रमाइश यथाशक्य पूरी न की हो। या रेनु को कभी शिकायत का मौक़ा दिया हो। या रेनु उसे असंतुष्ट और ऊबी हुई लगी हो। या रेनु उससे डरती हो!

अशोक के लिए लेटे रहना मुश्किल हो गया। मुंह में जेलुसिल डालकर बाहर आ गया। दरवाज़ा खोलकर बग़ीचे में। एकदम ठंड लगी। अच्छा लगा। मोगरे की ख़ूशबू से रात महक रही थी। मोगरा अशोक ने अपने हाथों से लगाया है। रेनु मोगरे के फूलों का गजरा बनाकर लगाती है कभी-कभी। अशोक को गजरेवाली स्त्रियां बहुत अच्छी लगती हैं। अशोक टहलने लगा।

नहीं...! शायद रेनु उससे डरती भी है। क्यों? वह डरावना और गुस्सैल है क्या? क्या वह गुमसुम और आज्ञाकारिणी पत्नी चाहता था? क्या वह सहचरी नहीं, दासी चाहता था? नहीं! सौ बार नहीं। लेकिन फिर उसने देखा क्यों नहीं कि घर में क्या हो रहा है? रेनु को क्या हो रहा है? यदि वह मुरझा भी नहीं रही, तो भी विकसित क्यों नहीं हो रही? पर क्या सचमुच उसे पति के साथ-साथ अभिभावक भी होना चाहिए था? क्यों?

इन नए सवालों ने अशोक को परेशान कर दिया। उसकी हालत ख़राब कर दी। वह जेलुसिल एक साथ चबा गया। उसकी इच्छा हुई कि इसी समय रेनु को झिंझोड़कर उठाए और उससे पूछे... लेकिन क्या पूछे?

वापस आकर लेट गया। हेरॉल्ड रॉबिंस उठा ली। चौथे अध्याय में एक ख़ून, दो मोहब्बतें, एक दग़ा और एक शादी हो चुकी है। पांचवें अध्याय में नायक को याद आता है कि जब-जब वह रेनु के साथ ससुराल गया है, रेनु उसे अधिक उत्साह से भरी हुई लगी है। और फिर भी हर बार उसकी पहले की सहेलियों ने उसे टोका है—'री! तू तो बिल्कुल बदल गई!' और रेनु निशब्द मुस्कराकर रह गई है। इस ज़रा सी ताना टिप्पणी और उसकी प्रतिक्रिया का आशय अशोक कभी नहीं समझा। उसे यह भी याद आया कि जब-जब वह रेनु के साथ ससुराल गया है, सास उसे हर समय कुछ भयभीत लगी है। ससुर आप-आप करते हैं, लीजिए बैठिए

कहते हैं। वह क्या खाएगा, कैसे पानी से नहाएगा, खाने के बाद पान तो नहीं खाएगा, आदि-आदि बातें सास ने सीधे उससे नहीं, रेनु से पूछी हैं, फुसफुसाहट वाले अंदाज़ में। उसके वहां रहते सास-ससुर और रेनु के बीच खुसर-पुसरवाला अंदाज़ ही बना रहता है। जैसे अभी वह वहां लड़की देखने ही आया हो। जैसे वह अभी भी 'लड़की' को 'रिजेक्ट' कर सकता हो। क्यों वह घुलमिलकर परिवार का ही एक सदस्य नहीं हो गया? ये कौन सी अदृश्य दीवारें हैं जो उसके चारों तरफ़ घिर जाती हैं? कौन खड़ा करता है उन्हें? रेनु चुलबुली और बातूनी थी... और यह चुलबुलापन और बातूनीपन शादी के बाद भी गाहे ब गाहे दिखाई दिया है, तो हमेशा रेनु ऐसे ही क्यों नहीं रहती?

एक छोटा सा बैडमिंटन का गेम कितनी सारी बातें कुरेद गया। अब सुलझाते जाओ। सिर मिल जाए तो सो रहना आराम से।

अशोक को ध्यान आया कि वह कितनी बेतकल्लुफ़ी से बैंगन की सब्ज़ी की फ़र्माइश कर देता है। क्या अपने घर में भी तकल्लुफ़ करे? जब रेनु आई थी तो बैंगन छूती भी नहीं थी। पर अब खाने लगी है। क्यों खाने लगी है? और एक बार बड़ी मेहनत से उसने अपने पीहर की कोई चीज़ बनाई थी। पनौछा या अंगोछा या ऐसा ही कुछ। अशोक को नहीं पसंद आई। क्या घर में वह झूठी प्रशंसा करता? पर उसने झूठी प्रशंसा नहीं की। और वह चीज़ रेनु ने फिर कभी नहीं बनाई। पनौछा कि क्या...

अशोक का दिमाग़ ख़राब हो गया। क्या बकवास है? ये क्या हो रहा है? कैसे फंस गया वह? क्या लड़की लड़ नहीं सकती? अपनी बात ज़ोर देकर नहीं कह सकती? अपने घर में अपनी मर्ज़ी नहीं चला सकती? घर की मालकिन कौन है? वो कि मैं? अशोक की मूर्खताओं पर खुलकर हंस नहीं सकती? यह पढ़ी-लिखी लड़की कहां से पढ़ी-लिखी है? यह क्यों दासी बनने पर उतारू है? नारी क्यों चाहे कि पुरुष-प्रधानता

से मुक्ति भी उसे एक पुरुष ही दिलाएगा? ख़ैर, छोड़ो नारी-वारी। रेनु क्या चाहती है?

जेलुसिल बंद। हेरॉल्ड रॉबिंस बंद। खिड़की बंद। बिजली बंद।

वह—कितनी कोमल सी... छरहरी सी... गोरी भक्क... एक बच्ची... जिसका नाम रेनु है... घुटनों में पैर घुसेड़े सो रही है। एकदम मासूम। क्या अशोक उसके पैर सीधे करेगा?

अशोक ने यथासंभव दोस्त ही रखा है रेनु को। कभी अपने अंडरवियर-बनियान उसे नहीं धोने दिए। सिर या पैर नहीं दबाने दिए। जूतों पर पॉलिश नहीं करने दी। खड़े रहने या पैताने बैठने को नहीं कहा। मित्रों के सामने भीतर जाने का इशारा नहीं किया। रेनु ने कपड़े धोए तो उसने निचोड़कर फैला दिए। सब्ज़ी-वब्ज़ी कटवा दी। छोटे-मोटे बर्तन धो दिए। बीमारी में कोई काम नहीं करने दिया। थककर आए कहीं से तो हल्का-फुल्का खाकर सो रहने की सलाह दी। सहेलियों को हमेशा पत्र लिखने की ताकीद की। ससुराल के किसी संबंधी के बारे में बुरी बात नहीं कही। कभी उसकी किसी कमज़ोरी का मज़ाक़ नहीं उड़ाया। आगे होकर कपड़े, गहने उपहार लाता रहा।

लेकिन व्रत-उपवास भी नहीं करने दिए। मंदिर जाकर माथा कभी नहीं झुकाया। तस्वीरों के आगे दीया घुमाकर घंटी नहीं बजाने दी। पंडित को हाथ नहीं दिखाया। भिखारी को भीख नहीं देने दी। करवा चौथ पर पैर नहीं छूने दिए। शगुन-विचार नहीं किया। बर्थडे पर केक नहीं बनाने-काटने दिया। और बच्चे के मामले में जल्दबाज़ी नहीं की।

और सोचा कि दोनों सुखी और संतुष्ट हैं।

और अभी अचानक एक दिन पता चला कि शायद नहीं। क्यों?

क्या चाहती है रेनु? समानता नहीं चाहती? मुक्ति और विस्तार नहीं चाहती? बंधुत्व नहीं चाहती? फिर क्या चाहती है? सुरक्षा? समृद्धि? प्रजनन! एकदम औरत ही है क्या? शायद वह सोचती है कि मैं अब भी उसे

तलाक़ दे सकता हूं। या अब भी उससे ऊबकर किसी और से प्यार करने लग सकता हूं। या बच्चा होने के बाद फिर मैं ऐसा नहीं कर सकूंगा। फिर वह सुरक्षित है। या हो सकता है उसकी मां, या शादीशुदा सहेलियों, या आंटियों में से किसी ने यह बात उसके मन में भरी होगी। या पड़ोसियों-स्वजनों-संबंधियों-परिचितों की निरंतर जिज्ञासा से वह दुखी हो जाती होगी। या स्कूल-कॉलेज में भाषण देने आई किसी बेवक़ूफ़ लेखिका ने कह दिया होगा कि नारी-जीवन की चरम सार्थकता मां बनने में ही है। या, माईगॉड! उसे अपनी या मेरी प्रजनन-क्षमता से संदेह हो चला होगा।

अशोक क्या करेगा? वह रेनु के मां और दासी बन जाने पर छुट्टी पा लेगा? या कुछ ऐसा करेगा, जिससे रेनु एक सार्थक जीवन की दिशा में प्रवृत्त हो सके? तो क्या ऐसा...?

यहीं से अशोक और रेनु की असली कहानी शुरू होगी।

बाबूलाल तेली की नाक

एक दिन एक अति महान देश के एक अति सामान्य नागरिक श्री बाबूलाल तेली के साथ एक अजीब सा हादसा हो गया। हुआ यह कि एक बलिष्ठ व्यक्ति ने बाबूलाल तेली की नाक पर ख़ामख़ां एक ज़ोरदार घूंसा जड़ दिया। बाबूलाल तेली उस व्यक्ति को जानते तक नहीं थे। यही उनके पिटने का कारण बना। बलिष्ठ व्यक्ति सड़क पर एक टूटे-फूटे से अधेड़ आदमी को निर्दयता से पीट रहा था और भीड़ चुपचाप तमाशा देख रही थी। बाबूलाल तेली के मुंह से 'अरे-अरे' निकल गया और बस, बलिष्ठ व्यक्ति ने उनकी नाक पर ज़ोरदार घूंसा जड़ दिया। बलिष्ठ व्यक्ति सोचता था, बाबूलाल तेली जैसे हर व्यक्ति को उसे जानना चाहिए और उससे डरना भी चाहिए। बाबूलाल तेली को बलिष्ठ व्यक्ति की इस महत्वाकांक्षा की ज़रा भी ख़बर होती तो उसे जानते ही नहीं, उससे डरने में भी उन्हें कोई आपत्ति नहीं होती। जहां इतने लोगों से डर रहे हैं, एक इनसे भी डर लेंगे, क्या फ़र्क़ पड़ता है। किसी को इसी में ख़ुशी मिलती है तो अपना क्या जाता है।

बाबूलाल तेली की नाक पर ज़ोरदार घूंसा जड़ने के बाद बलिष्ठ व्यक्ति अपने रास्ते चला गया। झगड़े की कोई गुंजाइश बनी ही नहीं। बनती भी तो बाबूलाल तेली क्या लड़ते। उन्होंने सोचा शुक्र है उनकी गर्दन ही नहीं दबा दी गई। शुक्र है एक घूंसे में ही बात ख़त्म हो गई। शुक्र है...।

लेकिन उनकी नाक से ख़ून बह रहा था। क़मीज़ ख़राब हो रही थी। क़मीज़ ख़राब होते देख कमज़ोरी सी महसूस होने लगी। टांगें कांपने लगीं। पीड़ा और जलन की लहरें नाक से खोपड़ी तक दौड़ने लगीं। तमाम कोशिशों के बावजूद जब ख़ून बंद नहीं हुआ तो हारकर बाबूलाल तेली ने सोचा— अस्पताल जाना ही पड़ेगा।

सामने ही एक विशाल और शानदार अस्पताल था जो एक बड़े सेठ ने अपनी दिवंगत सेठानी की याद में बनवाया था। लिखा न होता अस्पताल, तो वह पांच सितारा होटल लगता। बाबूलाल तेली शहर के एक सामान्य से कार्यालय में एक सामान्य से क्लर्क थे और मज़ाक़ की भाषा में कहा जाए तो यह अस्पताल 'उनके स्टेंडर्ड' का नहीं था। पर इस समय अपने स्टेंडर्ड का अस्पताल ढूंढने निकलना भी आसान नहीं था। वह पता नहीं कितनी दूर हो और इस स्थिति में टेंपो-रिक्शावाले भी पता नहीं बैठाएं या नहीं। बाबूलाल तेली कोई पांच मिनट तक असमंजस में पड़े रहे, फिर सोचा मुझे कौन सा ऑपरेशन करवाना है, मरहम पट्टी ही तो करनी है, दस-बीस रुपए लग भी गए तो क्या हो गया? वैसे तो कभी अपने पर कुछ ख़र्च करता नहीं। गन्ने का रस तक नहीं पीता। चलो चलते हैं, जो होगा देखी जाएगी। तो बाबूलाल तेली रूमाल से नाक पकड़े-पकड़े रिसेप्शन पर पहुंचे। रिसेप्शन पर कुछ टेलीफ़ोन एक कंप्यूटर और एक सुंदर सी लड़की एक साथ कार्यरत थे।

बाबूलाल तेली की सारी बात धैर्यपूर्वक सुनने के बाद, और इस निमित्त बाबूलाल तेली के मन में अपार कृतज्ञता उपजाने के उपरांत लड़की ने मासूम परेशानी से पूछा—इज़ इट इमरजेंसी?

—मैं नहीं जानता। बाबूलाल तेली ने जवाब दिया।

लड़की ने कृपापूर्वक स्वविवेक का प्रयोग किया, एक पर्ची काटकर दी और बोली—पांचवां माला।

बाबूलाल तेली लिफ़्ट की लाइन में खड़े हो गए।

पांचवें माले पर इमरजेंसी थी। इमरजेंसी ज़मीनी माले पर भी थी, पर वह इमरजेंसी मरा चाहने वाले मरीज़ों के लिए थी, यह इमरजेंसी जिया चाहने वाले मरीज़ों के लिए।

पांचवें माले के इमरजेंसी वालों ने दूर से ही बाबूलाल तेली को देखकर कहा–आठवां माला। जैसे हकाल रहे हों।

आठवें माले पर ईएनटी इन-डोर था। उन्होंने बाबूलाल तेली को सुनकर कहा–चौथा माला।

चौथे माले पर ईएनटी आउट-डोर था। उन्होंने बाबूलाल तेली को सूंघकर कहा–सातवां माला।

सातवें माले पर विशेषज्ञ था। उसने बाबूलाल तेली की नाक की सफ़ाई करवाई और बोला–मैं नाक विशेषज्ञ हूं। लेकिन मैं दाहिने नथुने का विशेषज्ञ हूं। आपकी चोट बाएं नथुने में है। बाएं नथुने के जो विशेषज्ञ हैं वह विकासशील देशों में नाक संबंधी रोगों पर आयोजित एक सेमिनार में भाग लेने अमेरिका गए हैं। परसों तक आ जाएंगे। बेहतर है आप पल्ले रोज़ आ जाएं।

–पल्ले रोज़ फिर आना पड़ेगा? बाबूलाल तेली ने पूछा। वह इसके लिए तैयार नहीं थे।

–हां, और इसमें लापरवाही नहीं होनी चाहिए।

–और मेरी नाक?

–मीनव्हाइल...? आप ख़ून की जांच, छाती का एक्सरे और खोपड़ी की स्कैनिंग भी करवा लीजिए। बेहतर तो यह होगा कि एक बार ईसीजी भी करवा ही लें। मैं लिख देता हूं।

–लेकिन तब तक मेरी नाक?

–उसकी फिलहाल ड्रेसिंग करवाए देते हैं। मैं लिख देता हूं। बाज़ू की बिल्डिंग में चौथे माले पर हो जाएगी। लेकिन पहले एचआईवी टेस्ट सर्टिफ़िकेट लाना होगा पैथोलॉजिकल लेब से।

सारा अस्पताल वातानुकूलित था। सारा काम कंप्यूटर से होता था। पान खाने और धूम्रपान की सख़्त मनाही थी। मरीज़ कांच की दीवारों के पीछे जीवाणुमुक्त थे। सब कुछ अत्यंत आधुनिक और वैज्ञानिक था। ऐसा कि देखकर तबीयत खुश हो जाए। देश की प्रगति पर मन में वाह-वाह सी होने लगे। पेट में ख़ामख़ाह राष्ट्रप्रेम की मरोड़ उठने लगे। लेकिन बाबूलाल तेली को ऐसा कुछ नहीं हुआ। वह बुरी तरह थक और ऊब गए थे। लाउंज में पड़े सोफ़े में धंस गए। ख़ून अपने आप ही बंद हो चला था। सांस लेने के लिए मुंह खुला रखना पड़ता था। नाक से सांस लो तो खोपड़ी में बिजली दौड़ती थी। बाबूलाल तेली को प्यास भी लगी थी। पानी कहीं दिखता नहीं था।

हारकर वह बाहर निकलने को हुए। अपने आप ठीक हो जाएगा। घर जाकर आराम कर लेते हैं थोड़ा, बस।

रिसेप्शनवाली लड़की ने उन्हें जाते देखा तो एक आदमी को भिजवाकर उन्हें बुलवाया और कंप्यूटर से बना एक सुंदर सा बिल उन्हें पकड़ा दिया। बिल की रक़म देखकर बाबूलाल तेली के होश उड़ गए। जेबों की झड़ती हो गई। लगा, जीवन में पहली बार इतनी बुरी तरह ठगे गए हैं।

बाहर निकले तो कुछ लट्ठमार क़िस्म के लोगों ने उन्हें सहानुभूतिपूर्वक घेर लिया।

—क्या हुआ?

—कुछ नहीं। डॉक्टर नहीं है।

—तकलीफ़ क्या है?

—नाक फूट गई है?

—आप हिंदू हैं?

बाबूलाल तेली को प्रश्न असंगत लगा। पर बहस करने की हिम्मत नहीं थी। बोले—हां। क्यों?

—कौन जात?

फिर वही बेवकूफ़ी। बाबूलाल तेली को ग़ुस्सा सा आया। लेकिन चुपचाप अपनी जाति बता दी—तेली, बाबूलाल तेली।

—आप ही हैं बाबूलाल तेली? अरे भई ये ही हैं। कोई बोला।

—हम आपको ही ढूंढ़ रहे थे। हम लोग तेली समाज से आए हैं। देखिए बाबूलालजी, ऐसा है कि यह धांधली कोई पहली बार आपके ही साथ नहीं हो रही है। ऐसा का ऐसा ही चार रोज़ पहले हुआ था। अपने समाज के एक भाई की टांग टूट गई थी और वह भी ग़लती से यहीं आ गए थे, उनकी भी झड़ती करा ली गई थी और आख़िर में कह दिया गया कि डॉक्टर नहीं है, सारी जांच कराकर चार रोज़ बाद आइए। हो सकता है, वह बेचारे भी आज आएं।

—और यह धांधली तभी ख़त्म होगी... दूसरा बोला... जब हमारा अलग अस्पताल होगा और उसमें हमारे समाज के डॉक्टर होंगे। और वह सिर्फ़ अपने समाज के लोगों के लिए होगा। ठीक है न? मानते हैं या नहीं।

—आप हुलिया बताओ उस साले का... तीसरा बोला... जिसने आपकी ये हालत की है। उस साले को तो हम देख लेंगे। आपके ही हाथ से उसकी नाक पर घूंसा मरवाएंगे। पर पहले आपको हमारे साथ डॉ. लालूराम तेली के पास चलना होगा। अपने समाज का डॉक्टर है। वही आपकी नाक का सही इलाज करेगा।

बाबूलाल तेली चक्कर खाकर गिर पड़े। उनकी नाक से फिर ख़ून बहने लगा।

लट्ठमार क़िस्म के समाजसेवकों ने देर नहीं की। वे फ़ौरन बाबूलाल तेली को उठाकर डॉ. लालूराम तेली के दवाख़ाने तक छोड़ आए।

डॉ. लालूराम सरकारी चिकित्सालय से सादर-साभार निलंबित होकर अब अपना प्राइवेट क्लीनिक चला रहे थे। वे गॉज़-रुई-पट्टी ही नहीं, दवाइयां

तक अपने समाज के निर्माताओं-विक्रेताओं द्वारा दी हुई इस्तेमाल करते थे। यहां तक कि वह अक्ल भी अपनी ही इस्तेमाल करते थे।

डॉ. लालूराम ने बाबूलाल तेली के चेहरे का ध्यानपूर्वक मुआयना किया। बाबूलाल जी का चेहरा—और ख़ासकर उनकी रक्तरंजित नाक उन्हें इस क़दर उत्तेजक, सेक्सी और ऑपरेशनीय लगी कि उन्होंने तुरत-फुरत बग़ैर एक्सरे-ब्लड टेस्ट वग़ैरह का झंझट किए उनका ऑपरेशन करने का निर्णय कर लिया। खुद ही लोकल एनेस्थीसिया दिया और कार्यवाही चालू कर दी। नाक को काटा गया और 'ठीक' करके अंदर-बाहर से सी दिया गया और मरहम पट्टी कर दी गई। दुर्भाग्य से वहां 'इन-डोर' भी था और पैसे-वैसे पहले जमा करने की झंझट इसलिए नहीं थी कि मरीज़ अपने ही समाज का है, भागकर जाएगा कहां?

घरवाले बेचारे पता लगाते-लगाते किसी तरह आए और तीमारदारी में जुट गए।

दफ़्तरवालों को पता चला तो दौड़े-दौड़े आए और बोले—कहां इस क़साई के यहां फंस गए? तुम्हें तो सरकारी अस्पताल जाना चाहिए था। पैसा जो भी ख़र्च होगा सरकार देगी। सरकारी नौकरी का यही तो फ़ायदा है कि पूरे परिवार की हारी-बीमारी सरकारी ज़िम्मेदारी हो जाती है। चलो उठो। हम लिए चलते हैं।

—एक-दो रोज़ और देख लेते हैं। बाबूलाल तेली ने कहा।

सहकर्मी उदास हो गए। देखो, कैसी मति मारी गई है। भला-बुरा तक अपना नहीं सोच पा रहा।

—बात यह है... बाबूलाल जी बोले... मैं समाज को छोड़कर नहीं चल सकता। अभी मुझे अपनी बेटियों की शादी करनी है। नाक का क्या है। आज नहीं तो कल, ठीक हो ही जाएगी।

सहकर्मी चले गए।

तीसरे रोज़ बाबूलाल जी की हालत यह हो गई कि उन्हें न ठीक से सुनाई दे रहा था न दिखाई। नाक में मवाद पड़ गया था और चाय घुटकने में भी तकलीफ़ हो रही थी।

समाज के लोग देखने आ रहे थे।

आख़िर सातवें रोज़ डॉक्टर लालूराम ने हाथ खड़े कर दिए। बोला–केस बिगड़ गया है। मरीज़ को फ़ौरन बंबई ले जाना पड़ेगा।

यह नहीं कहा कि यहीं किसी और डॉक्टर या विशेषज्ञ को दिखा दो। कहा कि फ़ौरन बंबई ले जाना पड़ेगा। समाज के लोगों ने सिर जोड़े। अब यह एक गंभीर समस्या थी। अब सवाल बाबूलाल तेली की नाक का नहीं, समाज की नाक का था। किसी ने इस बीच 'डॉक्टर की लापरवाही' शीर्षक से एक स्थानीय समाचार पत्र में ख़बर भी छपवा दी थी, जिससे डॉक्टर लालूराम भी परेशान जैसा दिखाई दे रहा था। शीघ्र कुछ करना ज़रूरी था।

तो समाज के लोगों ने बाबूलाल जी से कहा–तुम चिंता मत करो। तुम्हारी नाक अब तुम्हारी नाक नहीं, समाज की नाक है। चाहे जितना ख़र्च आए, समाज उसकी व्यवस्था करेगा। हम तुम्हारा अच्छे से अच्छा इलाज करवाएंगे। पर एक बात बताओ। हो तो तेली ही न? कोई और तो नहीं हो?

इस क़िस्म की सहानुभूति पाकर बाबूलाल तेली की हालत और बिगड़ गई।

समाज के लोगों ने चंदा इकट्ठा किया और दो वॉलंटियरों के साथ बाबूलाल तेली को इलाज के लिए सपरिवार बंबई भिजवा दिया गया।

कोई महीने भर बाद बाबूलाल तेली बंबई से लौटे तो एकदम चंगे होकर। बल्कि कुछ हट्टे-कट्टे भी होकर। चलते-फिरते, खाते-पीते। बस, एक ज़रा सी बात थी। सूखी-सड़ी बासी पकौड़े जैसी, कैसी भी सही, जाते समय

चेहरे पर एक नाक थी, आते समय नहीं थी। उसे काटकर फेंक देना पड़ा था। नाक की जगह सिर्फ़ दो सूराख़ रह गए थे।

बाबूलाल तेली को एक जुलूस के रूप में घर लाया गया। उनकी प्रशंसा में ख़ूब अच्छी-अच्छी बातें की गईं। सीमा पर जवान जिस तरह अपनी जान देकर भी देश की आज़ादी की रक्षा करता है, भाई बाबूलाल जी ने अपनी नाक देकर समाज के लिए अद्भुत और अनुकरणीय त्याग का उदाहरण पेश किया है। समाज उसकी इस क़ुर्बानी को कभी नहीं भूलेगा। आदि-आदि। और बाबूलाल तेली घर में अपने बिस्तर पर पड़े-पड़े सोच रहे थे–शुक्र है... !! शुक्र है उसने मेरी नाक पर ही घूंसा मारा।

गौरी का ग़ुस्सा

यह एक सुहाना दिन था।

नंदी पर आरूढ़ शिव-पार्वती आकाशमार्ग से विचरण कर रहे थे। धराधाम की शोभा निहारते। मगन और मुदित। कहीं बर्फ़ ढके पहाड़, कहीं नीलम सा समुद्र, कहीं मूंगे से मैदान, कहीं सोने सी फ़सलें, कहीं चांदी सी धूप। कहीं बाग़ों में बहार तो कहीं कलियों पर निखार।

सहसा पार्वती की नज़र रतनलाल अशांत पर पड़ी, जो पंचरतन टॉकीज़ के सामने फत्तू नाई के केबिन के बाहर बैठा अपनी फूटी क़िस्मत को कोस रहा था। उसके हाथ में स्थानीय चार पेजी अख़बार 'फसलांचल टाइम्स' था जिसे वह सुबह से अब तक पांच बार पढ़ चुका था। पहले उसने समाचार, संपादकीय और विज्ञापन पढ़े, फिर किराये पर देना है, अदालती सूचना, सौ तालों की एक चाभी वग़ैरह और अंत में उठावणा, तुम्हारी पुण्यतिथि पर और श्रद्धांजलि आदि। फिर उसने धराधाम से अभी-अभी या पहले कभी कूच कर गए भाग्यशालियों की तस्वीरें ध्यान से देखीं और फ़िल्म अभिनेताओं-अभिनेत्रियों के चेहरों से उनका मिलान किया। पैन में रिफ़िल ख़त्म हो गई थी वरना वह दो-चार दिवंगत महिलाओं के चेहरों पर दाढ़ी-मूंछ ज़रूर बनाकर देखता कि पुरुष-स्वरूप में वे कैसी लगती हैं। पंचरतन टॉकीज़ में शाहरुख़ ख़ान की नई पिक्चर लगी थी, लेकिन रतनलाल अशांत पोस्टर देखने के अतिरिक्त कुछ नहीं कर सकता

था। इसलिए भी अब वह अपनी फूटी क़िस्मत को कोस रहा था।

रतनलाल अशांत जन्म से अशांत नहीं था। अशांति का पहला बोध उसे तब हुआ जब अपने ग़रीब घर की आर्थिक असलियत उसे समझ में आई। फिर भी असली अशांत तो वह सरला गर्ग के प्रेम में पड़कर ही हुआ। फिर इस उपलक्ष में जब वह बीए फ़ाइनल में फ़ेल हुआ तो काफ़ी मात्रा में अशांत हो गया और अंततः बीए किसी तरह पास कर लेने के बावजूद जब न कहीं नौकरी मिली न बी.एड में एडमीशन, तो वह लगभग स्थायी रूप से अशांत हो गया। पिछले दो साल से स्थायी अशांति की यह स्थिति चल रही थी। इसके लिए सरला गर्ग की सात पीढ़ियों के अलावा वह नौकरी दे सकने वाले तमाम विभागों की आठ-आठ पीढ़ियों का भी अच्छी तरह तर्पण कर चुका था और अंततः उसके भविष्य के सारे संभावित प्रकाश का 'प्र' निकल गया था और 'काश' रह गया था। काश! वह दस-बीस साल पहले पैदा हुआ होता जब बग़ैर बी.एड किए भी मास्टरी मिल जाती थी। काश! वह किसी अमीर घर में पैदा हुआ होता। काश! कोई उसे घरजमाई बना लेता। काश! वह एससी-एसटी होता। काश! किसी एससी-एसटी ने उसे गोद ही ले लिया होता! क्या विडंबना है कि आप पसंद के मां-बाप को गोद नहीं ले सकते। एक बार तो यह संताप यहां तक बढ़ गया कि रतनलाल अपने मोहल्ले की बूढ़ी जमादारिन से ही निवेदन कर बैठा—काकी! तू मेरे को गोद ले ले! काकी बोली तो कुछ नहीं, बुरा सा मुंह बनाकर चली गई। शायद वह बात की लक्षणा को नहीं समझ पाई थी, निहितार्थ तो ख़ैर क्या समझती! या कहीं ऐसा तो नहीं कि वह निहितार्थ भी समझ गई थी? क्या पता।

अब हालत यह है कि रतनलाल अशांत को परिवार वाले अपने दुश्मन लगते हैं और घर काटने को दौड़ता है। सुबह-सुबह तैयार होकर जैसे-तैसे चाय की एक प्याली सुड़ककर घर से निकल जाता है और फिर कहां

जाए? तो यहां फत्तू नाई की दुकान पर आ बैठता है। क्या पता किसी दिन कोई फ़ायनांसर-डिस्ट्रीब्यूटर या डायरेक्टर पंचरतन टॉकीज़ के सामने से गुज़रे, उसकी नज़र रतनलाल अशांत पर पड़ जाए, वह सामने आकर खड़ा हो जाए और रतनलाल अशांत से पूछे—मेरी फ़िल्म में काम करोगे? क्यों नहीं हो सकता? इस दुनिया में कुछ भी हो सकता है बॉस! सिर्फ़ लक चाहिए। काश!...

डिस्ट्रीब्यूटर-फ़ायनेंसर-डायरेक्टर की तो नहीं, पार्वती की नज़र ज़रूर रतनलाल अशांत पर पड़ गई, जो उस सुहाने दिन शिवजी के साथ नंदी पर आरूढ़ धराधाम की शोभा निहारती आकाशमार्ग से विचरण कर रही थीं। रतनलाल उन्हें बेचारा बड़ा दुखी लगा। बेचारे को घरवाले तक दुत्कारने लगे हैं! कहां जाए? पार्वती से उसका दुख देखा न गया। वे रतनलाल के सामने प्रकट हो गईं और बोलीं, 'तुम्हें क्या चाहिए बेटा?'

रतनलाल ने सोचा पुराने फ़ैशन की सीधे पल्ले की साड़ी पहने ये कौन बाई है और क्यों चलते रास्ते उससे पंगा ले रही है? चाहिए तो थी उसे एक छोटी-मोटी कैसी भी नौकरी पर इस समय उसे पता नहीं कैसे एक टीवी सीरियल 'कहने में क्या हर्ज है' याद आ गया और उसने तत्काल जवाब दिया, 'क्या चाहूंगा? यही कि मेरा ख़ूब ठाठदार मकान हो, ढेर सारा पैसा हो और लड़कियां मुझ पर मरें। और क्या?'

पार्वती काफ़ी आगे निकल गए नंदी-शिव की तरफ़ लपकीं और शिवजी से लिपटकर बोलीं, 'जल्दी से बोलिए तथास्तु!' महादेव झीना सा मुस्कराए और उन्होंने तथास्तु बोल दिया।

पलक झपकते रतनलाल अशांत ने अपने-आपको एक अत्यंत ठाठदार .फ़्लैट के आलीशन बेडरूम में एक आलीशन डबलबेड पर पड़ा पाया। यह .फ़्लैट एक आलीशन इमारत के दसवें माले पर था और इसकी आंतरिक साज-सज्जा उतनी ही भव्य थी जितनी हिंदी फ़िल्मों के हीरो या हिरोइन—जो भी अमीर हो—के मकान की होती है। फ़र्श पर क़ालीन, छत पर झाड़-फ़ानूस

आदि। और तो और वहां कुछ आलीशान सुंदरियां भी थीं जो बारी-बारी या एक साथ, जैसे रतनलाल चाहे, उस पर मरने को प्रस्तुत थीं। अलमारियां, कबर्ड, अटैचियां, सूटकेस नोटों से भरे हुए थे और पैसे से जो-जो सुख-सुविधा ख़रीदी जा सकती है, उसका वहां अंबार लगा हुआ था। रतनलाल अशांत को पहले तो यक़ीन ही नहीं आया कि यह सब वास्तविक भी हो सकता है, यक़ीन आया तो घरवालों की याद आई और उन्हें ले आने की इच्छा हुई, पर मरने को उत्सुक सुंदरियों के रहते अभी वैसा करना ठीक न रहता, इसलिए वह घरवालों को लाने के विचार को टाल गया और कुछ घंटे ख़ूब मज़े मारता रहा।

अचानक हवा चलने लगी। तो खिड़कियां खुल गईं और पर्दे उड़ने लगे। हवा के साथ बड़ी गंदी सी बदबू आई और कुछ ही देर में पूरा कमरा भीषण बदबू से भर गया। कुछ देर तो रतनलाल सहन करता रहा, पर कब तक सहन करता? मितली आने लगी थी। बदबू इतनी भीषण थी कि बावजूद डियोड्रेंट्स, पर्फ़्यूम्स, रूमफ़्रेशनर्स के रतनलाल को उबकाई छूटने लगी और बाथरूम में जाकर उल्टी करनी पड़ी। रतनलाल ने बालकनी की तरफ़ का दरवाज़ा खोलकर देखने की कोशिश की कि माजरा क्या है?

नीचे झोंपड़पट्टी थी। एक-दूसरे में फंसी-फंसी आड़ी-टेढ़ी काली-कलूटी सैकड़ों झोंपड़ियां! काई, कीचड़ और गंदगी में धंसी हुई। झोंपड़पट्टी के पीछे कुछ जंगली झाड़ियां और उसके पीछे नदी। वहां लोग-लुगाई लाइन से बैठे टट्टी फिर रहे थे। नदी का पानी काली कीचड़ जैसा था और उसमें सैकड़ों बल्कि हज़ारों मरी हुई मछलियां सड़ रही थीं। हवा के हर झोंके से वे आगे-पीछे होतीं और बदबू छोड़तीं। पता नहीं वहां लोग कैसे रहते थे। दूसरी तरफ़ की बालकनी से झांका तो देखा इमारत के ठीक सामने एक बूचड़ख़ाना और चमड़े का कारख़ाना है। बूचड़ख़ाने में बछड़े काटे जा रहे हैं। मरे जानवरों की खाल उतारी हुई लोथें पड़ी हुई हैं। एक तरफ़

हड्डियों का पहाड़ खड़ा है। चारों तरफ़ खालें सूख रही हैं। दूसरी तरफ़ कुछ कुंडों में नमक के पानी में कच्ची खालें पड़ी हैं, जिन्हें मज़दूर लोग पांवों से खूंद रहे हैं और खालों पर चिपके मांस के छीछड़े निकाल-निकालकर बाहर फेंकते जा रहे हैं, जिन पर चील-कव्वे, गिद्ध और कुत्ते एक साथ झपटे पड़ रहे हैं।

रतनलाल भागकर भीतर आया और मरती सुंदरियों को अकेले मरने के लिए छोड़ उल्टियां करता और अपनी ही उल्टी में रपटता-ल्हिसड़ता भागकर पूजाघर में बंद हो गया। उसने आंखें बंदकर हाथ जोड़ फत्तू की दुकान पर मिली सीधे पल्ले की साड़ी वाली बाई का ध्यान किया और रोते हुए मानो गिड़गिड़ाया, 'बाई! इत्ता अच्छा मकान दिया था तो कम से कम मोहल्ला भी तो ढंग का देतीं! यहां तो मैं सांस भी नहीं ले सकता। ऐसा भीषण मज़ाक़ कायको किया तूने मेरे साथ, बोल?'

पलक झपकते रतनलाल अशांत ने खुद को एक दूसरे शानदार मकान के शानदार ड्राइंगरूम में एक शानदार सोफ़े पर बैठा पाया। अटैचियों में ठुंसे कड़क नोट और मरनेवाली सुंदरियां यहां भी थीं, हालांकि अलमारियों के नोट बैंकों की पासबुकों और लॉकरों की चाभियों में बदल गए थे और सुंदरियां भी यहां तमीज़ से मर रही थीं।

यह शानदार मकान एक शानदार कॉलोनी में था जिसमें मकान, गाड़ियां, सड़कें, पेड़ सब कुछ विलायत जैसा था—सिवा नाम के, जो संस्कृत का था—विलास कुंज। यहां के लोग एकदम अपटुडेट थे और बच्चे तो ऐसे गुलाबी और गबदुल्ले कि पूछो मत। एकदम विलायती जैसे। सिर्फ़ उनके नाम संस्कृत से लेकर रखे हुए थे।

कुछ रोज़ रतनलाल अशांत ने वहां ख़ूब मज़े किए। जी भरकर खाया-पिया, विलायती शराबें पीं, विलायती पिक्चरें देखीं, विलायती चॉकलेटें चबाईं और सुंदरियों को टर्न बाई टर्न अपने पर मरने का मौक़ा दिया।

फिर घर में पड़े-पड़े जी ऊबने सा लगा तो तय किया कि आज अपनी विलायती गाड़ी लेकर थोड़ा बाहर निकला जाए। एक सुंदरी को भी साथ ले लिया।

विलास कुंज से बाहर निकलते ही रतनलाल अशांत ने पाया कि शहर की सारी दुकानें बंद हैं और सारी सड़कें सूनी पड़ी हुई हैं।

कुछ ही आगे वीभत्स दृश्य दिखाई देने शुरू हो गए।

आज़ू-बाज़ू की इमारतें-दुकानें-गोदाम जले हुए थे। कहीं-कहीं से अब भी धुआं उठ रहा था। सड़कों पर जले हुए टायर, लुढ़की हुई जीपें, उलटे हुए हाथठेले और जाने क्या-क्या काठ-कबाड़ पड़ा था। एक जगह अनाज का एक लूटा हुआ गोदाम आया। लगता था लूटने के बाद वहां भी आग लगा दी गई थी। कुछ ही दूर चले होंगे कि देखा एक फटेहाल आदमी जान बचाकर भागा जा रहा है। तभी गली में से एक भीड़ निकली और उस आदमी का पीछा करने लगी। आदमी बचते-बचते भी भीड़ के हत्थे चढ़ गया। भीड़ ने लाठियों-चेनों-सरियों-हॉकी स्टिकों से उस आदमी की धुनाई शुरू कर दी। किसी तरह वह फिर उठकर लड़खड़ाता हुआ भागा तो एक आदमी ने उसकी पीठ में चाक़ू घोंप दिया। उसी समय पुलिसजीप का सायरन सुनाई दिया। भीड़ भाग गई, घायल आदमी सड़क पर पड़ा रह गया। पुलिस ने उसे कूड़े के ढेर की तरह अपनी गाड़ी में पटका और चलते-चलते रतनलाल अशांत की गाड़ी रोककर उससे पूछा, 'इधर कहां जा रहे हो? पास कहां है?'

'काहे का पास?'

'कफ़्र्यू का और काहे का?'

'कफ़्र्यू?'

'बाहर से आए हो क्या? पता नहीं शहर में कर्फ्यू लगा हुआ है? टीवी नहीं देखते? कभी-कभी दूरदर्शन भी देख लिया करो। कहां से आ रहे हो?'

'विलास कुंज से।'

विलास कुंज का नाम सुनकर पुलिसवाले की ज़बान कुछ नर्म पड़ी। बोला, 'आगे मत जाइए। घर लौट जाइए। ख़तरा है। वारदातें हो रही हैं।'

रतनलाल ने पुलिसवाले की बात मानकर गाड़ी घुमा ली, पर पूछे बग़ैर रहा नहीं गया कि माजरा क्या है? क्यों लगा है कर्फ्यू? पुलिसवाले ने कहा, 'आपको कुछ नहीं पता? शहर में भयानक दंगा हो गया है। पंद्रहपंथी और सोलहपंथी एक-दूसरे के घर-मकान-दुकान जला रहे हैं, एक-दूसरे की हत्या कर रहे हैं और एक-दूसरे को लूट रहे हैं—जबकि दोनों चौदहपंथियों की औलाद हैं।'

रतनलाल अशांत की गाड़ी वापस विलास कुंज लौट आई। विलास कुंज में भी सन्नाटा था। सारे घर भीतर से बंद। बात करने के लिए मरनोत्सुक सुंदरियों के सिवा कोई नहीं। और उन्हें कुछ भी नहीं पता कि दुनिया में क्या हो रहा है। मरने से फ़ुरसत मिले तब ना! रतनलाल दुनिया की खोज-ख़बर लेने के लिए टीवी चलाता तो उस पर ऐसे भयानक दृश्य दिखाए जाते कि घबराकर टीवी बंद कर देता। करते-करते एक महीना हो गया। रतनलाल बुरी तरह ऊब गया। उसका हाज़मा ख़राब रहने लगा। न कुछ खाने की इच्छा होती न पीने की। सुंदरियां भी बोर करने लगी थीं।

तंग आकर एक दिन वह इस नए मकान के पूजाघर में बंद हो गया और आंखें मूंदकर दोनों हाथ जोड़कर फत्तू की दुकान पर मिली बाई का ध्यान करने लगा। बाई दिखाई दीं तो दुखी स्वर में बोला, 'माताराम! मैं तो घबरा गया हूं। अरे! इत्ता अच्छा मोहल्ला दिया था तो शहर भी कोई अच्छा सा देना था न माताराम! तूने तो मेरे को जेहल में डाल दिया। कायको करती तू ऐसा?'

इस बार रतनलाल अशांत ने अपने आपको एक शानदार महानगर के शानदार मोहल्ले के शानदार मकान की शानदार स्टडी में पाया। वहां

सबकुछ शानदार था। इमारतें, सड़कें, गलियां, गाड़ियां, स्कूल, अस्पताल, सिनेमाघर, तरणताल यहां तक कि धरती, आसमान, पंछी और मौसम तक हर चीज़ आलीशान ही आलीशान। सारा काम यंत्र करते। रुपयों के स्थान पर क्रेडिटकार्ड चलते। सारा व्यापार टेलीफ़ोन पर हो जाता, सारी ख़रीदारी इंटरनेट पर। हर चीज़ घर बैठे हाज़िर। कहीं जाने की ज़रूरत ही नहीं। घूमने का मन हो तो इंटरनेट पर ही घूम लो। किसी चीज़ की हाय-हाय, दांता-किलकिल, कुत्ताफ़ज़ीती नहीं। अहा! जीवन हो तो ऐसा हो।

दो-तीन महीने रतनलाल अशांत ने वहां ख़ूब मज़े किए। ख़ूब चैनल सर्फ़िंग की, सायबर दोस्तियां कीं, सारी दुनिया की सैर की, समुद्रतल से ध्रुवों तक के पशु-पक्षियों, कीड़े-मकोड़ों के जीवन का नज़ारा किया और तरह-तरह से सुंदरियों को अपने पर मरने का मौक़ा दिया।

रतनलाल अशांत की मौज-मस्ती चलती रहती, लेकिन तभी सरकार बदल गई और नई सरकार ने पहला काम यह किया कि इंटरनेट के सारे कनेक्शन काट दिए और सारे बड़े बैंक खाते सील कर दिए। नई सरकार ने फ़रमान जारी किया कि सभी पुरुषों को दाढ़ी रखनी पड़ेगी, सारे वाहन हरे रंग में रंगे होने चाहिए, सारे बाज़ार रात आठ बजे बंद हो जाएंगे, सारी महिलाएं घर के भीतर रहेंगी और सारी सिगरेट-शराब की दुकानें बंद। चोरी करने वालों के हाथ काट लिए जाएंगे और व्यभिचार में लिप्त स्त्रियों को सरेआम संगसार किया जाएगा।

अब सरकारी क़ानून तो महानगर को भी मानना पड़ता है, लिहाज़ा सारे पुरुषों ने दाढ़ी बढ़ानी शुरू कर दी, सारी कारें-बसें-स्कूटर-साइकिलें-तांगे-हथठेले हरे रंगे जाने लगे—बच्चों की ट्राइसाइकिल तक, और सारी औरतें घरों में दुबक गईं। पहले ही हफ़्ते एक सौ सत्ताइस चोरों के हाथ काट दिए गए और पांच सौ पचपन व्यक्ति सिगरेट-शराब की चोरबाज़ारी में धर लिए गए।

रतनलाल अशांत ने भी दाढ़ी बढ़ानी शुरू कर दी। सुंदरियों को दिनभर

पूजाघर में बंद करके रखना पड़ता। बग़ैर इंटरनेट करें तो क्या करें? बैंकखाता भी सीज़ हो गया था।

लेकिन अगले महीने फिर सरकार बदल गई। इस सरकार ने पिछली सरकार की सारी व्यवस्थाएं उलट दीं। इसका कहना था कि जिसकी मर्ज़ी आये दाढ़ी रखे, जिसकी मर्ज़ी आए सफ़ाचट रहे, स्त्रियां मर्ज़ी आए जो करेंगी, वाहनों के एक जैसे रंगों का क्या मतलब? और कि सरकार कौन होती है यह बताने वाली कि आदमी क्या खाए क्या पिए? चोरी जैसे छोटे से अपराध के लिए हाथ काटना तो अमानवीय है। जब तुम किसी के हाथ लगा या उगा नहीं सकते तो उन्हें काटने का तुम्हें, यानी हमें, यानी सरकार को क्या हक़ है?

लो साहब! अब फिर गाड़ियां रंगी जा रही हैं, शराबें पी जा रही हैं, चोरियां की जा रही हैं, सुंदरियों को किलकारियां मारने के लिए छोड़ दिया गया है और दाढ़ियां घुटवाई जा रही हैं। जिन चोरों के हाथ कट गए थे, उन्हें नए हाथ लगवाने सरकारी ख़र्च पर विदेश भेजा जा रहा था।

लेकिन यह सरकार ज़्यादा नहीं चली। उन्नीसवें दिन ही सरकार का तख़्ता पलट दिया गया। अब जो नई सरकार आई, उसने आते के साथ ही घोषणा की कि सब पुरुषों को शिखा रखनी पड़ेगी, सभी वाहनों का रंग भगवा होगा, सारी महिलाएं संतोषी माता का व्रत रखेंगी और नित्य पुरुषों के जूते और चरण धोकर पीएंगी, सभी सौभाग्यवतियों के लिए अपने पति के साथ सती होना अनिवार्य होगा और चोर अपने चौर्यकर्म के लाभ का एक निश्चित प्रतिशत शासकीय कोष में जमा करेंगे। व्यभिचार की सार्वजनिक भर्त्सना की जाएगी, लेकिन यदि दुर्भाग्य से किसी व्यभिचारी की मृत्यु हो गई तो उन सभी स्त्रियों के लिए उसके साथ ससम्मान सती होना अनिवार्य होगा जो उसके व्यभिचार में शामिल थीं।

अर्थात? अर्थात हवाई जहाज़, रेल, ट्रक, कार, स्कूटर, साइकिल, तांगे, ठेले, बच्चों की ट्राइसाइकिल तक अब भगवे रंग में रंगे जा रहे हैं, रतनलाल अशांत शिखा उगाने में जी-जान से जुटे हुए हैं, सुंदरियां साध्वीवेश धारण

कर विलाप किए जा रही हैं, उनका विलाप रुकने में ही नहीं आ रहा है और चोरों के बड़े-बड़े अंतरराष्ट्रीय सिंडिकेट बन रहे हैं।

फिर वही हुआ कि बार-बार के इस तख़्तापलट से जनता तंग आ गई। गांवों-जंगलों-पहाड़ों-घाटियों के लोग ग़ोलबंद हो गए। उन्होंने बार-बार बदलते क़ानूनों को चिंदी-चिंदीकर हवा में उड़ा दिया और चारों तरफ़ से महानगर को घेर लिया। सारे महानगरों को, राजधानियों को, व्यापार उद्योग-वाणिज्य केंद्रों को घेर लिया। उन्होंने शहर को अनाज-सब्ज़ी-दूध-चारा-लकड़ी-ईंधन की सप्लाई एकदम रोक दी। बिजली की लाइनें काट दीं और नदियों-बांधों-नहरों-जलाशयों से आते पानी की पाइपलाइनें तोड़-फोड़ डालीं।

वे कह रहे थे कि जंगल-जोत-ज़मीन सब हमारा है, तुम लोग होते कौन हो हमारी मेहनत पर मज़े मारने वाले? अब हमारे इलाक़े में हम सरकार और तुम्हारी तुम जानो।

फलस्वरूप त्राहि-त्राहि मच गई। न बिजली न पानी। अंधेरा ही अंधेरा। सेना आ गई, पर वह भी दो फांट हो गई। शहर की सारी बाइयां-दाइयां-दर्ज़ी-धोबी-नाई-दूधिये-मालिशिये-क़साई-हलवाई-झल्लीवाले-रेहड़ीवाले-हम्माल-कारीगर गांव भाग गए। क्रेडिट कार्ड से दूध नहीं निकलता, गैस भी नहीं, उसे निचोड़ो तो एक बूंद पेट्रोल न निकले और चबाओ तो एक गेहूं जितना स्वाद भी न आए। शहर भिन-भिन करने लगा। सुंदरियां सूखने लगीं।

रतनलाल से सहा गया तब तक सहा, अंत में पूजाघर में घुस गया और आंखें बंद करके बाई का ध्यान करने लगा।

बाई बड़ी देर बाद और बड़ी मुश्किल से दिखाई दीं। बाई को देखते ही रतनलाल फफक-फफककर रोने लगा और बोला, 'मातेश्वरी! ये क्या खेल है तुम्हारा? इससे तो मैं वहां फत्तू की दुकान पर ही ठीक था। कम से कम रोज़ नहा तो लेता था। पांच रोज़ से नहाया नहीं हूं। लेटरीन

तक में पानी नहीं है। चाय के लिए तरस गया। माते! घर दिया, मोहल्ला दिया, शहर भी दिया तो क्या ढंग का देश नहीं दे सकती थीं? कायको हरटेम आइसाइच फालतू मजाक करतीं तुम मेरे साथ? मज्जा आता क्या?'

इस बार रतनलाल अशांत की आंख खुली तो उसने अपने आपको एक शानदार देश के शानदार शहर के शानदार मोहल्ले के शानदार मकान के शानदार बग़ीचे में पाया।

लेकिन बात को ख़ामख़ां लंबा क्यों किया जाए? तो रतनलाल वहां भी अशांत ही रहा। वहां सब कुछ था, लेकिन कुछ नहीं था। भोजन था, लेकिन भूख नहीं थी। प्यास थी और पेयपदार्थ भी थे, लेकिन तृप्ति नहीं थी। नींद थी, लेकिन सपने नहीं थे। भोग था, लेकिन तुष्टि नहीं थी। बच्चे थे, लेकिन बचपन नहीं था। यौवन था, लेकिन अल्हड़पन नहीं था। सूचनाएं अपार थीं, बोध ग़ायब था। समुदाय थे, लेकिन सामाजिकता नदारद थी। संगीत था, लेकिन सुरीलापन नहीं था। चित्र थे, लेकिन सुंदरता ग़ायब थी। फूल ढेरों थे, ख़ुशबू ज़रा भी नहीं। पंछी अनेक थे, लेकिन चहचहाहट का पता नहीं था। हताशा थी, सांत्वना नहीं थी। दर्दनाशक बहुत थे, हमदर्द एक भी नहीं। संपर्क था, लेकिन संवाद नहीं था। मनुष्य थे, लेकिन मनुष्यता ढूंढ़नी पड़ती थी। बस्तियां थीं, लेकिन बसावट नहीं थी। लोग थे, लेकिन लगावट ग़ायब थी।

इस बार रतनलाल जो पूजाघर में घुसा तो सात रोज़ तक बाहर नहीं निकला। सात साल—पूरे सात साल उसने इस हृदयहीन परिवेश में किस तरह निकाले, उसका दिल जानता था। इधर सुंदरियां रो-रोकर हलकान हो रही हैं उधर रतनलाल आंखें मूंदे हाथ जोड़े बैठा है और बाई है कि दर्शन ही नहीं दे रही। सुंदरियां पूजाघर का दरवाज़ा पीटे जा रही हैं और रतनलाल समाधि से उठने को तैयार नहीं। होते-होते यह हुआ कि रतनलाल को सुंदरियों पर और अपने आप पर ही नहीं, बाई पर भी ग़ुस्सा आने

लगा। रो-धोकर सुंदरियां चुप हो गईं, बल्कि डर गईं। उन्होंने मानसिक शांति की गोलियां गटकीं, वेलफ़ेयर सर्विस को फ़ोन कर रतनलाल की आशंकित मृत्यु की सूचना दी और तैयार होकर अपने-अपने मित्रों के साथ बाहर चली गईं।

आठवें रोज़ बाई ने दर्शन दिए। बाई यानी कौन? तो पार्वती।

रतनलाल चिढ़कर बोला, 'अम्मा! क्यों मुझे हलकान करती हो? मेरी परीक्षा ले रही हो क्या? तुम्हारे झांसे में आकर मेरी तो ज़िंदगी ही बर्बाद हो गई।'

'क्यों? क्या हुआ?' पार्वती ने पूछा, 'जो तुमने मांगा वही मिला न?'

चूंकि यह बात सच थी, इसलिए रतनलाल और चिढ़ गया। चिढ़कर बोला, 'तुम मेरे को इत्ता अच्छा घर दिए, अच्छा मोहल्ला दिए, अच्छा शहर दिए, अच्छा देश भी दिए, तो अच्छी दुनिया देने में मौत आती थी क्या? हर चीज़ बोलनी पड़ेगी क्या?'

पार्वती को बुरा लगा। ऐसे कह रहा है जैसे दुनिया हमने ही ऐसी ख़राब बनाई हो! संयत स्वर में बोलीं, 'दुनिया में क्या ख़राबी है?'

'क्या ख़राबी नहीं है?' रतनलाल बहस करने लगा।

'ठीक है, कुछ ख़राबी है तो ठीक कर लो। बदल दो दुनिया को। इतने सारे काम हमने तुम्हारे किए, क्या यह एक काम तुम अपने आप नहीं कर सकते?' पार्वती ने कहा।

पार्वती की इस बात का रतनलाल ने बड़ा अजीब सा जवाब दिया। लापरवाही से बोला, 'अम्मा! तू तो ऐसे बोलती जैसे मैंने दुनिया को बदलने का ठेका ले रखा हो!'

इस बार पार्वती को सचमुच ही बहुत बुरा लगा। यह मूर्ख सोचता है कि दुनिया ठेके पर बदली जाती है? ठेकेदार दुनिया बदलते हैं? या कहीं ऐसा तो नहीं कि यह नालायक़ दुनिया बदलने की कोशिश करने वालों को ही ठेकेदार कह रहा है?

वे तत्क्षण अंतर्धान हो गईं। तमतमाती हुई शिवजी के पास पहुंचीं और बोलीं, 'प्राणनाथ! उसे जो कुछ दिया है तुरंत वापस ले लीजिए।'

'क्यों, क्या हुआ?'

'वह नालायक़ है। वह आपकी दया का पात्र नहीं है। एकदम नालायक़। नालायक़ कहीं का!'

महादेव जानते थे। सब जानते थे। पार्वती की आदत भी उन्हें पता थी। पहले दयार्द्र होकर किसी को भी कुछ भी दिलवा देंगी, बाद में पश्चाताप करेंगी। लेकिन इस बार नया यह था कि पार्वती क्रोध में थीं। पार्वती का क्रोध उन्होंने पहली बार देखा था। क्रोध में पार्वती और भी सुंदर लग रही थीं। महादेव के जी में आई, इसी समय पुकारकर गणेश-कार्तिकेय को बुलाएं और कहें—देखो, ज़रा अपनी मां को!

महादेव थे, मुस्कराकर रह गए और 'तथास्तु' कर दिया।

रतनलाल अशांत वापस फत्तू नाई के खोखे पर पहुंच गए।

जिसे कहते हैं 'लौट के बुद्धू घर को आए' या 'पुनर्मूषको भव' यानी वापस चूहा बन जा और चूहा दौड़ में घुस जा।

कहानी ख़त्म।

लेकिन इस लोक में। उस लोक में नहीं।

जैसी कि देवताओं की आदत थी, वे एक-दूसरे की निजी बातों की पूरी खोज-ख़बर रखते थे। उन्होंने भी पार्वती का ग़ुस्सा पहली बार देखा था। वह उन्हें अच्छा लगा, और वह मुद्दा भी, जिस पर पार्वती को ग़ुस्सा आया। उन्होंने सिर जोड़े और—जैसी कि उनकी आदत थी—पुष्पवर्षा की।

जैसी रतनलाल अशांत के साथ बीती, किसी के साथ न बीते।

बोलो गौरी मैया—महादेव बप्पा की...

कहां जाओगे बाबा

उम्र भर की जमापूंजी लगाकर मास्टर रामरतन वर्मा ने मकान बनवाया था। सभी गुंजाइशों को मद्देनज़र रखते हुए जो मकान साठ हज़ार में बन जाना चाहिए था उसमें होनहार और कारगुज़ार कारीगरों-राजमिस्तरियों की बदौलत एक लाख से ज़्यादा ख़र्च हो गए थे, जिसके लिए पीएफ़ से भी पैसा निकलवाना पड़ा था और इधर-उधर से भी क़र्ज़ लेना पड़ा था। मकान बनवाते-बनवाते कोई सौ बार मन में ख़्याल आया था कि कहां फंस गए! शारीरिक-मानसिक परेशानी-कष्ट-दौड़-भाग-तनाव तो ठीक है पर अनपेक्षित आर्थिक चोटें तोड़े डालती थीं। कई बार जी में आता कि हो गया सो हो गया, जहां तक हो गया बस वहीं काम रोक दें और अपना ख़र्चा निकलता हो तो जो ग्राहक मिले उसी को बेचकर छुट्टी पाएं। लेकिन वहां ग्राहक मिलता कौन? शहर से पंद्रह किलोमीटर दूर था मकान, जहां न सड़क, न जल, न बिजली, न आबादी। और होता भी कोई ग्राहक तो कूदकर सामने थोड़ी आ जाता उनको दलदल से निकालने--वह भी पट्ठा इंतज़ार करता कि देखें मास्टर रामरतन वर्मा कहां तक बढ़ा पाते हैं काम!

उन्हीं दिनों मास्टर साहब के इकलौते बेटे नवीन ने हायर सैकेंडरी पास की थी। उसका इंजीनियरिंग कॉलेज में एडमीशन होते-होते रह गया था, पॉलीटेक्नीक में हो गया था। पॉलीटेक्नीक अपने शहर में था, इंजीनियरिंग

कॉलेज के लिए जयपुर जाना पड़ता और हॉस्टल में रहना पड़ता। बच्चा पसोपेश में था। एक दिन हिम्मत करके उसने पूछा, 'बाऊजी! क्या करूं?' मास्टर साहब को तो लग रहा था कि एक तरह से यह भी ठीक हुआ। मकान बन रहा है। इस समय हॉस्टल का ख़र्चा कैसे निकालते? उन्होंने कहा, 'इंजीनियर तो इंजीनियर है, उसमें इंजीनियरिंग कॉलेज क्या और पॉलीटेक्नीक क्या? किताबें तो किताबें, कोर्स तक तक़रीबन एक ही है। फिर तुममें प्रतिभा और लगन होगी तो बाद में एमएमआई भी कर सकते हो। दिल छोटा न करो। जाओ।' नवीन चला तो गया पर ख़ुश होकर नहीं। दो-चार रोज़ बाद उसने अपने एक दोस्त से मास्टर साहब को कहलवाया कि यदि दस-ग्यारह हज़ार रुपए दे दिए जाएं तो अब भी नवीन का एडमीशन इंजीनियरिंग कॉलेज में हो सकता है। उस ज़माने में कैपिटेशन फ़ीस का चलन आज की तरह आम, दिन-दहाड़े और बेशर्मीपूर्ण नहीं था। मास्टर साहब इस प्रस्ताव पर विचार तो क्या करते, उन्होंने इसे अपने और नवीन के लिए अपमानजनक समझा, प्रस्ताव लाने वाले को डांटकर भगा दिया। नवीन ने पॉलीटेक्नीक में ही प्रवेश ले लिया।

बाद में बीसियों बार मास्टर रामरतन वर्मा को यह सारा प्रसंग याद आया है और याद आए हैं महाभारत के झूठे, मक्कार आचार्य... भीष्म, द्रोण, कृप, विदुर... और हर बार उनका क़द जैसे कुछ सूत छोटा हो जाता रहा है। बेटे के जीवन से उन्होंने ईंट-चूने के नश्वर मकान को अधिक महत्व दिया, यह कोई छोटा पाप है? ख़ैर, किसी तरह वह मकान बना। हालांकि वैसा तो नहीं जैसा मास्टर साहब ने सोचा था... कि बड़ी सी स्टडी होगी लाइब्रेरी सहित, बीच में ख़ूब हवादार हॉल होगा, घर के चारों तरफ़ फूलों की क्यारियां और सब्ज़ियों की बाड़ियां होंगी... आगे-पीछे नीम के झूमते हुए पेड़ होंगे और अहाते में ही महादेव जी का छोटा सा मंदिर होगा वग़ैरह... पर जो भी था, ठीक था। तीन कमरे, एक रसोई, खुली छत और तीन तरफ़ काफ़ी बड़ा अहाता। सूर्योदय-सूर्यास्त के रंगीन दृश्य,

पंछियों की चहचहाहट, शुद्ध हवा और गहरी शांति। इसी की तो चाहत थी। किराए के मकानों में ये सब कहां, जहां ज़िंदगी खपा दी। मास्टर साहब सोचते थे बस, रिटायरमेंट के बाद यहां रहेंगे, पूजा-पाठ करेंगे और शांति से लिखेंगे-पढ़ेंगे, स्वाध्याय करेंगे। कबसे उनका मन गीता की नई भाषा-टीका लिखने का है। कुछ नोट्स भी रखे हैं। लगता है, यह सपना रिटायरमेंट के बाद अपने घर में ही पूरा होगा। मास्टर रामरतन वर्मा साहित्य के भी रसिक पाठक थे। दुनिया के श्रेष्ठ साहित्य का उनके पास अपना चुनिंदा संग्रह था। बार-बार पढ़ते थे और मुग्ध होते थे। ख़ासकर कहानियां और कविताएं। हालांकि आधुनिक कविता समझने में उन्हें अब भी दिक़्क़त आती थी।

किराए के मकानों का मास्टर साहब का अनुभव अच्छा नहीं था। अपनी सामर्थ्य के अनुसार जहां मकान मिलता, वहीं कीचड़-कांदा, घिचपिच, गंदगी, नालियों पर टट्टी फिरते बच्चे, चिचियाते सूअर, ऊंची आवाज़ में चीख़ते रेडियो, लड़ती हुई स्त्रियां, अकारण गाली बकते पुरुष। क्या कोई पढ़े-लिखे! इस पर जब भी मकान मालिक दिखे, उसे नमस्ते करो; जब तक वह बातें करना चाहे उसके सामने हाथ बांधे खड़े रहो और अपने चार ज़रूरी काम छोड़कर उसकी बेवकूफ़ी की बातें सुनो। ख़ासकर पिछले मकान मालिक ने तो बहुत ही तंग किया। वह जब चाहे धमक जाता, हर कमरे में ताका-झांकी करता, काग़ज़-किताब उठा-उठाकर देखने लगता, यहां तक कि मेज़ पर कोई आई हुई या जाने वाली चिट्ठी पड़ी होती तो वह भी बिना पूछे उठा लेता और पढ़ने लगता।

उन दिनों मास्टर साहब विश्व साहित्य में से अपनी पसंद की दस-बारह कहानियां एक रजिस्टर में उतार रहे थे, वे एक जगह मिलतीं नहीं और जब पढ़ने की तलब हो, किताब ढूंढ़नी पड़ती। कहानियों के साथ ही मास्टर साहब उनकी समीक्षा जैसी भी लिखते जा रहे थे, यह कहानी मुझे क्यों अच्छी लगी वग़ैरह। एक दिन मकान मालिक उनकी अनुपस्थिति में वह रजिस्टर पढ़ने लगा, ले गया और शाम को आया तो फटकारने

लगा कि क्या फ़ालतू के काम में टाइम वेस्ट करते रहते हो, इससे तो चार ट्यूशन ही कर लो... देखो लोग कितना कमा रहे हैं... क्या यार मास्टर, तुम्हारा पढ़ना-लिखना भी बेकार ही रहा, मैं टीचर होता तो आज की तारीख़ में कम से कम दो हज़ार रुपया महीना कमाकर दिखा देता। ख़ैर, मास्टर साहब तो उसके भी आभारी ही हैं। उसे बर्दाश्त करना असंभव न हो जाता तो कैसे मकान बनवाने की हिम्मत करते।

इसीलिए अंततः जब मकान बन गया तो ऐसी शांति मिली कि पूछो मत। जी करता बस निहारते ही रहें घंटों अपने इस साकार स्वप्न को।

मकान तैयार हो गया तो उसकी शुद्धि, यज्ञ, गृहप्रवेश और प्रीतिभोज का संक्षिप्त कार्यक्रम भी करना ही पड़ा, जिसमें उनके समस्त सहकर्मी दूर से तकलीफ़ उठाकर भी सोत्साह आए। सबने उनके साहस की प्रशंसा की, उनकी सुरुचि की दाद दी और उनके संचित पुण्यों को सराहा। बधाइयों के बाद सुझावों की बारी आई। अब क्या करोगे इस मकान का? रहोगे? कैसे रहोगे इतनी दूर जंगल में अकेले? क्या किराए पर दोगे? लेकिन यहां किराए पर भी लेने वाला कौन आएगा? कुछ नहीं जी, देखते-देखते यहां भी आबादी हो जाएगी। आधों ने कहा—जैसे ही कोई किराएदार मिले, किराए पर उठा दो, क़र्ज़े का ब्याज भी निकलेगा और घर भी आबाद रहेगा। मकान सुनसान पड़ा रहा तो लोग खिड़की-दरवाज़े क्या, ईंटें तक निकालकर ले जाएंगे, आप जानते नहीं गांववाले कितने बदमाश हो गए हैं आजकल। बाक़ी के आधे कह रहे थे—किराए पर हरगिज़ मत देना। देना आसान होता है ख़ाली कराना मुश्किल। किराएदार दबाकर बैठ गया तो कहां फ़ौजदारी करने जाओगे? बाल नोचते रह जाओगे। आजकल तो अदालतें भी किराएदारों का ही पक्ष लेती हैं। कोई शराबी-कबाबी किराएदार आ गया तो वो अलग आफ़त!

मास्टर साहब कुछ निर्णय नहीं कर पा रहे थे। एक तरफ़ मकान मालिक होने का सुख भोगने का और हर माह किराए की रक़म हाथ आने का लालच ज़ोर मार रहा था, दूसरी तरफ़ किराएदार द्वारा तोड़फोड़ करने या

मकान दबा लिए जाने पर होने वाली मारपीट, मुक़द्दमे-बाज़ी में फंसने की आशंका से डर भी लगता था। इन दिनों उनकी पोस्टिंग पास के एक शहर में थी इसलिए ख़ुद रह नहीं सकते थे। काफ़ी सोच-विचार के बाद अंत में उन्होंने नवीन को पटाया कि वह अपने एक-दो दोस्तों के साथ इसी मकान में रहे। नवीन ने कहा कि इतनी दूर से रोज़ सुबह अपनी खड़-खड़ साइकिल पर कॉलेज आते-आते उसके एक-दो पीरियड तो छूट ही जाएंगे। मास्टर साहब ने उसे नई साइकिल दिलवाने का लालच देकर किसी तरह राज़ी किया। नवीन अपने दो नए दोस्तों के साथ रहने आ तो गया पर पंद्रह दिन भी वहां नहीं रहा। वहां लालटेन की रोशनी में पढ़ना पड़ता, लालटेन जलते ही ढेर सारे कीट-पतंग आ जाते, सुबह जल्दी उठना पड़ता, रात को डर भी लगता और फिर दूर रहने के हज़ार झंझट कि नमक भी ख़त्म हो जाए तो जाओ पंद्रह किलोमीटर दूर। एक दिन तीनों दोस्त मकान में ताला लगाकर शहर की घनी बस्ती में कमरा किराए पर लेकर रहने लगे। यहां से कॉलेज भी पास था, सिनेमाघर भी।

फिर कुछ महीने मकान ख़ाली पड़ा रहा और जैसी कि सहकर्मियों ने आशंका व्यक्त की थी, उसमें चोरियां होने लगीं। हालांकि हफ़्ते में एक बार नवीन जाकर देख-संभाल आता था, पर वह हर समय तो मकान की रखवाली करने बैठा नहीं रह सकता था। पहली बार बाउंड्रीवाल के गेट का ताला टूटा मिला, दूसरी बार लोहे का गेट टूटकर ज़मीन पर गिरा पड़ा मिला। फिर, दो खिड़कियों के शीशे टूटे पाए गए, तो कोई हैंडपंप तोड़ गया। कुछ दिन बाद दीवार में एक मोखा बना मिला, जिससे भीतर घुसकर एक कुतिया ने ढेर सारे पिल्ले जन रखे थे। हो सकता है कोई आदमी हो जो उन्हें नुक़सान पहुंचाना चाहता हो, या आसपास खेतों में काम करने वाले पानी पीने और छाया में सुस्ताने आ जाते हों और लापरवाही या परपीड़न सुख में कुछ तोड़फोड़ कर जाते हों... या आवारा लौंडे हों... या जानवर ही हों... जो हों, पर उनका नुक़सान तो हो ही गया। मास्टर साहब महीने में एक बार नवीन को पैसे देने आते तो मकान

को भी संभाल जाते पर बार-बार छोटे-मोटे नुक़सानों की मरम्मत कराना सिरदर्द जैसा होने लगा। जब भी आते, नवीन ही साइकिल पर पीछे बैठाकर ले जाता। एक बार आए तो नवीन ने बताया कि उस तरफ़ टेंपो चलने लगे हैं।

'कहां के लिए?' मास्टर साहब ने पूछा।

'आगे। माखूपुरा गांव तक जाते हैं।'

'और लौटने के लिए?'

'सड़क तक आकर थोड़ा खड़ा रहना पड़ता है। कुछ न कुछ मिल जाता है। ट्रक भी चलते हैं। वैसे तो दूधवालों की मोटरसाइकिलें भी आती-जाती हैं। वो भी बैठा लेते हैं पांच रुपए में। पर आप उस पर मत आना।'

'क्यों?'

'आपसे बैठा नहीं जाएगा। दोनों तरफ़ टंकियां लगी रहती हैं,' नवीन ने मानो कह दिया था कि मैं आपको बैठाकर नहीं ले जाने वाला। अपनी व्यवस्था आप कीजिए। मास्टर साहब ने साइकिल की दुकान से एक किराए की साइकिल ली और पहुंच गए। देखा कि आसपास काफ़ी सारे प्लॉट कट गए हैं और कुछ पर तो मकान बनने भी शुरू हो गए हैं। पता चला कि आगे वाले गांव में एक सरकारी कारख़ाना खुलने की मंज़ूरी मिल गई है। ज़मीन वग़ैरह भी ले ली गई है। निर्माण शुरू होने वाला है। रास्ते पर लगे ये नीले-नीले साइनबोर्ड उसी के हैं। ज़मीन इधर धड़ाधड़ बिक रही है और भाव रातोंरात बढ़ गए हैं। कुछ ही सालों में अच्छी आबादी हो जाएगी।

मास्टर साहब को अच्छा लगा। यहां मकान बनाने का अपना निर्णय सूझबूझ भरा लगा। हालांकि इसमें उन्होंने क्या किया? फिर भी, यूं ही सी ख़ुशी। लेकिन लौटते समय रास्ते में साइकिल पंचर हो गई और उसे लादे-लादे पांच किलोमीटर पैदल आना पड़ा। ख़ूब थक गए।

अब हर महीने जाकर मकान देखने का भी उत्साह नहीं होता। ख़ाली पड़ा मकान भुतहा जैसा लगता। वहां जब तक रहते, सारा समय चोरी

और उचक्केपन के निशानात की तफ़्तीश में ही बीत जाता, सुंदरता निहारने को समय ही नहीं बचता। बार-बार यही सोचते कि इससे तो शहर में ही कहीं बनवाते। या हाउसिंग बोर्ड की कॉलोनी में क़िस्तों पर ले लेते। इतना पैसा इसमें घुसाकर आख़िर उसका क्या रिटर्न मिल रहा है? इससे तो वो लोग ज़्यादा होशियार हैं, जो शेयर वग़ैरह में पैसा लगा देते हैं। चलो उनसे इतनी चतुराई नहीं होती, पर बैंक में भी डाल देते तो कितना ब्याज मिलता। उनके रिटायर होने में अभी समय था। पता नहीं कब वास्तव में रहने आ पाएंगे यहां।

हां, एक चीज़ ज़रूर अच्छी लगती। इलाक़ा अब उतना सुनसान नहीं रह गया था। प्लॉटों पर चारदीवारियां उठ गई थीं। बिजली की एक लाइन भी उधर से निकल रही थी। सड़क पर एक पंचर जोड़ने वाले की दुकान भी खुल गई थी और उस रास्ते पर टैंपो भी अधिक चलने लगे थे। फिर भी आख़िर ज़रूरत क्या थी अभी से इसमें इतना पैसा घुसाने की? मास्टर साहब ने अपने एक विश्वस्त सहकर्मी से कहा कि मैं मकान बनवाकर फंस जैसा गया हूं, क्या करूं कुछ समझ में नहीं आता। या तो किराएदार दिलवा या साले को बिकवा ही दे।

दोनों ने काफ़ी मंत्रणा करने के बाद तय किया कि प्रांतीय समाचार पत्र में 'किराए पर देना है' का विज्ञापन दे दिया जाए, मकान पर 'टु लेट' की तख़्ती टांग दी जाए और आसपास वालों से बात की जाए। सहकर्मी ने यह भी कहा कि वैसे तो एक भूतपूर्व विद्यार्थी उसी शहर में आढ़त की दुकान करता है, एक मिनट में किराए पर ले लेगा और किराया भी मुंहमांगा देगा, पर यदि उसने मास्टर साहब के मकान में गुड़ या सींग तेल भर दिया तो किराया गया भाड़ में, अच्छे-ख़ासे मकान का सत्यानाश हो जाएगा।

आख़िरकार, विज्ञापन दे दिया गया, किराएदार मिल भी गया। हालांकि वह छह महीने से ज़्यादा नहीं ठहरा, पर किराएदारी का सिलसिला शुरू हुआ तो फिर रुका नहीं। एक बैंक वाले ने ले लिया। उसने सुझाव दिया

कि नवीन का खाता उनके बैंक में खुलवा दिया जाए तो महीने के महीने किराया उसमें जमा हो जाएगा। मास्टर साहब को सुझाव पसंद आया, उन्होंने यही किया। जब मनुष्य रहने लगे तो मकान में कुछ तरमीम भी करनी पड़ीं। कुछ और पैसा लगाना पड़ा। इसी बीच बिजली आ गई तो उसका कनेक्शन भी ले लिया। बैंक वाले ने ही सारी दौड़भाग की। उसका तबादला हुआ तो उसकी जगह जो आया, उसे दे दिया। फिर उसने कहीं और शिफ्ट किया तो वह एक जान-पहचान के लेक्चरर को दे गया। अब तो मास्टर साहब की जानकारी के बग़ैर भी किराएदार बदलने लगे। ज़्यादा से ज़्यादा नवीन को बता दिया जाता। हां, किराया नियम से जमा हो रहा था। पर उसमें से भी काफ़ी तो मकान के रखरखाव, मरम्मत आदि पर ही ख़र्च हो जाता और बाक़ी से ब्याज भरा जाता, मूल तो वहीं का वहीं बैठा था।

इस बीच मास्टर साहब का तबादला और दूर हो गया और मकान की सारी ज़िम्मेदारी नवीन पर आ गई। तीन साल में डिप्लोमा पूरा हो गया और निकलते ही उसे वहीं फ़र्टिलाइज़र कंपनी में जूनियर इंजीनियर की नौकरी भी मिल गई। उसी कंपनी में, जो उसके अपने मकान के पास बन रही थी। क़ायदे से अब तो उसे अपने मकान में रहना शुरू कर देना चाहिए था, लेकिन अब तक किराए का नियमित आना इतना अच्छा लगने लगा था कि नवीन को किराए पर कमरा लेकर रहना ही बेहतर लगा। मकान के संचित किराए से उसने आने-जाने के लिए एक मोपेड ख़रीद ली।

अगला किराएदार लंबे समय जमा रहा। उसने मकान में तोड़फोड़ भी काफ़ी कर डाली। किराया बैंक में जमा होता था इसलिए यह भी नहीं कह सकते थे कि वह किराया नहीं देता। वैसे भी भाड़ाचिट्ठी लिखवाई नहीं थी, भरोसे पर मकान दे दिया था। किराया बढ़ाने और मकान को ढंग से रखने को लेकर उसकी नवीन से तकरार चल रही थी। एक बार

बात बढ़ गई, नवीन गया तो वह नशे में था, मारपीट हो गई। नवीन को भी चोटें लगीं। आख़िर जान-पहचान के कुछ पुलिसवालों को खिला-पिलाकर नवीन ने किसी तरह मकान ख़ाली करवाया।

इस घटना की सूचना मिलते ही मास्टर साहब वहां नवीन के पास पहुंच जाना चाहते थे। लेकिन इलेक्शन में ड्यूटी लग गई थी। कलक्टर से भी जाकर मिले, पर उसने छुट्टी देने से मना कर दिया। संयोग कुछ ऐसा रहा कि चार साल में एक बार भी 'अपने' शहर जा नहीं पाए। इस घटना के पंद्रह-बीस रोज़ बाद नवीन ख़ुद ही आया। उसने बताया कि सरकारी काम से भी इधर उसका आना होता रहेगा। उसी साल गर्मियों में फिर चुनाव हो गए। पहले लोकसभा फिर अब विधानसभा। अगले साल साथ के कुछ नौजवान अध्यापक टिहरी गढ़वाल जा रहे थे। मास्टर साहब भी साथ हो लिए। हिमालय दर्शन की पुरानी इच्छा थी। फिर ऐसा मौक़ा कब मिलता। फिर अगले साल नवीन दक्षिण भारत चला गया... सच यह है कि वह जाने से बच रहे थे। उन्हें लग रहा था नवीन अच्छी तरह संभाल रहा है, वह जाकर हो सकता है कि गड़बड़ कर दें। आख़िर तो उसे ही संभालना है।

इसी बीच मास्टर साहब का प्रमोशन भी हो गया। हेडमास्टर बन गए थे और तबादला और भी दूर ज़िला गंगानगर में हो गया था। पर सूचनाएं मिलती रहती थीं। नवीन हर इतवार नियम से फ़ोन कर लिया करता था।

लेकिन अंत में मास्टर साहब बेचैन होने लगे। नौकरी काटने लगी। अपने मकान के लिए छटपटाने लगे। इंतज़ार करने लगे कि कब कार्यकाल पूरा हो, सेवानिवृत्त होकर अपने घर में रहना आरंभ करें और अपना छूटा हुआ लिखना-पढ़ना फिर से शुरू कर सकें। कुछ दिनों से उनकी इच्छा ऐसी पुस्तक लिखने की हो रही थी, जो उनकी आत्मकथा जैसी भी हो और शिक्षा प्रणाली पर उनके विचार भी। अपने अनुभवों का निचोड़ वह इस पुस्तक में उड़ेल देना चाहते थे। नोट्स तैयार थे। पर पुस्तक आरंभ

नहीं हो पा रही थी। जब रिटायरमेंट का एक साल रह गया तो उन्होंने नवीन को लिखा कि वे नौकरी करते-करते और दूर तथा अकेले रहते-रहते बुरी तरह ऊब गए हैं। 'सोच रहा हूं कि स्वैच्छिक सेवानिवृत्ति ले लूं और सब कुछ छोड़-छाड़कर तुरंत तुम्हारे पास आ जाऊं। तुम्हारा घर भी अब बसना चाहिए। मैं तुम्हारे मामा जी पर सब छोड़ बैठा था, पर वे तो कुछ करते नहीं दिखते।'

प्रत्याशा के विपरीत नवीन का तुरंत उत्तर आ गया कि 'ऐसा निर्णय आप जल्दबाज़ी में हरगिज़ मत कीजिए। एक तो आप अपनी मैक्सिमम स्केल में हैं, सो साल भर की तनख़्वाह छोड़ने में कोई अक्लमंदी नहीं है। दूसरे, यहां कोई असाइनमेंट आपका वेट भी नहीं कर रहा है। आगे कोई जॉब करेंगे, मेरे ख़्याल से इसकी आपने कोई योजना भी नहीं बनाई है। यहां तो आप बोर हो जाएंगे। टाइम पास करना मुश्किल हो जाएगा। इससे तो वहीं किसी तरह टाइम पास कीजिए और समय पर ही रिटायरमेंट लीजिए।'

'...दूसरी बात यह है कि मकान अभी ख़ाली नहीं है। हमारी ही फ़ैक्टरी के एक अधिकारी को किराए पर दे रखा है। तीन हज़ार रुपया महीना किराया आ रहा है। उसे मैं एकदम ख़ाली करने को कह भी नहीं सकता। ख़ाली भी करवाना हो तो उसके लिए दूसरा मकान भी मुझे ही ढूंढ़ना पड़ेगा। वह भी उसे पसंद आ जाए तब है। इसमें समय लगेगा। वैसे भी बारह महीने के छत्तीस हज़ार होते हैं। मैं फिर लिखूंगा।'

पत्र ही नहीं आया, दूसरे दिन फ़ोन भी आ गया। पूछा—सिर्फ़ यह कि मेरी चिट्ठी मिली? कहा—हां, मिल गई—और बस, लाइन कट गई, काट दी गई। मास्टर साहब ने नवीन की चिट्ठी दोबारा और ध्यान से पढ़ी और पढ़कर सुन्न जैसे हो गए, यह किसकी चिट्ठी है? क्या उनके अपने बेटे की? नहीं, लगता है, किसी अजनबी की चिट्ठी है। सबसे पहले पत्र की जिस बात से उनका दिमाग़ ख़राब हुआ वह थी उसकी भाषा। मैक्सिमम स्केल, जॉब, वेट, असाइनमेंट, टाइमपास... यह क्या भाषा है?

क्या नवीन की भाषा इस बीच इतनी ख़राब हो गई है? कहीं से नहीं लगता कि यह वही नवीन है, मास्टर रामरतन वर्मा का लड़का, जो भाषा के पर्चों में सर्वोच्च्य अंक और भाषा के मामले में सर्वाधिक प्रशंसा पाया करता था।

फिर धीरे-धीरे ख़त के मज़मून का सूक्ष्म अर्थ उन पर खुला। एक ही बेटा... नौकरी के कारण इतने वर्षों से जिससे अलग रहना पड़ रहा है... और जब उन्होंने लिखा कि वह आकर साथ रहना चाहते हैं, तो आने को मना कर रहा है। और मना ही नहीं कर रहा, घबराकर पुष्टि भी करना चाह रहा है कि कहीं उन्होंने स्वैच्छिक सेवानिवृत्ति ले तो नहीं ली। अजीब तरह के ख़्याल मन में आने लगे। क्या बात है? क्या नवीन नहीं चाहता कि मैं आकर उसके साथ रहूं? क्या मेरे होने से उसकी आज़ादी में ख़लल पड़ेगा? क्या नवीन शराब तो नहीं पीने लगा है? उसने कोई औरत तो नहीं रख रखी है उस मकान में? किस अधिकारी को दे रखा है मकान? क्या नाम है उसका? छत्तीस हज़ार का ज़िक्र क्यों किया उसने? छत्तीस हज़ार बाप की जान से ज़्यादा हैं क्या? ...कहीं न कहीं कोई भूल ज़रूर हुई है उनसे। कहीं न कहीं उनकी प्राथमिकताएं ज़रूर गड़बड़ाई हैं। वे अगर मकान बनाकर फंस नहीं गए होते तो यह भी हो सकता था कि... लेकिन क्या हो सकता था? क्या जीवन भर वे नवीन को अपने साथ रख सकते थे? क्या जिनका मकान नहीं होता, उनके बेटे उनके साथ ही रहते हैं? भाषा और भावनाएं सिर्फ़ नवीन की ही बदली हैं या उसकी पूरी पीढ़ी की?

करते नहीं थे, पर इस बार उन्होंने नवीन को फ़ोन किया, 'मैंने समय पूर्व सेवानिवृत्ति लेने का फ़ैसला कर लिया है। कल विभाग को लिख रहा हूं। तीन महीने में मुक्त हो जाऊंगा। तुम, वह जो भी अधिकारी है तुम्हारा, उससे मकान ख़ाली करवा लो। मैं सत्र समाप्त होते ही आ जाऊंगा।'

आशंका के विपरीत नवीन ने कहा, 'ठीक है। जब आपने निर्णय कर

ही लिया है तो बहुत अच्छा है। मकान की आप फ़िक्र न करें। मैं ख़ाली करवा लूंगा। आ जाइए। लिखिए-पढ़िए। बहुत हो गई नौकरी। अब आराम कीजिए। यू डिज़र्व इट।'

सुखद आश्चर्य जैसा हुआ। इस बार नवीन का अंग्रेज़ी बोलना भी उन्हें बुरा नहीं लगा।

लेकिन खुटक थी मन में। सो, कुछ रोज़ बाद फिर फ़ोन किया, 'मकान ख़ाली हो गया?'

'अगले हफ़्ते हो जाएगा। एक बार पुताई करवा लूंगा अंदर-बाहर।'

'ठीक है।'

'आपके बेडरूम में कूलर लगवा रहा हूं।'

'कूलर! क्यों? उसकी क्या ज़रूरत है?'

'ज़रूरत है। गर्मी में तो और भी रहेगी।'

'क्यों भई? छत पर सोएंगे।'

'मच्छर काटेंगे।'

'मच्छर? गर्मियों में? अब तो नीम के वे पेड़ भी बड़े-बड़े हो गए होंगे, जो हमने अहाते में लगाए थे।'

'एक तो सूख गया।'

'सूख गया?'

'कोई बीमारी लग गई थी।'

'और दूसरा?'

'उसे कटवाना पड़ा। उधर कुछ कंस्ट्रक्शन करवाना था।'

'क्या?'

'...'

'फिर और पेड़ नहीं लगवाए?'

'आप आएंगे तो खुद ही देख लीजिएगा।'

मास्टर साहब चक्कर में पड़ गए। नीम के पेड़ नहीं हैं? पहले तो कभी बताया नहीं इसने। नीम के पेड़ के बग़ैर कैसा मकान?

और मच्छर? मच्छर क्यों? और कंस्ट्रक्शन का क्या मायने है? क्या बना दिया बाज़ू में? मन किया अभी ही उठकर चले चलें। देखें तो सही हुआ क्या है?

कुछ रोज़ बाद फिर नवीन का ही फ़ोन आया, 'मकान ख़ाली हो गया है। पुताई करवा दी है। मैं अपना सामान ले आया हूं।'

'ठीक है।'

'आपके कमरे में एयरकंडीशनर लगवा दिया है।'

'एयरकंडीशनर? क्यों?'

'अच्छा रहेगा। एक सस्ता मिल रहा था क़िस्तों में।'

'क्या यार तुम भी... इन अप्राकृतिक आरामों की किसे आवश्यकता है?'

'नहीं, कूलर में फिर टेलीफ़ोन की घंटी भी सुनाई नहीं देती है।'

इस बार नहीं पूछा मास्टर साहब ने कि टेलीफ़ोन कब लिया? और क्यों लिया? कुछ नहीं पूछा। हां-हूं करके बात ख़त्म कर दी। उन्हें लगा—कुछ नहीं। अब सब ख़त्म है। जिस मकान में वे रहने जा रहे हैं वह उनका यानी मास्टर रामरतन वर्मा का है ही नहीं। वह नवीन का है। और जिसके लिए वे इतने विह्वल हो रहे थे। माया सचमुच महाठगिनी है। सिर पकड़कर बैठ गए, और बहुत देर ऐसे ही बैठे रहे।

पता साथ में था, याद तो था ही, पर लगा ऑटोरिक्शावाले ने उन्हें बाहर वाला समझकर बेवक़ूफ़ बना दिया है। यह तो वह इलाक़ा नहीं, जहां उनका मकान है। कुछ दूर तक तो रास्ता पहचाना सा लगा था—जब तक शहर में थे, तब्दीलियों के बावजूद—फिर एक चौराहे पर कुछ संभ्रम हुआ कि सीधे जाते हैं या बाएं मुड़ते हैं।

ऑटोरिक्शा बाईं तरफ़ मुड़ गया। उस रास्ते में फ़ैक्टरियां ही फ़ैक्टरियां थीं। एकदम जैसे अनजान शहर। हारकर उन्होंने खुद को ऑटोवाले के भरोसे छोड़ दिया। इतने कारख़ाने, इतने बोर्ड, इतने होर्डिंग, सड़क पर

इतने वाहन, इतना शोर, इतना प्रदूषण, इतना विकास कि आत्मा की सारी प्रफुल्लता ट्रक के पहिए के नीचे आ गए किसी नाज़ुक फूल की तरह कुचल गई। मास्टर साहब ने अपनी आंखें बंद कर लीं। एक चौराहे पर आकर ऑटोरिक्शा रुक गया।

'कौन से सेक्टर में जाना है?'

'सेक्टर का क्या चक्कर है?' गोकुलनगर जाना है।'

'गोकुलनगर में कौन सा सेक्टर?'

'पहले तुम गोकुलनगर तो चलो, हम बता देंगे कि कहां जाना है।'

'गोकुलनगर तो आ गया।'

मास्टर साहब को विश्वास नहीं हुआ। ऑटो से उतरकर इधर-उधर देखा और जगह पहचानने की कोशिश करने लगे। चौराहे पर ऊंचे-ऊंचे साइनबोर्ड लगे थे जिनमें सूटिंग-शर्टिंग और चॉकलेट-कोल्डड्रिंक के विज्ञापन क्रिकेट के माध्यम से जनशिक्षण में मुस्तैद थे। उनके नीचे एक तरफ़ साइकिल की, नाई की, चाय की दुकान और दूसरी तरफ़ सिगरेट-पान की कुछ गुमटियां थीं। मास्टर साहब सड़क पार करके पान की गुमटी के पास गए और एक पानवाले से 'अपने' घर का रास्ता पूछने लगे। पानवाले के हिसाब से पता काफ़ी अस्पष्ट और अधूरा था। फिर भी मदद करने की भावना से उसने पूछा, 'आपको किसके घर जाना है?'

'नवीन वर्मा के घर,' मास्टर साहब कुछ सोचकर बोले।

'नवीन वर्मा... टंडन साहब के मकान में? मतलब टंडन साहब रहते हैं जहां, वहीं?'

'टंडन साहब का तो भई... पता नहीं।'

पानवाले ने पड़ोसी पान वाले से पूछा। ताज्जुब कि नवीन को कोई नहीं जानता।

'वो स्कूल के बाज़ू वाला होगा। सेंट मेरी के बाज़ू वाला?'

मास्टर साहब पानवाले का मुंह देखते रहे।

'आपके क्या लगते हैं ये नवीन वर्मा?'

'हमारे जान-पहचान के हैं,' कुछ सोचकर मास्टर साहब बोले। कैसे कहते कि...

पान वाले ने अंदाज़े से दाहिनी तरफ़ मुड़ जाने और अगले चौराहे पर फिर किसी से पूछ लेने की सलाह दे दी। रिक्शा फिर चला। चौराहे पर फिर पूछताछ। फिर मुड़ना। फिर पूछताछ। आधा घंटा घूम-फिरकर फिर उसी चौराहे पर आ गए। मास्टर साहब परेशान। ऑटो वाले ने पूछा, 'पहली बार आए हो क्या बाबा?'

'बाबा!!' मास्टर साहब को झटका लगा। मरी सी आवाज़ में बोले, 'हां भई।' ऑटो वाला उतरकर दुकान के पीछे पेशाब करने चला गया। लौटा तो बोला, 'चलो अबकी बाईं बाजू घूमकर ट्राइ मारते हैं। आपका गुडलक होएगा तो मिल जाएगा, नहीं तो वापस रेलवे स्टेशन छोड़ दूंगा।' ऑटो चला। खोए हुए से मास्टर साहब सिर उचकाकर दाहिने-बाएं देखने लगे कि कहीं तो अपने मकान जैसा कुछ दिखे। तभी एक जीप पीछे से तेज़ी से आई, ऑटो रिक्शा को ओवरटेक किया और चूं की आवाज़ के साथ ब्रेक मारकर ऑटो रिक्शा के आगे खड़ी हो गई। जीप में से बाऊजी बाऊजी करता नवीन कूदा। मास्टर साहब उतरे। नवीन ने पांव छुए। मास्टर साहब ठीक से देख भी नहीं पाए नवीन को। मोटा हो गया था। बहुत अच्छी नीली क़मीज़ और सफ़ेद पतलून पहने था। स्मार्ट। एकदम आदमी जैसा लग रहा था। गाल-वाल भर गए थे। नवीन ने मास्टर साहब का सामान उठाकर जीप में रखा, ऑटो वाले को पैसे दिए (बग़ैर मास्टर साहब से पूछे कि कितने देने हैं) ऑटो वाले को थैंक्यू कहा, मास्टर साहब को जीप की आगे की सीट पर बैठाया, ख़ुद पीछे चढ़ा... पांच मिनट में मास्टर साहब अपने घर पहुंच गए।

अपना घर! अब यह एक संकरी सी गली थी, जिसकी दुकानों और मकानों के बीच फंसा हुआ सा उनका छोटा सा मकान था। भेड़ियों के बीच डरकर

दुबके हुए छोटे से ख़रगोश सा। लगभग वैसा ही जैसा उन्होंने बनवाया था। किसी समय जो इलाक़े का एकमात्र और भव्य मकान हुआ करता था और जिसके लिए मास्टर रामरतन वर्मा ने अपनी जीवन भर की जमापूंजी, अपनी भविष्य निधि, सब कुछ लगा दिया था, अब इस क्षेत्र का सबसे छोटा और पुराना मकान था। किसी क्षमाप्रार्थी बूढ़े जैसा। हर तरफ़ भव्यता, रंगरोग़न, संगमरमर, ग्रेनाइट, नए आकर्षक डिज़ाइंस, गराज, घर में दुकानें! कितना पैसा है लोगों के पास। और फिर भी उन्हें और चाहिए। मकान का छोटा सा अहाता बंजर पड़ा था। सामने नाली खुद गई थी, जिसमें दुनिया भर का कूड़ा-कचरा और काली कीचड़ भरी हुई थी। एक पत्थर पर पांव रखकर उसे पार करके घर में घुसना पड़ता था। दाहिनी तरफ़ एक टिन शेड लग गया था जिसमें कुछ स्कूटर-मोटरसाइकिलें खड़ी थीं। बाईं तरफ़ सेप्टिक टैंक बनाया गया था और उसके साथ ही सटकर एक पक्की दुकान जैसी निकाल दी गई थी जिस पर 'एसटीडी' लिखा हुआ था और जिसके कुछ तार हवा में झूलते हुए अपने मकान की छत तक आ रहे थे। मकान के ठीक सामने एक पिंजारे की दुकान थी जिसके आगे रज़ाई-गद्दों का ढेर लगा था, नीचे नंगे-पुतंगे बच्चे खेल रहे थे और मुर्ग़े-मुर्ग़ियां भाग-दौड़ रहे थे। उससे सटी एक इलेक्ट्रिक डेकोरेशन की दुकान थी जिस पर लाउडस्पीकर के भोंगे टंगे थे और जहां ऊंची आवाज़ में कोई चालू फ़िल्मी गाना बज रहा था। हवा में धूप का चिलका और गटर की बदबू तैर रही थी और पास में ही कहीं सूअर चिचिया रहे थे। घर के भीतर ठंडक थी। उनके कमरे में एक शानदार डबल बेड पड़ा था जिस पर फ़ोम के गद्दे बिछे थे। एक तरफ़ लिखने की मेज़ और कुर्सी थी, टेबल लैंप रखा था। खिड़कियां बंद थीं और उन पर भारी पर्दे पड़े थे। टेबल पर टाइपराइटर जैसा कुछ रखा था।

'यह क्या है?' मास्टर साहब ने पूछा

'पीसी है।'

'पीसी?'

'कंप्यूटर।'

'किसका है?'

'अपना ही है। ऑफ़िस में डिस्पोज़ल हो रहे थे तब मैंने ख़रीद लिया था।'

मास्टर साहब को समझ में नहीं आया कि अभी कुछ ही वर्ष तो हुए हैं इसका कारख़ाना खुले, अभी से चीज़ें कबाड़ में कैसे जाने लगीं। नवीन शायद उनका प्रश्न समझ गया। बोला, 'इसमें ऑब्सीलेंस बहुत फ़ास्ट है। हायर कॉनफ़्यूग्रेशन के आ गए तो कंपनी ने सोचा कि पुराने...'

'तुम पूजा कहां करते हो?' अब तक मास्टर साहब नवीन के कमरे में पहुंच गए थे, जहां बीच में एक तख़्त पड़ा था और चारों तरफ़ कपड़े-काग़ज़-किताबें-जूते-मोज़े-कबाड़खाना।

'पूजा-वूजा का मुझे टाइम ही कहां मिलता है?' कुछ चिढ़ी सी आवाज़ में नवीन बोला।

'फिर भी... घर में भगवान की एकाध फ़ोटो तो रखनी ही चाहिए।'

नवीन चाय बनाने रसोई में चला गया। फिर वहीं से बोला, 'हां बी सेक्टर में मंदिर है। उसका पुजारी आ जाता है। उसे इक्यावन रुपए देता हूं। वह मेरी तरफ़ से पूजा चढ़ा देता है।'

मास्टर साहब का दिमाग़ बौखला गया। लाउडस्पीकर पर चीख़ते गाने पहले ही दिमाग़ ख़राब किए थे, उस पर नवीन का ऐसा विचित्र जवाब! पैसे दे दिए बस! कोई और तुम्हारे लिए मन की शांति और आत्मा की शुद्धि ला देगा भला? और 'पूजा चढ़ाना' क्या होता है भाई!

रसोई में प्लेटफ़ॉर्म बन गया था। गैस का चूल्हा था। लगभग व्यवस्थित। कुछ ज़्यादा ही व्यवस्थित, जबकि इसका कमरा कबाड़खाना हो रहा है। नहीं, यह इसका काम नहीं हो सकता।

'खाना तुम खुद बनाते हो?'

'नहीं। एक औरत को रखा है। वह बना जाती है। झाड़ू-पोंछा-बर्तन भी वही करती है।'

मास्टर साहब को लगा, किसी और के घर में आ गए हैं। थके थे, लेट गए। नवीन को दफ़्तर जाना था। जीप बाहर ही खड़ी थी। चाय पिलाकर चला गया। लेटने का मन था, पर सोचा इकट्ठे ही लेटेंगे। दाढ़ी बनाई, अनमने से नहा-धोकर दो रोटी खा लीं और सो गए। अचानक आंख खुली। गर्मी लगी। देखा तो पसीने से नहाए हुए हैं। पंखा बंद था। शायद लाइट नहीं थी। हां, लाइट नहीं थी। हवा के लिए दरवाज़ा खोला तो ढेर सारी धूल अंदर आ गई। कुछ देर फ़र्श पर दरी बिछाकर लेटे रहे तो मक्खियां आ गईं। सामने ही कहीं दो औरतें चीख़-चीख़कर लड़ रही थीं। गाली-गलौज। उनकी लड़ाई ख़त्म ही नहीं हो रही थी। एक पल नहीं सो पाए। नवीन ने बताया पावरकट चल रहा है। दिन में दस से पांच रोज़ बिजली चली जाती है।

इस कमरे से उस कमरे में डोलते रहे। नवीन की किताबें देखीं। ज़्यादातर अंग्रेज़ी की। उसमें भी इंजीनियरिंग की। कुछ चिकने पन्नों वाली पत्रिकाएं। क्या करें? ख़ाली बैठने की आदत नहीं थी। बड़ी मुश्किल से शाम हुई। नवीन लौटा तो घर ज़रा घर जैसा लगा।

गर्मियों की आमद थी। सूर्यास्त देर से हुआ। सूर्यास्त के साथ ही चारों तरफ़ बड़ी अजीब सी बदबू फैलने लगी। जैसे पास ही कहीं कोई जानवर मर गया हो। बाहर जाकर देखा तो सब कुछ पीला-पीला जैसा लगा। भीतर आकर नवीन से पूछा कि यह बदबू कैसी? शर्माते हुए नवीन ने बताया, 'हमारी फ़ैक्टरी से गैस रिलीज़ होती है।'

'रोज़?'

'आप आज ही आए हैं इसलिए आपको ज़्यादा लग रहा है। हमें तो पता भी नहीं चलता।'

'कोई शिकायत नहीं करता?'

'कौन करे? ज़्यादातर फ़ैक्टरी के ही कर्मचारी हैं इधर।'

'लेकिन यह तो अपराध जैसा है।'

'अभी तो कुछ नहीं है। बरसात में देखना आप।'

'सरकार कुछ नहीं करती?'

'इंडस्ट्री लगाएंगे तो कुछ न कुछ क़ीमत तो चुकानी ही पड़ेगी।'

मास्टर साहब चुप हो गए।

आधे घंटे बाद बाहर निकले तो अपने अहाते में ढेर सारी मोटरसाइकिल और स्कूटर खड़े देखे। दो आदमी अभी-अभी अपनी गाड़ियां रखकर बग़ैर कुछ पूछे-कहे बाहर जा रहे थे। नवीन से उन्होंने पूछा कि ये लोग कौन हैं। और यहां क्यों गाड़ियां खड़ी कर जाते हैं, हमारे घर में?

'उनके मकानों में गाड़ियां खड़ी करने की जगह नहीं है।'

'तो?'

'...'

'तुम्हारी जान-पहचान के हैं?'

'हर आदमी गाड़ी खड़ी करने के तीस रुपए महीना देता है।'

'तो तुमने अपने अहाते में किराए का साइकिल स्टैंड बना दिया है?'

'यह तो टेंप्रेरी मामला है। अपना कंस्ट्रक्शन एक बार शुरू हुआ तो यह अपने आप बंद हो जाएगा।'

'कंस्ट्रक्शन!' मास्टर साहब ने बुदबुदाते हुए कहा।

रात को मास्टर साहब की ज़िद पर छत पर बिस्तर लगाए गए। मच्छर थे, पर कमरे की घुटन से तो फिर भी बेहतर था। कल ओडोमस ले आएंगे। या कड़वा तेल। कहीं मिलता होगा तो। अभी आंख लगी ही थी कि कहीं से चीख़ने-चिल्लाने, मारपीट, गाली-गलौज की आवाज़ों से आंख खुल गई। सुनते रहे। सोचा नवीन से पूछें, लेकिन वह तो ख़र्राटे भर रहा था।

सुबह नवीन ने बताया कि बद्री पहलवान होगा। कभी-कभी ज़्यादा पीकर आ जाता है और जो सामने मिला उसी को ठोंक डालता है।

'कोई पुलिस में रिपोर्ट नहीं करता?'

'एक-दो बार की थी।'

'करता क्या है?'

'ड्राइवर है हमारे यहां।'

'उसने कैसे मकान बनवा लिया यहां?'

नवीन को मास्टर साहब का सवाल अजीब सा लगा। ड्राइवर है तो यहां मकान नहीं बनवा सकता? सोलह टन के डंपर और पे लोडर खिलौनों की तरह चलाता है। ओवरटाइम मिलाकर मुझसे ज़्यादा तनख़्वाह पाता है। आड़े वक्त पर सबके काम आता है। वह यहां मकान क्यों नहीं बनवा सकता? उसने कहा कुछ नहीं। फ़ैक्टरी के लिए जल्दी-जल्दी तैयार हो रहा था।

नवीन के जाने के बाद मास्टर साहब ने पूरे मकान का ध्यान से मुआयना करना शुरू किया। कभी सोचा था, मकान बनवाया तो सबसे पहले आंगन में एक तरफ़ मरुआ और दूसरी तरफ़ तुलसी का पौधा लगाएंगे और प्रवेशद्वार पर जूही का गाछ! कैसा लिखा है निराला जी ने– सोती थी सुहाग भरी... सब्ज़ियां घर में ही उगाया करेंगे। घर की ताज़ा सब्ज़ी की तो बात ही कुछ और है। बेडरूम की खिड़की के नीचे रातरानी या नागचंपा ठीक रहेगी। और छाया के लिए आंगन में कहीं एक गुलमोहर का पेड़ ज़रूर लगवाएंगे। दुष्यंत ने कितनी शिद्दत से कहा है, *मरें तो अपने बग़ीचे में गुलमोहर तले!* अहाते की ज़मीन बंजर, कड़ियल और तेल पी हुई सी काली। जगह-जगह वाहनों से टपका तेल... सारा खुदवाकर नई मिट्टी डलवानी पड़ेगी, गैंती-फावड़ा ख़रीदकर लाना पड़ेगा। हैंडपंप टूटा पड़ा था। उस पर धूल जमी थी। पीछे की तरफ़ जंगली बबूल और आंकड़े के पौधे भरे थे। बग़ल के प्लॉट में दोमंज़िला मकान बन गया था जिसके पिछवाड़े की भद्दी दीवार और नाली अपने मकान से सट गई थी। पानी नल में कितना आता है, देखना पड़ेगा। ऊपर टंकी भी बनवानी पड़ेगी। लेकिन कुछ भी करने से पहले क्या नवीन से पूछना नहीं पड़ेगा?

तभी अख़बार आ गए। एक अंग्रेज़ी का, एक हिंदी का। घंटे भर में उन्हें पढ़ लिया। अब क्या करें? बिजली फिर चली गई।

पंद्रह दिन होते न होते मास्टर साहब का जी उचाट हो गया। पंद्रह दिनों में उन्होंने गोकुलनगर ही नहीं, आसपास का पूरा इलाक़ा अच्छी तरह घूमकर देख लिया। कहने को वहां सब था– स्कूल, सड़कें, गैस एजेंसी, शॉपिंग सेंटर, अस्पताल, यातायात के साधन, मंदिर, कम्युनिटी सेंटर... यहां तक कि पास ही एक शानदार स्टेडियम भी बना हुआ था, पर सबके बावजूद मन को प्रफुल्ल करने वाली कोई बात नहीं थी। शुद्ध हवा और साफ़ पानी तक नहीं। फ़ैक्टरी से छोड़ी जाने वाली गैस को बर्दाश्त करना मुश्किल था। उससे सिर चढ़ जाता और बदन पर खुजली होने लगी थी। पेड़-पौधे बरबाद हो जाते थे। सुबह आंख चिड़ियों की चहचहाहट के साथ नहीं, कौवों की कांव-कांव के साथ खुलती। सड़कों पर फ़ुटपाथ नहीं थे। कॉलोनी में कोई टहलता नज़र नहीं आता था। कुछ नौजवान ट्रैकसूट पहनकर स्कूटर पर बैठकर स्टेडियम ज़रूर जाते थे जॉगिंग करने; लड़कियां टेनिस खेलने या तैरने कार में बैठकर। कॉलोनी की संकरी गलियों में भी लड़के इतना तेज़ स्कूटर चलाते थे कि पैदल चलने वालों को बाज़ू की दीवार से छिपकली की तरह सट जाना पड़े। घर पर नवीन सुबह-सुबह तेज़ आवाज़ में संगीत बजाता, सो भी अंग्रेज़ी, जो मरा न समझ में आए, न मधुर लगे। और मास्टर साहब को लगता नवीन बातचीत से बचने के लिए ही संगीत बजाता है। अख़बार आता तो इकॉनॉमिक टाइम्स, जिसमें मास्टर साहब के लिए सब कुछ अबूझ और नीरस होता। और खाना बनाने जो औरत आती–हालांकि काम तो बहुत फुर्ती और सफ़ाई से करती–पर पता चला मुसलमान है!

मास्टर साहब अपने घर में ऐसा कभी नहीं होने देते, क्योंकि कुछ भी कहो लेकिन यह ऐसा मामला था जिसके बारे में वह नवीन से भी कुछ नहीं कह सकते थे। एक दिन दबे लफ़्ज़ों में उन्होंने कहा ज़रूर

था कि खाना इससे क्यों बनवाते हो, अपन ही बना लिया करेंगे, तो नवीन कुछ ऐसे आंखें तरेरकर बोला था, 'क्यों?' कि फिर मास्टर साहब से कुछ कहते न बना।

आसपास के कुछ रिटायर्ड लोग भी उनसे मिलने आए। लेकिन वे मास्टर रामरतन वर्मा से मिलने नहीं आए। वे इंजीनियर नवीन वर्मा के फ़ादर से मिलने आए। पहले हफ्ते में उन्होंने विस्तार से और धीरे-धीरे अपना परिचय दिया और अपने-अपने दफ्तरों के उनके हिसाब से दिलचस्प क़िस्से सुनाए और दूसरे हफ्ते तक वे अपने बेटे-बहुओं की बुराई पर उतर आए। अपने क्षेत्र और शहर और प्रदेश और यहां तक कि आपस में एक-दूसरे के प्रति भी उनकी राय अच्छी नहीं थी। लेकिन उनकी राय किसके बारे में अच्छी थी?

मास्टर साहब को अपनी नौकरी के अभी-अभी छूटे दिन याद आने लगे। अपने सहकर्मी, अपने विद्यार्थी, अपना कार्यालय, अपना चपरासी! बच्चों के ताज़ा गुलाब जैसे चेहरे और मासूम बातें। अपने विद्यालय में मास्टर साहब लगभग सर्वेसर्वा थे। ज़िंदगी जैसे पूरी तरह उनके नियंत्रण में थी। घोड़े पर सवार थे तो हाथ में लगाम थी और पांव रकाब में। वे नौकरी छोड़ने के अपने निर्णय पर, जल्दबाज़ी पर, भावुकता पर पछताने लगे। नवीन सच कहता था—'हड़बड़ी मत कीजिए।'

नवीन जो भी कहता है, सच कहता है। पर वह कहता ही कहां है। बातचीत भी आजकल बाप-बेटे में बहुत कम होती है। बहुत अलग-अलग हैं उनकी ज़िंदगियां। बहुत ज़रा सा एकसापन है उनमें। दोनों के बीच विचारों की आवाजाही के पुल की चंद खपच्चियां ही बची रह गई हैं, कभी एक चरमराती है, कभी दूसरी चटख़ती है। एक दिन मास्टर साहब ने उसकी शादी की बात निकाली, 'मामा जी के यहां हो आता हूं,' तो साफ़ कह दिया कि अभी चार-पांच साल शादी करने का मेरा कोई मूड नहीं है। एक दिन कहा कि सोच रहा हूं कुछ काम शुरू करूं तो बोला—'आप लिखिए-पढ़िए और आराम कीजिए, काम तो बहुत कर लिया।' कुछ

करने भी नहीं देता। एक दिन कुछ पुरानी कहानियां नए रजिस्टर में उतार रहे थे तो बोला, 'इतनी मेहनत करने की क्या ज़रूरत है? मैं फ़ोटोकॉपी करवा देता हूं या सीधे कंप्यूटर में ही फ़ीड कर देते हैं।'

मेहनत मत करो! परिश्रम से इतनी नफ़रत क्यों हो गई है लोगों को? परिश्रम फ़ालतू क्यों लगता है? उस पल मास्टर साहब को अपना अंतिम मकान मालिक याद आया था, जिसे मास्टर साहब का रजिस्टर में कहानी उतारना फ़ालतू का काम लगता था। मास्टर साहब को लगा, नवीन और उस मकान मालिक में कोई ख़ास फ़र्क़ नहीं है। मास्टर साहब को उषा प्रियंवदा की कहानी 'वापसी' और कहानी के नायक जगाधर बाबू की दशा याद आने लगी। उन्होंने अपने आपसे पूछा—क्या नवीन को भी यह लग रहा होगा कि हम दूर-दूर ही ठीक थे?

मास्टर साहब के जीवन पर उदासी और निष्क्रियता और मनहूसी और पश्चाताप की चादर धीरे-धीरे फैलने लगी और उनका जीवन एक मटमैली और धूसर जीवनसंध्या का रूप लेने लगा। नवीन अक्सर पूछता—आपको कोई असुविधा तो नहीं है? जब भी कहीं जाता तो पूछता—'कुछ लाना है? आपको कुछ चाहिए?' और मास्टर साहब बुरी तरह झुंझला जाते। हमेशा सुख-सुविधा के बारे में क्यों पूछता है? कभी यह क्यों नहीं पूछता कि आप खुश क्यों नहीं हैं?

लेकिन अगर किसी दिन पूछ ही बैठा यह, तो क्या कहेंगे? क्या कह पाएंगे कि क्यों बनवाया उन्होंने मकान? किसके लिए? क्यों सपने देखे एक आरामदेह, शांतिपूर्ण और सुरुचिपूर्ण घर-मोहल्ले-समाज के? क्यों नहीं सोच पाए कि जब तक इस घर में रहने आ पाएंगे, ज़िंदगी इस लायक़ बचेगी ही नहीं कि... या वे स्वयं ही ज़िंदगी लायक़ नहीं बचेंगे..

कैसा बनाना चाहते थे वे नवीन को? क्या अपने जैसा? तो फिर वह जैसा बना है, उन्हें ठीक क्यों नहीं लग रहा है? नहीं, कहीं न कहीं कुछ भयंकर ग़लत ज़रूर हुआ है। और शायद उनसे ही हुआ है।

ज़िंदगी के इम्तिहान में अंततः वह तैंतीस प्रतिशत अंक भी नहीं जुटा पाए हैं।

सारा-सारा दिन उबासियां लेते ही बीत जाता। दाढ़ी तक रोज़ नहीं बनाते। टाल जाते। नया कुछ करने का जोश अपने भीतर पैदा नहीं कर पाते तो पुरानी-पुरानी कहानी-कविता की पुस्तकें और पत्रिकाएं ही निकालकर पढ़ने लगते। उन्हीं को पढ़ लेते, उन्हीं से हवा कर लेते, उन्हीं से बदन खुजला लेते और उन्हीं से मक्खियां मार लेते।

कोई तीन महीने बाद एक दिन शाम को खाना खाते समय नवीन ने कहा, 'बाऊजी, यहां से कोई दस किलोमीटर आगे माखूपुरा की तरफ़ प्लॉट कट रहे हैं। आठ रुपए स्क्वायर फ़ुट में। अभी वहां कुछ नहीं है। अप्रोच रोड भी कच्ची है। पर वहां एक शानदार मकान बना हुआ है, जो चार साल पुराना है और बिक रहा है। एक डॉक्टर ने बनवाया था, जो मिडल ईस्ट जा रहा है। (ये वही डॉक्टर था जिनकी मार्फ़त नवीन ख़ुद चार साल के लिए मिडल ईस्ट जाने की योजना बना रहा था, पर जिसके बारे में अंत तक उसने मास्टर साहब को कुछ नहीं बताया) अपने जैसा ही मकान है, आरसीसी का कंस्ट्रक्शन है। चारों तरफ़ बग़ीचा लगा हुआ है। कुआं है। आम के पेड़ हैं। एक नीम का भी है। ख़ूब बड़ा लॉन है जिसमें ऑस्ट्रेलियाई दूब लगी हुई है। मकान के तीन तरफ़ बरामदा है जिसमें लकड़ी की जाफ़री और कवेलू की छत है। आपको बहुत पसंद आएगा। बारह लाख मांग रहा है, पर दस तक सौदा पट जाएगा। सोच रहा था कि आप कहें तो चलकर देख लें।

'पैसे?'

'चार-पांच तक तो यही निकल जाएगा। कुछ बैंक में हैं। कुछ फ़ैक्टरी से लोन मिल जाएगा और कुछ तो आपको भी मिले ही होंगे।'

मास्टर साहब कुछ नहीं बोले। चुपचाप खाना खाते रहे। जैसे ज़्यादा ही चबा-चबाकर। नवीन भी चुप रहा। खाने के बाद कुल्ला करते समय अचानक मास्टर साहब बोले, 'चाहे कहीं भी चले जाएं– मैं तो मैं ही

रहूंगा और तुम भी तुम ही रहोगे!' नवीन कुछ समझा नहीं। वह अपने कमरे में चला गया और कुछ पढ़ने लगा। मास्टर साहब हाथ पीछे बांधे हॉल में टहलते रहे। अचानक नवीन के कमरे के दरवाज़े पर आकर बोले, 'एक बात और है।'

'क्या बाऊजी?' नवीन ने पूछा।

'तुम कैसे कह सकते हो कि 'आनंदी' वहां भी नहीं पहुंच जाएगी?'

नवीन मास्टर साहब का मुंह देखता रह गया। उससे कोई जवाब देते नहीं बना। बनता भी कैसे? उसने मशहूर उर्दू कथाकार गुलाम अब्बास की अमर कहानी 'आनंदी' पढ़ी ही कहां थी?

छह महीने बाद इसी नए घर में मास्टर साहब को बसाकर इसी डॉक्टर के साथ नवीन दुबई चला गया।

और मास्टर रामरतन वर्मा गुलाम अब्बास को कोसते रह गए।

ट्रैफ़िक

हैलो! कौन शामलाल? कौन बोल रहा है? शामलाल?

—हां मैं शामलाल।

—तुम आ गए? अपने घर से ही बोल रहे हो? हलद्वानी से ही?

—तुमने कहां फ़ोन किया है? कानपुर का नंबर मिलाया है क्या? घोंचू जोशी!

—कब आए?

—कल रात को।

—लेकिन इतनी जल्दी कैसे? तुम तो दीवाली के बाद आने वाले थे?

—वहां मन नहीं लगा।

—बेटा-बहू ने गांठा नहीं किया?

—नहीं यार, ये बात नहीं है। वो तो बिचारे पूरे टाइम मुझे पलकों पर बिठाए रहे। आने की बात की तो रोने तक लगे। लेकिन मैं नहीं रुका।

—क्यों? पोते ने घास नहीं डाली? यहां तो बड़ा पोता-पोता करते थे। उसने पूछा भी नहीं होगा। इन यंग लोगों के पास कहां टाइम है हम बूढ़ों के लिए?

—नहीं यह बात भी नहीं है। सच पूछो तो उसने तो मुझे घुमाया ख़ूब। सबसे ज़्यादा कंपनी उसने ही दी मुझे।

—फिर? मैं समझ गया। हवा-पानी माफ़िक़ नहीं आया होगा। हाज़मा बिगड़ गया होगा। दस साल यहां रहकर अस्सी प्रतिशत पहाड़ी हो गए हो तुम भी। अब कहां यहां का झरनों-सोतों का पानी, कहां वहां का नल का पानी। कहां वहां की भट्टी कारख़ाने की हवा और कहां यहां की बांज-बुरांस की मीठी बयार।

—हां कुछ गड़बड़ रहा था। पर शुरू-शुरू के दो-चार रोज़। फिर तो मैं वहां के हवा-पानी का आदी हो गया। मन्नू की बहू खाना भी बहुत अच्छा बनाती है। पूछती भी रोज़ सुबह-शाम, बिना नाग़ा, बाऊजी, क्या खाओगे? क्या बनाऊं? तो बाक़ायदा कभी खिचड़ी, कभी मूली, हरी सब्ज़ियां, कम मसाला। बाक़ायदा टु द टेस्ट। ये नहीं कि तला, गला। घी में परांठे ठोंककर रख दे। पढ़ी-लिखी है भई। बुढ़ापे की ज़रूरत और लिमिटेशंस को समझती है। मैं तो कहता हूं ठाकुरजी उसे सदा सुखी रखें। ख़ूब लंबी उमर दें। सब किसी को ऐसी गुणवंती बहू मिले।

—अरे भई तो भाग क्यों आए?

—सच बताऊं?

—नहीं, पहले झूठ बोलने की ही कोशिश करो।

—वहां के ट्रैफ़िक से तंग आकर भाग आया।

—आंय! तुम क्या वहां ट्रक ड्राइवरी करने लगे थे?

—नहीं समझोगे। मैं जानता था। ऐसा करो शाम को आ जाओ। तब तफ़सील से बताऊंगा।

—कौन? घोंचू जोशी? हां बोलो।

—यार मुझसे शाम तक सब्र नहीं किया जा रहा। तुम क्या बता रहे थे ट्रैफ़िक के बारे में? ज़रा बताओ तो फटाफट?

—क्या बताऊं? हुआ यह कि रात को पहुंची मेरी गाड़ी। बेटा आ गया था स्टेशन पर अपनी मारुति कार लेकर। तो उसके साथ स्टेशन

से घर के लिए रवाना हुए। तो भैया, मेरी तो सड़कें देखकर ही तबीयत खुश हो गई। क्या चिकनी-चौड़ी सड़कें। फ़ोर लेन। पेवर रोड्स। बीच में डिवाइडर। हर क्रॉसिंग पर ट्रैफ़िक सिगनल्स। बाक़ायदा टर्न वग़ैरह पर ट्रैफ़िक साइंज़, ज़ेबरा पेंटिंग, कैट्स पॉं। हमारे शहर में कब थीं ऐसी सड़कें? कोई गड्ढा-धचका नहीं। सर्र से सेवंटी-एट्टी में घर पहुंच गए।

—चलो। वाह।

—दूसरे दिन बेटा तो चला गया दफ्तर। पोता बोला चलिए दादाजी आपको बाज़ार घुमा लाऊं। मैंने सोचा बाज़ार क्या घूमने की जगह होती है? पर सोचा, चलो चले चलते हैं, घर बैठे भी क्या करेंगे। दरअसल उसकी मां ने कहा था धनिया ले आ। दादाजी को चटनी अच्छी लगती है करके।

—वा वा।

—तो भैया बैठते ही...

—काहे में बैठते ही?

—कार में!

—धनिया लेने कार में? बेटा ऑफ़िस नहीं ले जाता कार?

—वो चार्टर्ड बस से जाता है, एसी बस से।

—वा वा।

—तो बैठते ही मेरे पोते ने क्या एक्सीलेटर दबाया है कि मेरी तो पीठ गाड़ी की सीट से भचाक से जा लगी। तो मैं तनकर बैठ गया। खिड़की पकड़कर। अब कॉलोनी की छोटी-छोटी गलियों में भी वह ऐसे ड्राइव कर रहा था कि समझो पहले मोड़ पर तो मैं उसके ऊपर गिरते-गिरते बचा।

—वा वा।

—और बाहर निकले तो भई सड़क है, तो उस पर ट्रैफ़िक तो होगा ही। पर उसने तो जो हॉर्न बजाना शुरू किया चीं पों, चीं पों, कि मुझे कहना पड़ा बेटा! यह कोई सभ्यता की बात नहीं है। दूसरे को भी इस

सड़क पर चलने का अधिकार है। तुम तो एकदम दमकल की गाड़ी बने हुए हो!

—बताओ!

—तो उस वक्त तो कुछ नहीं बोला, लेकिन 'सभ्यता' शब्द सुनकर कुछ चौंका ज़रूर। शायद यह शब्द उसने बहुत दिन बाद सुना होगा।

—वा!

—फिर दूसरे दिन जब मैंने उससे पूछा—क्यों भई? कोई ज़रूरी है कि एकदम सिक्सटी में गाड़ी उठाओ और बार-बार खच्च से क्लच-ब्रेक दबाओ? और पूरे टाइम चीं पों, चीं पों! यह क्या है?

—तो? क्या बोला?

—बोला दादाजी, आप यहां के ट्रैफ़िक को नहीं जानते। आपकी सो कॉल्ड 'सभ्यता' से गाड़ी चलाऊं तो कोई मुझे सड़क पर न चलने दे। सभ्यता का ज़माना नहीं रहा अब। और वैसे भी इधर जो गाड़ियां आ रही हैं वो फ़ास्ट चलाने के हिसाब से ही डिज़ाइन की जाती हैं। स्लो वाली तो बस विंटेज कार रैली में देखने को मिलती हैं। और जिसे आप फ़ास्ट कह रहे हैं, कोई अमेरिकन-जर्मन सुन लेगा तो हंसेगा। वहां तो हंड्रेड से कम पर आप चल नहीं सकते। एंड आई थिंक दे आर राइट! वरना फ़ायदा क्या है कार रखने का?

—ऐसा बोला?

—हां! लेकिन यह तो दूसरे दिन की बात है। पहले दिन तो बेचारा कुछ बोल ही नहीं पाया।

—क्यों क्यों?

—वह कुछ बोलता उससे पहले ही सामने एक स्पीड ब्रेकर आ गया। एकदम अन अनाउंस्ड! न कोई सिग्नल साइंज़ न कोई ज़ेब्रा पेंटिंग। और स्पीड ब्रेकर क्या हेड ब्रेकर! छह इंच की पतली सी मुंडेर! गाड़ी ऐसी उछली कि मेरा सिर गाड़ी की छत से टकरा गया। पांव अधर में उठ गए और फिर धच्च से सीट पर पटका गया।

—तुम्हें गाड़ी रुकवाकर उतर जाना चाहिए था। भला पोतों को क्या हक़ पहुंचता है कि वे दादा की ऐतिहासिक या पुरातात्विक कमर से ऐसा क्रूर मज़ाक़ करें?

—कहां-कहां उतरता जोशी? सारा शहर ऐसे ही नाजायज़ और धोखेबाज़ स्पीड ब्रेकरों से भरा हुआ था। और गाड़ी वाले उन्हें अवॉइड करके बाज़ू की कच्ची जगह से धूल उड़ाते निकले भागे जा रहे थे। फिर चलते-फिरते स्पीड ब्रेकर भी थे।

—चलते-फिरते? यानी?

—जैसे कि गाय! वह तो अम्मा है। उसे कोई क्या कह सकता है? किसी सिपाही ने छड़ी छुआ दी और अग़ल-बग़ल उसके यानी गाय के किसी प्रेमी ने देख लिया तो बस हो गया! और कहीं ग़लती से सिपाही कोई मुसलमान हुआ, फिर तो पूछो मत। और गाय को बीच बाज़ार टहलने या पसरने का हक़ है तो डेमोक्रेटिकली भैंस, ऊंट, गधे, सूअर या कुत्ते को भी है। कोई भी, कभी भी आपकी गाड़ी के आगे आ सकता है। और अगर आप में ज़रा सी भी अक्ल है तो गायपुत्र सांड को तो आप कुछ भी नहीं कहेंगे, भले वह बीच सड़क किसी कमसिन बछिया पर डोरे ही क्यों न डाल रहा हो।

—अहा! क्या सच बात! पर यार, एक बात समझ में नहीं आई।

—क्या?

—शुरू में तो तुम कह रहे थे कि बेटा जब स्टेशन से घर ले गया तो रात को, तब तो तुम्हें अपने शहर की सड़कें बहुत अच्छी लगी थीं। दिन और रात में इतना फ़र्क़ कैसे हो गया? रात के समय तो सड़कों पर और अधिक अम्माएं होनी चाहिए थीं?

—बेटा मुझे दूसरे शहर से होता हुआ ले गया था।

—दूसरे किससे?

—अमीरों के इलाक़े से। हर शहर में आजकल दो शहर हो गए हैं। एक ग़रीबों का और एक अमीरों का।

—वा वा। क्या तुम्हारी ऑब्ज़र्वेशंस हैं। पर एक बात बताओ, तुमने इतनी जल्दी सब भांप कैसे लिया?

...

—आदरणीय?

—साले जोशी, तुम्हारी ऐसी की तैसी।

—आंय!

—होल्ड करो।

...

—सारा दलिया जल गया। जब मर्ज़ी आती है बात करना शुरू कर देते हो। एक बार बोलना शुरू करते हो तो चुप होने का नाम ही नहीं लेते। मैं हीटर बंद करना भूल गया और तुमसे बातें करने लगा।

—सॉरी यार। मुझे इतना नहीं बोलना चाहिए।

—सॉरी से क्या होता है? अब खाऊंगा क्या? ख़ाक? तुम्हारे हाड़?

—वा शामलाल वा। क्या बात कही है? मज़ा आ गया। आ जाओ पजामा पहन के। आज मैंने सीरी पाव बनाए हैं। चंपारानी दे गई थी सुबह-सुबह। ब्रेड भी पड़ी है। कम पड़ी तो जल्दी से दो टिक्कड़ थेप लेंगे। आ जाओ।

—आना ही पड़ेगा।

—और सुनो। तुम्हारा जला हुआ दलिया भी लेते आना। मुर्ग़ियों को डाल देंगे।

—शामलाल! क्या हुआ? तुम आए नहीं?

—हां यार!

—क्या हुआ? मठरी-शक्कर पारे बांध दिए थे क्या बहू ने?

—नहीं यार! हुआ यह कि पजामे का नाड़ा नेफ़े के अंदर घुस गया। और नाड़ा डालने की मशीन बहुत ढूंढ़ने पर भी नहीं मिली। शायद मैं वहीं भूल आया।

—पुराने टूथब्रश को तोड़कर बनाई गई नाड़ा डालनी को तुम 'मशीन' कहते हो?

—अब हर चीज़ मशीन ही बन गई ठहरी।

—वा वा।

—ऐन वक्त पर पेन-पेंसिल, सेफ्टीपिन कुछ नहीं मिला। तो मैंने कहा छोड़ो।

—अरे तुम लुंगी में ही आ जाओ। कौन देखता है? पजामा साथ लेते आना।

—अब तो मैंने दलिया ही खा लिया। दूध-शक्कर-इलायची डालकर।

—चलो कोई बात नहीं। शाम को मिलते हैं।

—ओके।

—हैलो जोशी!

—यस।

—माफ़ करना भैया, आज नहीं आ पाऊंगा।

—क्यों? क्या हुआ?

—घुटने पिरा रहे हैं यार।

—मैं ही आ जाता, पर आज एक साहब आने वाले हैं। तुम आते तो उनसे भी मिल लेते। ख़ैर चलो। हां तो, क्या बता रहे थे तुम ट्रैफ़िक के बारे में? हीटर न जल रहा हो तो फ़ोन पर ही बता दो।

—हीटर बंद है।

—तो?

—तो यार बड़ी अजीब सी बात है। हम लोग अब उस दुनिया के लिए सूटेबल बॉय नहीं रहे, ऐसा लगता है।

—क्यों क्यों? क्या हुआ?

—एक चीज़ तो मैंने ये नोटिस की जोशी, कि ट्रैफ़िक तो सड़कों पर बहुत था, पर उसमें अब हथठेले नहीं थे, तांगे नहीं थे, गधागाड़ी नहीं

थी, भैंसागाड़ी नहीं थी, साइकिल के पहिए वाले ठेले नहीं थे। साइकिलें भी यदाकदा ही थीं।

—तो फिर था क्या?

—स्कूटर, मोटरसाइकिल, मोपेड, पिकअपवैन, जीपें, ट्रक, ट्रैक्टर, ऑटोरिक्शा और ढेर की ढेर मोटरें, तरह-तरह की। छोटी-बड़ी, नीली-पीली। कोई मेंढक जैसी तो कोई माचिस जैसी। पोता सारे रास्ते उन्हीं के चाल-चलन और चरित्र पर प्रकाश डालता रहा। लगता था सारा देश घोड़े पर सवार है। और क्या धुआं, क्या पॉल्यूशन। सांस लेना मुश्किल हो गया।

—अच्छा हुआ हम पहले ही इधर आ गए।

—और जोशी! कोई धीरे नहीं चलता। सब भागते हैं। ख़ूब तेज़। जिस देश को पता ही नहीं है कि कहां जाना है, उसके लोगों की हड़बड़ी और उतावली देखकर तो यही लगता है कि शायद कहीं आग-वाग लग गई है।

—आग ही लगी ठहरी।

—और तरह-तरह के विचित्र वाहन।

—विचित्र यानी? महाभारत के रथ?

—रथ ही समझ लो। किसी ने ट्रैक्टर के पीछे ट्रॉली जोड़कर उसे छवा लिया है और उसमें उकडूं सवारियां ठूंस ली हैं, तो किसी ने फटफटी के पीछे तांगे जैसा जोत रखा है। किसी ने जीप के साथ ऊंट गाड़ीनुमा ट्रोला बांध रखा है। बेचारे आरटीओ वालों को तो यह भी समझ में नहीं आता होगा कि इन्हें क्या कहकर पुकारा जाए?

—वा वा!

—कोई नहीं जानता किसमें कितनी सवारी अलाउड हैं और कौन कब उलट जाए। ज़िंदगी की किसी को परवाह नहीं, मरने से कोई डरता नहीं।

—आत्मा अजर-अमर है पार्थ!

—क़ानून-क़ायदे को बुत्ता देना कोई हिंदुस्तानियों से सीखे।

—ठीक बात है, ठीक बात है।

—और दूसरी चीज़ मैंने यह नोटिस की जोशी कि सड़कों पर कहीं फ़ुटपाथ नहीं है।

—ऐं? फ़ुटपाथ नहीं है? तो पैदल आदमी कहां चलेगा?

—जैसा तुम्हें हो रहा है, मुझे भी ताज्जुब हुआ। मैंने पोते से पूछा भी।

—लेकिन उसने कोई जवाब नहीं दिया।

—हां। लेकिन तुम्हें कैसे पता चला संजय?

--पोते समझते हैं दादा सठिया गए हैं। इनकी बातों का जवाब देना टाइम वेस्ट करना है।

—पर यार! ये तो हद ही हो गई। अब किसी का घर ही सड़क पर हो और उसे चार मकान छोड़कर किसी से मिलने जाना हो तो वह पैदल ही तो जाएगा। लेकिन कैसे? चलेगा कहां? सड़क पर चलने का उसका अधिकार तो गाड़ी वालों ने ही छेंक लिया। किसी ने सोचा इस बारे में?

—मतलब आओ-जाओ मत। ख़ाली फ़ोन कर लो। आदमी को आदमी से मिलने-जुलने की क्या ज़रूरत है? इसी को विकास कहते हैं। हां, अपने यहां की बात और है। अब एक दिन हम नहीं मिल पाए तो तबीयत उदास हो जाती है। पर अपन तो पिछड़े हुए इलाक़े ठहरे।

—जोशी! तुम्हारा जनरल नॉलेज तो काफ़ी स्ट्रांग निकला।

—देखते जाओ! अब प्लस एट्टी वालों के लिए एक 'कौन बनेगा करोड़पति' होने वाला है। उसमें मैं भी जाऊंगा। वाइफ़ तो रही नहीं। उनकी जगह तुम्हें साथ ले चलूंगा। लेकिन एक शर्त है! पैदल नहीं जाएंगे।

—हा हा हा हा

—वैसे एक बात मन में आई इसलिए कह रहा हूं। शायद तुमने शहर की सिर्फ़ व्यस्त सड़कें देखी होंगी। वहीं पोते कार लेकर हरा धनिया इत्यादि ख़रीदने जाते हैं। ठीक है न?

—नहीं नहीं, एक दिन पोता मुझे शहर के बाहरी घाघरे पर भी ले गया था। घुमाने।

—तो वहां का क्या हाल था?

—वहां का हाल थोड़ा बेहतर था। हाइवे के ट्रक ड्राइवर मुझे शहरियों की तुलना में ज़्यादा शरीफ़ और पढ़े-लिखे लगे। बाक़ायदा डिपर मारेंगे, हाथ देंगे, साइड जहां देना चाहिए ज़रूर देंगे, फ़ालतू की चीं पों, चीं पों नहीं करते रहेंगे। लेकिन एक-दो चीज़ें वहां भी मुझे काफ़ी डिस्टर्बिंग लगीं।

—क्या क्या?

—एक तो भैया कि आजकल गाड़ियों में जो हैडलाइट्स होती हैं, वे इतनी तेज़ रोशनी फेंकती हैं कि एकदम ब्लाइंडिंग! चकाचौंध। बस अंदाज़े से ही आप निकाल लो।

—क्यों? ऊपर का हिस्सा काला नहीं करते?

—अरे राम का नाम लो जोशी। वह ज़माना गया। लगता है ट्रैफ़िक के रूल्स बदल गए हैं। अब कोई ज़रूरी नहीं है कि आप सड़क पर दूसरे मुसाफ़िरों की सुविधा-असुविधा के बारे में भी सोचें। आपको सिर्फ़ अपने बारे में सोचना है। अपने कफ़न के बारे में भी नहीं। वह दूसरों का हेडेक है।

—यानी सरवाइवल ऑफ़ द फ़िटेस्ट?

—सरवाइवल ऑफ़ द रूडेस्ट! और लोगों ने इसका तोड़ क्या निकाला जानते हो? अगला एक लाइट लगाए तो आप दो लगा लो। वह छह वाट की हेलोजन लगाए तो आप बारह वाट की लगा लो। वह आपको अंधा कर रहा हो तो आप उसे डबल अंधा कर दो।

—वाह वा शामलाल! तुम्हारी बातों से तो मुझे कविता सूझने लगी। देखो, गाकर सुनता हूं। नाऊ माइट इज़ राइट! लाइट इज़ माइट! लाइफ़ इज़ फ़ाइट! फ़ाइट इज़ टाइट। हे... हे... माइट इज़ राइट। बेबी माइट इज़ नाइट! डार्क एज इज़ कॉल्ड सो, बिकॉस देयर वर लॉर्ड्स ऑफ़ नाइट्स इन इट! कैसी लगी?

—लास्ट लाइन थोड़ी सेंसिबल है क्योंकि वह प्रोज़ में है।

—शटप!

—भैया मैंने ज़िंदगी भर पुलिस में नौकरी की सो भी ज़्यादातर ट्रैफ़िक पुलिस में। तुमने हाइस्कूल में। तुमसे कविता का मर्डर देखा जाता होगा, मुझसे तो ट्रैफ़िक की ऐसी हत्या नहीं देखी जाती। रोज़ छाती में हूक उठती है कि क्या हो रहा है? बड़ी-बड़ी गाड़ियां, बड़े-बड़े हादसे! मल्टीनेशनल का कंटेनर जहाज़ से उतरकर सीधा झुमरीतलैया तक, आसनसोल तक, गुड़गांव तक पहुंच जाए बस! फिर चाहे सड़क ससुरी हो या न हो। मरो तुम तो मरो।

—देखो देखो...

—समझ में नहीं आता इसका मतलब क्या है?

—शामलाल! बड़ी उम्र में इतना टेंशन लेना कोई अच्छी बात है क्या? दो-चार रोज़ भुगत कर आ गए बात ख़त्म हुई। रहो चैन से इस ठंडी, शांत जगह में। नहीं आएगा यहां कोई कंटेनर-कैरियर, आश्वस्त रहो।

—क्या आश्वस्त रहूं यार। रात को नींद में भी सड़क की चकाचौंध और शूं शूं दिखाई-सुनाई देती है। लोकूला डाल-डालकर थक गया। आंखों के ढेले दुखना बंद नहीं करते। लगता है दोनों आंखों में ढेर सारे कंकड़ भर गए हैं। ऐसा भी क्या उदार होना यार कि सारी सड़कों की मट्ठ ही मार दी विलायती व्यापारियों की ख़ातिर। और सारी उदारता बाहर वालों के ही लिए? बाहरवालों के लिए जितने उदार, घर वालों के लिए उतने ही क्रूर! ये क्या माजरा है भाई?

—शामलाल, तुम बड़ी जल्दी इमोशनल हो जाते हो। छोड़ो ना यार! तुम साले कोई इस देश के प्राइममिनिस्टर तो हो नहीं। फिर एक बात और है। फ़िरंगी जाएंगे तो अपने साथ सड़कें थोड़ी ना उठा ले जाएंगे। मेरे ख़्याल से तो यहीं छोड़ जाएंगे। जैसे पिछली बार रेलें छोड़ गए थे।

जाने दो इनको! फिर अपन इन्हीं सड़कों पर बग्घी में बैठकर सैर को चलेंगे। सोलर पॉवर वाली बग्घी में ख़रामां-ख़रामां। कैसा रहेगा?

—बग्घी की भली चलाई। सुपरसॉनिक शटल कही होती। सुनो एक वाक़या। ये अभी चार रोज़ पहले की ही बात है। हम जा रहे थे हाइवे पर। पोता चला रहा था। अब हुआ क्या कि सामने आ गई एक बैलगाड़ी। अब भैया बैल तो बैल है, तुम्हारा हाइवे हो कि खाइवे, वो तो चारा खाते हैं, कोई पेट्रोल तो पीते नहीं। तो पोते ने क्या चीं पों चीं पों मचाई है कि पूछो मत। जैसे उसका बस चले तो बैलगाड़ी को भस्म कर डाले। लेकिन बैलगाड़ी वाला भी पट्ठा मस्त था। उसने न साइड दी, न बैलगाड़ी उतारकर कच्चे में खड़ी की। और जैसा बैलगाड़ी वाला वैसे ही बैल, निडर और दबंग। हमारे ज़माने के होते तो बैलगाड़ी लिए-लिए खेतों में भाग छूटते। बैलगाड़ी वाला रस्सी खींचता ही रह जाता। लेकिन देखते ही देखते इधर भी लाइन लग गई, उधर भी। और दोनों तरफ़ से चीं पों चीं पों। हर कोई रांग साइड से ओवरटेक करके निकल जाना चाहता है। कान फट गए।

—वा वा!

—ख़ैर! ज़रा ही आगे चौड़ी सड़क थी। पचास क़दम बैलगाड़ी को चल लेने दिया जाता तो सारा ट्रैफ़िक दस मिनट में क्लीयर हो जाता, लेकिन तभी हमारे पीछे से एक मोटरसाइकिल तेज़ी से आई और हमें ओवरटेक करती हुई फिसलकर सीधी बैलगाड़ी के नीचे घुस गई। बैलगाड़ी हचमचा गई और एक बैल का पैर रपट गया। वह पसरकर साइड में जा गिरा। वह तो बैलगाड़ी वाले की हिम्मत और सूझ-बूझ की दाद दो कि बैलगाड़ी उलाल नहीं हुई। अब सब निकल आए अपने अपने वाहनों से और लगे बैलगाड़ी वाले पर बमकने। जबकि उस बेचारे की तो कोई ग़लती ही नहीं थी। मोटरसाइकिल वाले ने हेलमेट भी नहीं पहन रखा था। वह बेहोश पड़ा था और उसके सिर से ख़ून बह रहा था।

—अरे रे! फिर?

—अब मुझे लगा बैलगाड़ी वाला पिट जाएगा। घायल लड़के को कोई हाथ भी नहीं लगा रहा और बैलगाड़ी वाले पर सब शेर हो रहे हैं। कुछ ने उसे नीचे खींच लिया और उसकी पगड़ी उछालकर ज़मीन पर फेंक दी।

—फिर तुमने क्या किया?

—दो मिनट तो मैं देखता रहा। फिर पता नहीं अचानक क्या हुआ जोशी, कि मेरे भीतर छुपा अपनी जवानी का पुलिस वाला छलांग मारकर बाहर आ गया। मैंने गाड़ी से निकलकर सबसे पहले तो तमाशबीनों को तितर-बितर किया, दो लोगों की मदद से छोकरे को उठाकर खड़ा किया और एक गाड़ी में पटककर अस्पताल भेजा, मोटरसाइकिल निकलवाकर साइड में डलवाई और दो-तीन लोगों की मदद से गिरे हुए बैल को धीरज से खड़ा किया।

—वाह शामलाल वा! क्या मौक़े से जागी तुम्हारी जवानी!

—हां, समझो बस व्हिसल नहीं थी, बाक़ी सब तो वही था।

—लेकिन किसी ने तुम्हारी ऑथोरिटी को चैलेंज नहीं किया?

—किया था एक बबुआ ने। मैंने उसे आंख दिखाई और थप्पड़ भी मार देता ज़रूरत पड़ती तो। बात यह है जोशी कि लोग ऑथोरिटी को पसंद करते हैं। वे चाहते हैं कि कोई हो जो सारी व्यवस्था को ठीक कर दे। इसके लिए वे कुछ प्रायवेशन सहने को भी तैयार रहते हैं। वे सख़्ती भी पसंद कर सकते हैं, बशर्ते उन्हें ऑथोरिटी पर भरोसा हो। लोग केऑस पसंद नहीं करते। वे क़ायदे से गवर्न होना पसंद करते हैं। लेकिन क़ायदा है कहां? और जब सब कुछ बेक़ायदा है तो ठीक है, सब कुछ बेक़ायदा है।

—अच्छा फिर क्या हुआ? पोता तो तुम्हें देखता रह गया होगा!

—फिर और भी डिस्टर्बिंग हुआ। पोते को लगा मैंने अपने बुढ़ापे का नाजायज़ फ़ायदा उठाया है।

—क्या, क्या? कैसे, कैसे?

—जब उसमें से निकल गए तो मैंने पोते से कहा कि अब क्यों दांत पीस रहा है? अब तो आराम से चला। पोता बोला— सारी ड्राइव का मज़ा किरकिरा कर दिया। साला पग्गड़! पहले तो मैं समझा यह मोटरसाइकिल वाले लड़के को कोस रहा है, पर जब उसने 'साला पग्गड़' कहा तो समझ में आया कि बैलगाड़ी वाले को कोस रहा है। बुरा भी लगा। क्योंकि पगड़ी तो मैं भी पहनता था। मैंने कहा—भैया! उसे कहीं जाना है तो वह कहां से जाएगा? क्या गांववालों के लिए कोई अलग हाइवे बना रखी है तुमने? तो बोला— इन लोगों को हाइवे पर अलाउ ही नहीं करना चाहिए। मैंने कहा— क्यों भई? क्या इस चिकनी-चौड़ी शानदार-ठाठदार सड़क को बनाने के लिए उन्होंने पैसा नहीं दिया? मुझे ग़ुस्सा आने लगा। पोते ने पूछा—उन्होंने पैसा दिया? अविश्वास से पूछा। मैंने कहा—नहीं दिया? ग़रीब से ग़रीब आदमी ने दिया। फ़ुटपाथ पर सोने वाले और झुग्गी-झोंपड़ी में रहने वाले तक ने दिया। पोते को ज़रा कौतुक हुआ। बोला—कैसे? क्या वे टोलटैक्स देते हैं? मैंने कहा—टोलटैक्स तो नहीं देते पर बेटा माचिस और नमक, ये दोनों चीज़ें तो ऐसी हैं जो ग़रीब से ग़रीब आदमी भी ख़रीदता है। मानते हो कि नहीं मानते?

—वाह शामलाल वा! क्या बात कही है! मज़ा आ गया। खुला का खुला रह गया होगा पोते का मुंह! जिसे कहते हैं हतप्रभ।

—हां, हुआ तो कुछ ऐसा ही। पर मुझे अच्छा नहीं लगा।

—क्या?

—अब जोशी हम किस-किस का मुंह खुला का खुला रखेंगे? और कब तक? जैसा इन्हें सिखाया जाता है, ये सोचते हैं।

—सही बात है।

—अच्छा जोशी। बंद करता हूं अभी तो। तुम्हारी बेवॉच में टाइम क्या हो गया?

—साढ़े तीन बजने वाले हैं।

—हां तो मेरा दवाई लेने का टाइम भी हो गया।

—ओके! शामलाल!

—ओके डीयर! गॉड ब्लेस यू।

(अगले दिन जोशी शामलाल के घर पहुंचते हैं। साथ में एक नौजवान। चिकनी खाल, तराशी हुई दाढ़ी, सुनहरी फ्रेम का चश्मा, खादी सिल्क का चकाचक हरा कुर्ता, सफ़ेद क्रीज़दार पतलून, बग़ल में प्योर लेदर का झोला और पैर में कोल्हापुरी चप्पल।)

—आप कौन?

—शामलाल! ये दिल्ली से आए हैं। डॉक्टरी पास की है। पर कहते हैं देशसेवा करेंगे। तुमसे भी मिलना चाहते थे। कल तुम देश के बारे में बता रहे थे न कुछ?

—देश के बारे में? मैं तो ट्रैफ़िक...

—जीवन इन्होंने समझो समर्पित कर दिया है देश की ख़ातिर। एक पला-पलाया एनजीओ पांच लाख में ख़रीद लिया है।

—इनके सामने तो ऐसे मत बोलो यार! इन्हें बुरा लगेगा।

—नहीं लगेगा। इनको कुमाउंनी नहीं आती, जिसमें अपन बात कर रहे हैं। ये अंग्रेज़ी में देशसेवा करेंगे।

—और पैसा? पैसा कौन देगा?

—देगा कोई नार्वे-फ़ार्वे। स्वीडन-फ़ीडन। मैंने पूछा था इस बड़चो से। बताया नहीं। इसे लज्जा लग रही थी।

(शामलाल युवक से नमस्कार करते हैं, बैठने को कहते हैं और अपनी लुंगी कसते हुए चाय का पानी चढ़ाने भीतर चले जाते हैं। चाय की पतीली साफ़ करते हुए बड़बड़ाते हैं।)

—अब ये बुलडोज़र कहां से आ गया रांग साइड!

संधान

और तकलीफ़ों के साथ ही विश्वमोहन जी के बच्चों को यह तकलीफ़ भी थी कि पापा हमें कहीं घुमाने नहीं ले जाते। यह तकलीफ़ विश्वमोहन जी की पत्नी की भी थी। 'जबसे ब्याह करके आई हूं घर में ही बैठी हूं। रोज़ वही का वही चौका-चूल्हा। ये नहीं कि चार रोज़ कहीं घूम ही आएं। जबकि गुप्ताजी को देखो। वैष्णोदेवी हो आए। जोशी को देखो। हर गर्मियों में पूरे परिवार को लेकर पहाड़ों पर जाते हैं। शर्माजी को ही देख लो। साल में एक बार अपने ननिहाल हैदराबाद जाते हैं या नहीं! और एक हम हैं! बीस किलोमीटर दूर बजरंगगढ़ तक नहीं गए कभी!'

विश्वमोहनजी को ऐसी बातों से हमेशा बड़ी चिढ़ छूटती। एक तो गुप्ता को देखो, शर्मा को देखो, जोशी को देखो वाली बात ही उन्हें पसंद नहीं आती। क्यों देखो गुप्ता, शर्मा और जोशी को? दूसरे तीन-तीन बच्चों को लेकर कहीं जाने में कितने झंझट हैं! कपड़े, छुट्टियां, पढ़ाई का नुक़सान, ट्रेन का रिज़र्वेशन... जाने में कितने झंझट हैं! फिर ख़र्चा! और आतंकवाद! कितने बम फूट रहे हैं। क्या पता कब कहां किसमें विस्फोट हो जाएं इससे तो टीवी पर ही देख लो! आजकल तो सब दिखाते हैं।

लेकिन विश्वमोहनजी हों या कोई और मोहनजी, परिवार के सदस्यों की शिकायतों को नज़रंदाज़ करने की भी एक सीमा होती है। जब वह सीमा आ गई तो विश्वमोहनजी ने एलटीसी का हिसाब-किताब लगाया,

ख़र्च का पूर्वानुमान तैयार किया, मौसम वग़ैरह की अनुकूलता जांची और एक दिन घर में घोषणा कर दी कि ठीक है, तैयार हो जाओ, अगले महीने की पंद्रह तारीख़ को हम लोग महाननगर जा रहे हैं।

ज़ाहिर है घरवाले ख़ुशी के मारे भौंचक रह गए। उन्हें विश्वास नहीं हुआ। उन्होंने सोचा विश्वमोहनजी मज़ाक़ कर रहे हैं। ऐसे मामलों में वे गंभीर हो ही नहीं सकते। लेकिन जैसे-जैसे जाने का समय नज़दीक आने लगा विश्वमोहनजी की दैनिक घोषणाओं का उत्साह घटने की बजाय बढ़ता ही गया। हां, रिज़र्वेशन हो गया है। हां, फ़र्स्ट क्लास से चलेंगे। हां, होटल में ठहरेंगे। हां, समुद्र भी देखेंगे। हां, जहाज़ भी देखेंगे। जम गया तो तुम्हें जहाज़ भीतर से भी दिखा देंगे।

पत्नी ने यथासंभव बच्चों के कपड़े तैयार किए। अटैचियां जमाई गईं। रास्ते के लिए क्या खाना-नाश्ता ले जाएंगे इस पर बहस हुई। सारे मोहल्ले में ख़बर फैल गई कि विश्वमोहनजी का परिवार महाननगर जा रहा है। पत्नी एक पड़ोसन से कैमरा भी मांग लाई। किस-किस दोस्त-सहेली, अंकल-आंटी के लिए महाननगर से क्या-क्या लाना है इसकी सूचियां बनने लगीं और अंततः एक दिन विश्वमोहनजी का परिवार सचमुच महाननगर के लिए रवाना हो गया।

महाननगर एक चकित कर डालने वाला अनुभव था। बच्चे गर्दनें उठा-उठाकर ऊंची-ऊंची इमारतों की ऊंचाई देख रहे थे और उनकी मंज़िलें गिन रहे थे। पत्नी इतनी चकित थीं कि मानो अभी अपने आपको चिकोटी काटकर देखेंगी। उन्हें विश्वास ही नहीं हो रहा था कि वे सचमुच घूमने महाननगर आए हैं। और विश्वमोहनजी दोहराए जा रहे थे—अरे! ये तो कुछ नहीं है, आगे देखना! विश्वमोहनजी चढ़ती जवानी में एक बार दोस्तों के साथ महाननगर आए थे। इस बार इसी भरोसे पर बच्चों को लेकर आ गए थे कि महाननगर से कुछ तो परिचित हैं ही।

लेकिन उनकी जवानी का महाननगर यहां कहीं नहीं था। ठहरने के लिए एक सामान्य सा होटल का कमरा भी आठ सौ रुपए प्रतिदिन में

मिला। जबकि विश्वमोहनजी का अनुमान था कि डेढ़ सौ दो सौ तक आराम से मिल जाएगा। वह ख़ूब सारे पैसे लेकर आए थे और प्रतिज्ञा करके आए थे कि न कंजूसी करेंगे न पैसे ख़र्च होने पर कुढ़ेंगे, क्योंकि आदमी कभी-कभी ही तो घूमने निकलता है। लेकिन उनका दिल धसकता जा रहा था। कुढ़न भी भीतर जमती जा रही थी। चीज़ों का अच्छा लगना कम से कम होता जा रहा था। फ़ास्ट ट्रेन्स में भारी भीड़ थी, शहर में ख़ूब गंदगी, समुद्रतट पर झोंपड़-पट्टियां और सड़कों पर रंग-बिरंगी विदेशी कारों का कभी न ख़त्म होने वाला रेला।

लेकिन परिवार तरंगित था। परिवार पहली बार होटल में ठहरा था। होटल का कमरा साफ़-सुथरा था। वहां मैले कपड़ों का ढेर, मकड़ियों के जाले, पर्दों पर मसाले के दाग़ और फ़र्श पर दौड़ते चूहे नहीं थे। बच्चे फ़ोम के गद्दोंवाले डबलबेड पर कूद-कूदकर देख रहे थे और पत्नी के लिए तो यह भी किसी आज्ञाकारी जिन्न के कारनामे से कम नहीं था कि घंटी बजाने मात्र से मनपसंद नाश्ता-खाना आ गया और बर्तन भी नहीं मांजने पड़े।

विश्वमोहनजी ने घूमने के लिए टूरिज़्म की बस के टिकट ले लिए। विश्वमोहनजी ने तो ऐसा पैसे बचाने के लिए ही किया था, पर यह भी एक तरह से बहुत अच्छा रहा। बहुत सारी प्रसिद्ध जगहें जिनके चित्र पाठ्यपुस्तकों में थे या जिन्हें अब तक सिर्फ़ टीवी में देखा था, अच्छी तरह और सिलसिलेवार देखने को मिल गईं। इनमें से कुछ जगहें तो विश्वमोहनजी भी पहली बार देख रहे थे। या कम से कम उन्हें ऐसा लगा।

पत्नी और बच्चे इतने चकित और उल्लासित थे कि उनका उल्लास विश्वमोहनजी को भी संक्रमित करने लगा। पत्नी तो अपने उल्लास को ठीक से अभिव्यक्त भी नहीं कर पा रही थीं। एक जगह उन्होंने डोसा खाया। तो इतना बढ़िया डोसा कि एकदम काग़ज़ जैसा पतला, ख़स्ता, विशाल और रूमाल की तरह तहाया हुआ। डोसा उनके शहर में भी मिलता

है, लेकिन इस डोसे ने उस डोसे को एक मिनट में 'तथाकथित' कर दिया। एक जगह चाइनीज़ फ़ूड खाया जोकि ज़ाहिर है पहली बार, तो खाते-खाते ही वह मुंह के साथ-साथ स्मृतियों में भी घुस गया। फिर अगले दिन एक जगह पीत्ज़ा और उसके अगले दिन बर्गर। विश्वमोहनजी इसे भी एक प्रकार का शिक्षण मान रहे थे। वे नहीं चाहते थे कि उनके बच्चे इन वस्तुओं का ज़िक्र आते ही—जोकि अब हमारे देश में ख़ूब आएगा—अपने आपको गंवार और अभागा समझने लगें। इन चीज़ों के नाम बच्चों ने सुन रखे थे। खाई तो खाते-खाते ही पीत्ज़ा और बर्गर संस्मरणों का हिस्सा बन गए। खाते-खाते ही सोच लिया कि जाकर सबको बताएंगे कि महाननगर में हमने पीत्ज़ा और बर्गर खाया। पत्नी मगन थीं, मुदित थीं, मुग्ध थीं। उन्हें लग रहा था कितनी अच्छी बात है कि कहीं भी बर्तन नहीं मांजने पड़ते। बल्कि ले जाकर सिंक में रखने भी नहीं पड़ते। वहीं छोड़ दो मेज़ पर, पुरुष लोग आएंगे और उठाकर ले जाएंगे।

लौटने से पहले ख़ूब ख़रीदारी भी की गई। ख़ासकर बच्चों के कपड़े। इसमें भी विश्वमोहनजी का स्वार्थ छिपा था। बच्चों के कपड़े वहां बहुत सस्ते मिल रहे थे, वे लेटेस्ट फ़ैशन के भी थे और उनके साथ यह गौरव भी जुड़ा हुआ था कि वे महाननगर से लाए हुए हैं। अब दो साल की छुट्टी... विश्वमोहनजी कुटिलता से सोचते!

लेकिन पत्नी ने अपने लिए कोई कपड़ा नहीं ख़रीदा। विश्वमोहनजी के इसरार करने के बावजूद। मन तो उनका बहुत ललचाया होगा—अब इसे परिवार के लिए समर्पण भाव समझ लीजिए या विश्वमोहनजी के लिए सहानुभूति का भाव या और कुछ... कि वे अपने आप पर क़ाबू किए रहीं। हां, चलते समय उन्होंने रसोई के लिए एक अच्छा सा चाक़ू ज़रूर ख़रीद लिया। पता नहीं उपयोग के लिए या यादगार के लिए। शायद इसलिए कि हर बार उसे इस्तेमाल करते हुए महाननगर में बिताए दुर्लभ दिनों का सुखद रोमांच याद कर सकें!

और इस तरह महाननगर घूम-घामकर विश्वमोहनजी का परिवार एक

दिन सकुशल लौट आया। बग़ैर एक भी बार लड़े-झगड़े। इस दर्मियान एक भी बार विश्वमोहनजी झल्लाए नहीं, न उनकी पत्नी ने एक भी बार किसी बात पर मुंह फुलाया। और बच्चों के लिए तो यह रिकॉर्ड समय जैसा हो गया जिसमें उन्होंने मार नहीं खाई और न उनसे पढ़ने बैठने को कहा गया। लौटते समय विश्वमोहनजी अपने बच्चों के लिए एक हीरो पापा जैसे कुछ हो गए थे। पत्नी को लग रहा था कि ख़ैर वैसे एकदम ही अकारथ नहीं हो गई है उनकी ज़िंदगी, और विश्वमोहनजी लगभग आत्ममुग्ध थे कि उन्होंने सब कुछ कितने अच्छे से और कितनी कुशलतापूर्वक मैनेज किया!

लेकिन जैसे-जैसे अपना शहर पास आता गया महाननगर घूमने का सारा उल्लास मुट्ठी की रेत की तरह रिसता गया। बच्चों को अपना बक़ाया होमवर्क और अध्यापकों की संभावित डांट याद आने लगी। हो सकता है सहपाठी पिछला होमवर्क उतारने के लिए कॉपियां देने में नख़रे दिखाएं! हो सकता है वे पूरा होमवर्क न कर पाएं और उन्हें ऐसंबली में सबके सामने कान पकड़कर खड़े रहने या मुर्ग़ा बनने को कहा जाए! पत्नी को लग रहा था इतने दिन भीतर पड़ा-पड़ा अचार ज़रूर ख़राब हो गया होगा। आते ही सारे घर की सफ़ाई करनी पड़ेगी। चूहों ने पता नहीं कितना नुक़सान कर दिया होगा। और सबसे बड़ी बात, आते समय पता नहीं वे पंखा बंद करके आई थीं या नहीं। चलता हुआ मिला तो पति यक़ीनन चिल्लाएंगे। और विश्वमोहनजी मन ही मन ख़र्चे का हिसाब लगा रहे थे और सोच रहे थे आने वाले महीनों में किस-किस ख़र्च में कटौती करनी पड़ेगी। दफ़्तर से तो सिर्फ़ आने-जाने का किराया मिलेगा, बाक़ी सब तो अपनी जेब से ही गया! इतने पैसे में तो तीनों बच्चों के गर्म कोट बन जाते! घूमने नहीं ले जाते घूमने नहीं ले जाते! गुप्ता को देखो, जोशी को देखो!!

इसलिए विश्वमोहनजी का परिवार जब अपने शहर के स्टेशन पर उतरा तो जाने क्यों उन सबको यह लगा कि वे उतरे नहीं, गिरे हैं। गिर पड़े हैं। बल्कि पटक दिए गए हैं।

घर पहुंचे तो विश्वास करने का मन नहीं हुआ कि यही हमारा घर है और अब हमें यहीं रहना है। चूहों ने बेशक काफ़ी सत्यानास कर दिया था, अचार सचमुच ख़राब हो गया था और पंखा भी वाक़ई चलता रह गया था। रसोई का नल थोड़ा टपकता था। पता नहीं कैसे वह पूरा खुल गया था। रसोई में पानी भर गया था। और कुछ ज़िंदा चूहों, एक फूली हुई छिपकली और अनेक मरे हुए कॉक्रोचों के साथ रसोई की कुछ ज़रूरी चीज़ें भी उस रुके-सड़े तालाब में तैर रही थीं।

यह दृश्य देखकर भी वे सब चुप रहे। उन्होंने कोई हा ऽ ऽ या ओह! या अरे नहीं की। पत्नी ने मार खाने के डर से सहमे हुए बच्चे की तरह पहले चलते हुए पंखे और फिर पति की तरफ़ देखा। पति ने चुपचाप पंखा बंद कर दिया और दूसरी चीज़ों का मुआयना करने लगे। पत्नी ने जल्दी से साड़ी उतारी और बाहर से खपच्ची लाकर रसोई की नाली खोली। एक बच्चा सींकोंवाली झाड़ू ले आया। सब बच्चे एक साथ एक चुप मिशन में लग गए– घर साफ़ करने में। यहां तक कि विश्वमोहनजी भी। जो अन्यथा सबसे पहले चाय बनाने को कहते। सबके मन में कहीं न कहीं आशा के विपरीत एक आशा थी कि कोशिश करें तो कुछ न कुछ तो इस घर को भी महानगर के होटल के कमरे जैसा बना ही लेंगे।

उदासी को झापड़ रसीद करने की ग़रज़ से बच्चे महाननगर से ख़रीदकर लाए गए सामान की प्रदर्शनी सी लगाने लगे। अपने नए कपड़े वे पहन-पहनकर देखने और मम्मी-पापा को दिखाने लगे। मुस्कराहटें दबे पांव लौटने लगीं। पड़ोस के एक-दो बच्चे आकर ताकाझांकी करने लगे। बच्चों ने उन्हें भीतर बुला लिया। घंटे भर में पूरा मोहल्ला सूचित हो गया कि श्रीमती विश्वमोहन महाननगर से बच्चों के लिए ख़ूब अच्छे-अच्छे कपड़े ख़रीदकर लाई हैं। अब प्रतीक्षा थी तो कल की—जब विश्वमोहनजी दफ़्तर जाएंगे। उसके बाद ही पड़ोसनें आएंगी... एक-एक चीज़ को छूकर-पलटकर-नचाकर-उठाकर देखेंगी... उनकी क़ीमत पूछेंगी... और संभव

हुआ तो उनमें कुछ नुक्स भी निकालेंगी या उनकी साधारणता पर यह कहकर प्रकाश डालेंगी कि आजकल तो हर चीज़ हर जगह मिलती है। श्रीमती विश्वमोहन समझ जाएंगी कि वे ऐसा किस भाव से, किस दुख से कह रही हैं। वे उनसे सगापन स्थापित करते हुए उन्हें चाय पिलाएंगी, पीछे से मोहल्ले में क्या-क्या हुआ पूछेंगी और बहुत पूछने पर फिर महाननगर के संस्मरण सुनाएंगी– बढ़ा-चढ़ाकर नहीं, घटा-घटाकर। लेकिन उनका चेहरा चुग़ली खाएगा। अपने-अपने जीवन के औसतपने और निस्सारता पर ठंडी आहें भरती पड़ोसनें उठ खड़ी होंगी–चलूं, घर में बहुत काम पड़ा है। कुछ चाहिए हो तो बताना।

दूसरे दिन विश्वमोहनजी को दफ़्तर में अपनी मेज़ पर पेंडिंग फ़ाइलों का ढेर मिला, जिनमें से कुछ अर्जेंट थीं और मन नहीं होने पर भी आज ही निपटानी पड़ेंगी। बच्चों को बक़ाया होमवर्क का पहाड़ निपटाने में दोस्तों से कोई उल्लेखनीय मदद नहीं मिली। अध्यापकों ने साफ़ कह दिया सोमवार तक काम पूरा नहीं हुआ तो एसेंबली में सबके सामने मुर्ग़ा बनाएंगे। पत्नी को रसोई के कई सारे डिब्बे ख़ाली लगे और वह सोच में पड़ गई कि पति से सामान लाने को कैसे कहेंगी? अभी-अभी तो इतना ख़र्चा करके आए हैं! लेकिन बग़ैर सामान मंगवाए काम भी कैसे चलेगा? झुंझलाएंगे। झुंझला लेने दो। इमली डालकर अरहर की दाल और भात और आलू का भुरता बनाऊंगी। दो-तीन हरी मिर्च तल दूंगी। गर्म-गर्म दाल-भात खाएंगे तो ठीक हो जाएंगे।

विश्वमोहनजी महाननगर के महंगे नशे का ख़ुमार इतनी जल्दी उतरने नहीं देना चाहते थे। वे दफ़्तर की तमाम पस्ती दफ़्तर में ही छोड़ आए। सामान की लिस्ट देखकर भी झुंझलाए नहीं और गर्म-गर्म दाल-भात खाते हुए बोले–'घर के खाने की तो बात ही कुछ और होती है!'

श्रीमती विश्वमोहन निहाल हो गईं।

कुछ दिनों तक महाननगर की उपस्थिति बनी रही। बच्चे अपने दोस्तों को वहां के क़िस्से सुनाते रहे। सौग़ातें बांटी गईं। एक बच्चा वहां के

किसी होटल से एक पेपर नेपकिन मार लाया था। वह रोज़ उसे जेब में रखकर स्कूल ले जाता और टिफ़िन के बाद बड़े ठाठ से उसे जेब से निकालकर हाथ-मुंह पोंछता और फिर जेब में रख लेता। एक-बार दोस्तों की दिखाना-दिखाना में हुई छीनाझपटी में आख़िर वह टुकड़े-टुकड़े हो गया। कपड़े संदूक़ों में चले गए थे। उचित अवसर पर ही वे पहने जाएंगे। उचित अवसर कब आएगा? विश्वमोहनजी कहते अरे! पहनो पहनो। नहीं, पहनने से कपड़े मैले हो जाएंगे। अरे! तो धो लेंगे। तो उन्हें लगता, नहीं, धुलने के बाद ख़राब हो गए तो बहुत किरकिरी होगी। कुछ रोज़ वे एक-दूसरे को बताते रहे कि उन्हें सपने में महाननगर दिखाई दिया था। एकदम जैसे हम वहीं हों। लेकिन सब कुछ के बावजूद महाननगर को अपने बीच ज़्यादा दिन नहीं रखा जा सकता था।

अपने शहर में वापसी के बाद पहले ही दिन से उन्हें लगने लगा था कि यहां काम कम है समय बहुत। सब कुछ कर चुकने के बाद भी काफ़ी समय बचा रह जाता है। हर चीज़ की महाननगर से तुलना होने लगी और महाननगर के मुक़ाबले अपने शहर की हर चीज़ सड़ी-बुसी-गंदी और घटिया लगने लगी। मसलन सड़कें। क्या अपने शहर की सड़कों को ठीक अर्थ में सड़कें भी कहा जा सकता है? जहां गड्ढे पड़े हैं। जहां ठेले-साइकिलें-बैलगाड़ियां और चारा भरे ट्रैक्टर चलते हैं! जहां आवारा गाय और सांड बीच सड़क खड़े या बैठे रहते हैं और गोबर करते रहते हैं! जहां हर वाहन ऊंची आवाज़ में और अकारण लगातार हॉर्न बजाता है! जहां धूल उड़ाते हुए ट्रक तेज़ी से गुज़रते हैं! और जहां मातीज़, सिएना, फ़ोर्ड, सेंट्रो जैसी एक भी चमचम गाड़ी दिखाई नहीं देती!

घर के सामने से कोई कार गुज़रती तो बच्चे एक-दूसरे को बताते—'फ़िएट है। खटारा! मारुति वैन। डिब्बा!' अपने पापा के पुराने स्कूटर को वे अजीब निगाहों से देखते।

पत्नी अनमनी सी रहतीं। काम करते-करते बीच में पता नहीं किन ख़्यालों में खो जातीं और फिर चौंककर गहरी उसांस भरकर रोज़मर्रा के

काम में लग जातीं। सब जैसे एक स्थगित जीवन जी रहे थे। असली जीवन तो वहीं था जो महाननगर की यात्रा में था—यहां तो यह उसी या वैसे ही क्षणभंगुर लेकिन असली जीवन की कष्टकर प्रतीक्षा था। जैसे सारा परिवार वेटिंग रूम में बैठा हो। सब बग़ैर मुंह खोले मानो एक-दूसरे से पूछ रहे हों—अगली बार हम कहीं घूमने कब जाएंगे?

विश्वमोहन जी उदास होकर सोचते, छोटे लोगों को सुख भी दुखी क्यों कर जाते हैं?

लेकिन ज़ाहिर है घूमने हर महीने तो जाया नहीं जा सकता। ठीक से सोचा जाए तो हर साल भी नहीं। विश्वमोहनजी सोचते तो फिर से क्या ऐसा किया जाए कि अपना वास्तविक जीवन अधिक आकर्षक और प्रफुल्लतावर्धक बन सके। या कम से कम कुछ कम उबाऊ। क्योंकि जो असर आ गए वे तो आ गए। विश्वमोहनजी बच्चों के लिए एक कैरम बोर्ड ख़रीद लाए और घर के पीछे की तरफ़ पड़ी थोड़ी सी ज़मीन साफ़ करके उन्होंने वहां पत्नी के सहयोग से सब्ज़ी की बाड़ी बना ली। यहां बैंगन लगाएंगे, यहां भिंडी... यहां लौकी की बेल चढ़ेगी, यहां करेला ठीक रहेगा, और टमाटर का तो ऐसा है कि कहीं भी लगा लो!

लेकिन विश्वमोहनजी हों या कोई मोहनजी, अपने छोटे से शहर में गगनचुंबी अट्टालिकाओं का नज़ारा पैदा नहीं कर सकते। न समुद्र की रचना कर सकते हैं। वे महाननगर जैसे बड़े और चमकदार बाज़ार भी नहीं बना सकते, और पेपर डोसा-पीत्ज़ा-बर्गर तो हर्गिज़ नहीं।

कोई दो महीने बाद एक दिन अचानक एक और महाननगर से विश्वमोहनजी के बचपन के एक दोस्त की चिट्ठी आई। वह जैसे आसमान फाड़कर आई। दोस्त उनकी जानकारी के अनुसार विदेश चला गया था और विदेश में ही था। चिट्ठी से पता चला कि विदेश तो वह सिर्फ़ दो साल के लिए गया था, पिछले पांच साल से तो वह इस दूसरे महाननगर में ही है। दोस्त ने लिखा था कि उसका परिवार बाहर निकलना चाहता है। महाननगर की एकरस-उबाऊ ज़िंदगी से वे तंग से आ गए हैं—यदि

विश्वमोहनजी कहें तो दोस्त अपने परिवार को लेकर दो-चार रोज़ को उनके पास आ जाएं!

विश्वमोहनजी ने दोस्त का पत्र पत्नी और बच्चों को बताया और बड़ी देर तक दोस्त के साथ बिताए बचपन की बातें बताते रहे। अंत में सकुचाते हुए पति पत्नी ने तय सा किया कि दोस्त को कोई बहाना बनाकर मना कर देना या पत्र का उत्तर न देना ही ठीक रहेगा। क्योंकि वे लोग यहां कहां रहेंगे और उन्हें यहां क्या अच्छा लगेगा वग़ैरह!

लेकिन अगले दिन दफ़्तर में दोस्त का टेलीफ़ोन आ गया कि वे रविवार को पहुंच रहे हैं।

विश्वमोहनजी ने शाम को पत्नी को बताया कि दोस्त का परिवार तो आ रहा है! पत्नी ने हंसकर दिलासा दिया कि चलो, कोई तो हमारे यहां भी आ रहा है! विश्वमोहनजी को पत्नी ख़ूब अच्छी लगी। कम से कम अपने से ज़्यादा प्रौढ़ और मज़बूत।

रविवार को सुबह नौ बजे के क़रीब एक धूल धूसरित हरे रंग की मारुति विश्वमोहनजी के घर के सामने रुकी। उसमें से एक मोटा-गंजा-अधेड़ आदमी उतरा जिसने कुर्ते-पजामे के साथ चमड़े के फ़ीते वाले जूते पहन रखे थे पीछे-पीछे टीशर्ट-पजामा पहने पंद्रह-सोलह साल के दो लड़के और गुसी-मुसी साड़ी पहने एक महिला। लड़कों के पजामे चारख़ाने वाले कपड़े के थे, चाहें तो उसे पतलून भी कह सकते हैं, पर विश्वमोहनजी को तो वे पजामे ही लगे। महिला चुस्त-छरहरी-हंसमुख थी और गुसी-मुसी साड़ी के बावजूद आकर्षक लग रही थी। उसने नाक में हीरे की लौंग पहन रखी थी।

यह दोस्त का परिवार था।

विश्वमोहनजी और दोस्त ख़ूब हल्ला मचाते हुए गले मिले। एक-दूसरे को उठाते हुए, एक-दूसरे की पीठ पर धौल जमाते हुए और ख़ूब ज़ोर-ज़ोर से एक-दूसरे को गाली बकते हुए– साले! उल्लू के पट्ठे! कोई खोज न ख़बर! गधे की तरह मोटा हो गया! यार को भूल गया! लाना ज़रा मेरा डंडा! वग़ैरह वग़ैरह।

विश्वमोहनजी की पत्नी भी बाहर आ गईं। शादी में उन्होंने इन्हें देखा था। उसके बाद अब मिल रही थीं। पर वे भी गले मिलीं। बच्चे दौड़ते हुए भीतर घुस गए और विश्वमोहनजी के बच्चों से हाथ मिला-मिलाकर अपना परिचय देने लगे।

घंटे भर में ही धुले हुए पर्दों, इस्त्री किए मेज़पोशों, पड़ोस से मांगकर लाए गए टी सैट और गर्म पानी से धोए गए कांच के गिलासों की चकाचक व्यवस्था ध्वस्त हो गई। सारे घर में दोस्त परिवार के जूते, चप्पल, मैले कपड़े, बिस्तर, अटैचियां और सबके लिए लाई गई सौग़ातें बिखरी पड़ी थीं। घंटे भर में बच्चों में ऐसी दोस्ती हो गई कि ये उन्हें बाहर ले गए अपना मोहल्ला दिखाने और अपने दोस्तों से मिलाने। दोनों महिलाएं रसोई में घुस गईं। एक प्याज़ काट रही है तो दूसरी बर्तन धो रही है। पता नहीं चल रहा कौन मेज़बान है और कौन मेहमान!

कुछ देर बाद विश्वमोहनजी के बच्चे कार को चारों तरफ़ घूम-घूमकर देख रहे थे। हालांकि थी तो वह भी मारुति 800 ही, पर अपने घर के सामने खड़ी थी। उसके भीतर भी बैठा जा सकता था। मेहमान बच्चों ने न सिर्फ़ उन्हें कार में बिठाया बल्कि उसके डेक पर गाने बजाकर, पार्किंग ब्रेक लगाकर, एसी चलाकर, डिक्की खोलकर, बल्कि बोनेट भी खोलकर दिखाया। उन्होंने विश्वमोहनजी के बड़े बच्चे से वायदा किया कि कल वे उसे कार चलाना सिखा देंगे। कुछ देर बाद वे कार को धो रहे थे। दो बच्चे पाइप से पानी डाल रहे थे, दो कपड़े से कार को रगड़ रहे थे। फिर वे भीग गए फिर एक-दूसरे पर पानी डालने लगे। फिर पाइप से पानी डाल-डालकर नहाने लगे। मेहमान बच्चे बार-बार कह रहे थे—तुम्हारे यहां ख़ूब पानी आता है यार! हम तो इस तरह नहाने की कभी सोच भी नहीं सकते।

बदले में विश्वमोहनजी के बच्चों ने उन्हें अपनी सब्ज़ी की बाड़ी दिखाई, वे तो देखते ही रह गए। आज से पहले उन्होंने बैंगन-टमाटर के पौधे कभी नहीं देखे थे। उन्हें तो यह भी पता नहीं था कि ये चीज़ें पेड़ पर

लगती हैं या बेल में। उन्होंने ख़ूब सारे बैंगन-टमाटर तोड़ लिए और घर के भीतर जाकर हल्ला मचाने लगे कि वे लाइव सब्ज़ी बनाएंगे। और उन्होंने बनाई भी। और काफ़ी अच्छी बनाई। श्रीमती विश्वमोहन भौंचक थीं कि पौधों में लगे बैंगन-टमाटर भी क्या किसी को इतना उत्फुल्ल कर सकते हैं? उनके बच्चे तो कभी रसोई में नहीं घुसे सब्ज़ी बनाने!

दोनों मर्द गप्पों में लगे थे। पुरानी-पुरानी बातें। ज़माने भर की बातें। तीसरी बार चाय की तलब लगी तो विश्वमोहनजी भीतर आए—पता करने कि क्या चाय मिलने की कोई संभावना है? उन्होंने देखा कि दोनों महिलाएं किसी बात पर ज़ोर-ज़ोर से हंस रही हैं। अपनी पत्नी को उन्होंने एक लंबे समय बाद हंसते देखा था। वह तो क़रीब-क़रीब भूल ही गए थे कि पत्नी की हंसी इतनी दिलकश है। उन्होंने एक बार फिर हैरत से सोचा कि औरत को औरत की सोहबत में ऐसा क्या मिल जाता है जो अपने मर्द की सोहबत में भी नहीं। वे पत्नी की तुरंत घुलमिल जाने की सलाहियत से प्रभावित हुए और दोस्त की पत्नी के प्रति आभारी जैसे भी।

बच्चों के लिए तो तमाशा जैसा हो गया। पापा अंकल को कहते 'यार चुन्नी' और अंकल पापा को कहते 'यार बिस्सू' बिस्सू!! पापा का यह नाम उन्होंने पहले नहीं सुना था।

वैसे एक तमाशा यह भी था कि विश्वमोहनजी के बच्चे मेहमान दंपती को अंकल-आंटी बोल रहे थे जबकि मेहमान बच्चे विश्वमोहनजी और उनकी पत्नी को ताऊजी, ताईजी कह रहे थे।

उस शाम ये सारे गली में क्रिकेट खेल रहे थे। बच्चों के पास एक रबड़ की गेंद थी। कपड़े कूटने की मोगरी को बैट बना लिया गया था और कचरे के डिब्बे को स्टंप। फिर पड़ोस से कुछ बच्चों के साथ एक सचमुच का बैट भी आ गया। मोहल्ले वाले झांक-झांककर देखने लगे। अंकल भी खेल रहे थे। और चीटिंग भी कर रहे थे। और विश्वमोहनजी भी उन्हीं का साथ दे रहे थे। बच्चे हंस-हंसकर लोटपोट हो रहे थे। दोनों

महिलाएं भी दूर खड़ी मुंह में पल्ला ठूंसे खी-खी कर रही थीं। फिर बच्चों के इसरार पर आंटी भी खेलने आ गईं। उनके खींचा-खींची करने पर भी श्रीमती विश्वमोहन नहीं आईं। पहली गेंद आंटी की साड़ी में उलझ गई। पहले तो वे चारों तरफ़ मुड़-मुड़कर गेंद को ढूंढ़ती रहीं, फिर यह अहसास होने पर कि गेंद उनकी साड़ी में ही उलझी है, उन्होंने उसे दबोच लिया और अड़ गईं कि छह रन दोगे तो ही गेंद दूंगी। अब कोई उसे फ़ील्ड भी कैसे करे? आख़िर छह रन दे दिए गए। अगली गेंद पर उन्होंने बड़ी ज़ोर से बल्ला घुमाया। संयोग से गेंद बल्ले की चपेट में आ भी गई और किसी को पता नहीं चला कि कहां गई। खेल बंद करना पड़ा।

रात को सब खा-पीकर बाहर ज़मीन पर बिस्तर लगाकर सोये। मेहमान बच्चे तारों को देखते रहे तो देखते ही रह गए। दोस्त भी। दोस्त बोले–यार बिस्सू! तुम्हारे यहां आसमान में कितने सारे तारे हैं!

–अबे गधे! हमारा आसमान कोई अलग है क्या? विश्वमोहनजी ने कहा।

–बरसों बाद देख रहा हूं यार! हमारे महाननगर में तो तारे दिखाई ही नहीं देते!

–क्यों?

दोस्त ने कोई जवाब नहीं दिया। वह उदास जैसे हो गए।

अगले दिन विश्वमोहनजी ने छुट्टी ले ली। बच्चों के स्कूल की भी किसी कारण छुट्टी थी। फिर भी सब जल्दी उठ गए। उठ क्या गए, मेहमान बच्चों द्वारा उठा दिए गए। उन्हें सोना समय नष्ट करने जैसा लग रहा था। बच्चे बच्चों को लेकर 'जॉगिंग' कराने चले गए–उनके अनुसार जॉगिंग करने के लिए ऐसी फ्रेश जगह कहीं नहीं मिल सकती। लौटे तो चीख़ते-चिल्लाते कि पापा! यहां थोड़ी ही दूर पर खेत हैं। और वहां गेहूं के प्लांट्स लगे हैं और गन्ने के भी। हम ख़ुद देखकर आए हैं। और एक गन्ना तो हमने तोड़कर खा भी लिया। ये देखो हमारे हाथ। छूकर देखो। अब चखो। मीठा लगेगा।

दोस्त और उनकी पत्नी वाक़ई अपने बच्चों के हाथों को सूंघने-चखने लगे जिस पर विश्वमोहनजी और उनकी पत्नी को ख़ूब हंसी आई। बच्चों के हाथों की खुशबू दोस्त को घसीटकर अपने बचपन के दिनों में ले गई। वे भावुक हो गए। विश्वमोहनजी से ईर्ष्या करने लगे और अपनी ईर्ष्या को मुखर रूप में प्रगट भी करने लगे। उन्हें उम्मीद थी तो एलविन टॉफ़लर से जो कहता था संचार क्रांति के बाद यह भी संभव है कि भविष्य के कार्यालय सुदूर हरी-भरी वादियों के बीच कुटियों में स्थित हों।

फटाफट कार्यक्रम बन गया कि खेतों पर चलकर रहट पर नहाया जाए और वहीं दाल-बाटी चूरमा का भोजन बनाकर खाया जाए। जो जैसा था थोड़ा-बहुत जैसे-तैसे तैयार होकर कार में ठुंस गया। दो चक्कर करने पड़ेंगे—कोई बात नहीं। विश्वमोहनजी को ध्यान आया कि कुछ ही दूर उनके चपरासी टेकराम का गांव है और वह कई बार बुला भी चुका है। उन्होंने पड़ोस में जाकर दफ़्तर फ़ोन किया और टेकराम से कहा कि ऐसे महाननगर से हमारे कुछ मेहमान आए हैं जो गांव देखना चाहते हैं, तो हम उन्हें लेकर तुम्हारे गांव पहुंच रहे हैं, तुम भी पहुंचो, ज़रा रास्ता समझा दो!

लेकिन इस बीच बच्चे आंटी को लेकर रवाना हो चुके थे। कुछ ही देर में गाड़ी वापस आ गई और बाक़ी लोग भी चले। श्रीमती विश्वमोहन चाहती थीं कि कुछ खाने की चीज़ बनाकर ले चलें, नहाते के साथ ही बच्चों को भूख लगेगी, पर जितना समय उन्हें दिया जा रहा था उसमें वे यही कर पाईं कि उन्होंने चाय बनाकर थर्मस में भर ली और कुछ बिस्कुट-नमकीन झोले में डाल लिए।

पहुंचे तो काहे का टेकराम का गांव? घर से सिर्फ़ दो किलोमीटर दूर मेनरोड के एक तरफ़ एक जगह देखा तो कुएं पर पंप चल रहा है और बच्चे शोर मचाते हुए पानी की उस मोटी धार में मज़े से नहा रहे हैं! पता नहीं किसका खेत था और किसका पंप। सब कुछ बच्चों ने अपने आप ही मैनेज कर लिया था। बच्चों से पूछा तो बोले-'आप तो नहाओ।'

फिर पता चला कोई किशनलाल है जिसका खेत है। थोड़ी देर में कहीं से किशनलाल ख़ुद आ गया और हाथ जोड़कर बोला कि सब आपका ही है। मैं तो ऑफ़िस जा रहा हूं–मोटर बंद करना हो तो लुगाई को आप बोल देना।

विश्वमोहनजी चक्कर में पड़ गए । क्या गोरखधंधा है? कौन है ये किशनलाल? कब बच्चों की उससे जान-पहचान हुई? कैसे निधड़क नहाने लगे! कितना सुरम्य और प्यारा स्थान है। उनके घर के इतने पास। और उन्हें मालूम तक नहीं? पहले क्यों नहीं कभी सोचा कि कभी-कभी परिवार को लेकर ऐसी जगह भी आया जा सकता है? कितने ख़ुश हैं बच्चे।

बच्चे समय की महत्ता को जैसे आत्मसात किए हुए थे। कल से ही इसके प्रमाण मिल रहे थे। उन्होंने किशनलाल के जाते ही 'किशनलाल आंटी' से दोस्ती गांठ ली। नहा-धोकर गांव की दुकान से आटा-दाल-घी-नमक-मिर्च वग़ैरह ख़रीद लाए और अब वे नाक पकड़-पकड़कर एक-एक कंडा उठा-उठाकर ला रहे हैं और किशनलाल आंटी के अनुभवी निर्देशन में 'काउडंगकेक' यानी बाटियां बनाने की तैयारी कर रहे हैं। इस बीच बिस्सूबाबू और चुन्नीबाबू भी नहा चुके हैं और अब दोनों महिलाएं इस अद्भुत-अभूतपूर्व-कल्पनातीत स्वच्छंदता में सानंद स्नान कर रही हैं।

बच्चे बच्चों को बता रहे हैं कि जगहें तो वहां भी बहुत सी हैं, यार, पर हमें तो कहीं आने-जाने का टाइम ही नहीं मिलता। कॉलेज के लिए सुबह छह बजे निकलना पड़ता है। घर से एक सौ आठ पकड़कर पहले कला निकेतन जाते हैं और वहां से तीन सौ चालीस मिल गई तो सीधे कॉलेज वरना छियासी पकड़कर पहले माता मंदिर जाओ और फिर वहां से पांच सौ नौ या पांच सौ तेरह में लटककर कॉलेज। शाम तक हड्डी-पसलियों का कचूमर निकल जाता है।

–और संडे को?

–संडे को आराम से उठते हैं, हफ़्ते भर के कपड़े धोना-प्रेस करना, कमरा साफ़ करना– नोट्स उतारना– मम्मी का भी कुछ काम करना पड़ता

है, सारा दिन कब निकल गया, पता ही नहीं चलता। और अगले दिन से फिर वही।

अगले दिन उन्हें लौटना था। पता चला लौटने से पहले शॉपिंग करनी है। शॉपिंग! विश्वमोहनजी बिल्कुल नहीं समझ पाए महाननगर वाले हमारे इस बोसीदा से शहर से क्या ख़रीदकर ले जाना चाह सकते हैं? ख़ैर उन्होंने ज़्यादा सिर खपाया भी नहीं, उन्हें दफ़्तर जाना था, जो तैयार था, खाकर दफ़्तर चले गए।

शाम को लौटे तो शॉपिंग का उल्लसित विवरण विस्तार से सुना। क्या ख़रीदारी की? दिन भर दफ़्तर में सोचते रहे थे कि क्या ख़रीदकर ले जा सकते हैं ये लोग यहां से? यहां मिलता क्या है? बच्चों के कपड़े तक तो ढंग के मिलते नहीं। क्या ले जाएंगे यहां से बांधकर? खराद पर कटे लकड़ी के देहाती खिलौने? खजूर के हाथपंखे? बंधेज की चूनड़ी? हाथ की छपी रेजी की चादरें? बैलों के गले की घंटियां? मुंहमांगे पैसे फेंककर ले जाएंगे और वहां जाकर अपने आलीशान ड्रॉइंग रूमों में सजा लेंगे। कुछ रोज़ की एथनिक हलचल के बाद सारी चीज़ें कूड़े में चली जाएंगी। फिर नेपाल से कुछ ले आएंगे। फिर बस्तर से। एकदम एनआरआइयों जैसी बात! चार रोज़ घूमकर रोमांटिक होने में क्या रखा है, यहां रहना पड़े तो पता चले।

आंटी ने एक-एक पुड़िया खोलकर दिखाई। सोजत की मेंहदी और कलौंजी और अमचूर और साबुत मिर्च और रीठा और आंवले और जामुन का सिरका और घाणी का सरसों का तेल और बताशे और खानतिल्ली और चिंरोजीदाने और यहां तक कि मूड़ी के लड्डू, मूंगफली की पट्टी, केर-सांगरी, जौ-चने का सत्तू और सींग की कंघियां!!

विश्वमोहनजी इस ख़रीदारी को देखते ही रहे गए।

पता चला बच्चे भी गए थे बाज़ार। बच्चों को कितना गंदा लगा होगा हमारा शहर। नहीं, उन्हें मज़ा आया। वे तांगे में भी बैठे। वे ख़ास तौर पर 'वॉटरबॉल्स' खाने गए थे। वॉटरबॉल्स? वही जिसे तुम गोलगप्पे या

गुपचुप कहते हो। क्या वे महाननगर में नहीं मिलते? वहां पॉलीथीन बैग में पैक मिलते हैं, मसाला साथ मिलता है, पानी घर जाकर बना लो। लेकिन ठेले पर खड़े होकर खाने का मज़ा ही कुछ और है! हमने तो उससे पानी की रेसिपी भी पूछी थी, लेकिन उसने बताई नहीं, लगता है वह उसकी ट्रेड सीक्रेट है।

एक झीनी सी मुस्कराहट विश्वमोहनजी के होठों पर थिरक गई।

श्रीमती विश्वमोहन रास्ते का खाना बना रही थीं। बच्चे उन्हें याद दिला रहे थे—मम्मी ल्हिसोड़े का अचार ज़रूर रखना, नीटू भैया को बहुत पसंद है। दूसरा कह रहा था—मम्मी, केर का मुरब्बा भी, चिंटू भैया ने आज तक कभी नहीं खाया।

दोस्त का परिवार चला गया। उनके जाने के बाद सहसा सब कुछ ख़ाली-ख़ाली हो गया। लेकिन इस बार विश्वमोहनजी के परिवार को ऐसा हर्गिज़ नहीं लगा कि वे पीछे छूट गए हैं, या छोड़ दिए गए हैं, या बल्कि उतार ही दिए गए हैं।

पार्टीशन

आप क़ुर्बान भाई को नहीं जानते? क़ुर्बान भाई इस क़स्बे के सबसे शानदार शख़्स हैं। क़स्बे का दिल है आज़ाद चौक और ऐन आज़ाद चौक पर क़ुर्बान भाई की छोटी सी किराने की दुकान है। यहां हर समय सफ़ेद क़मीज़-पजामा पहने दो-दो, चार-चार आने का सौदा-सुलफ़ मांगती बच्चों-बड़ों की भीड़ में घिरे क़ुर्बान भाई आपको नज़र आ जाएंगे। भीड़ नहीं होगी तो उकड़ूं बैठे कुछ लिखते होंगे। बार-बार मोटे फ्रेम के चश्मे को उंगली से ऊपर चढ़ाते और माथे पर बिखरे आवारा, अधकचरे बालों को दाएं या बाएं हाथ की उंगलियों में फंसा पीछे सहेजते। यदि आप यहां से सौदा लेना चाहें तो आपका स्वागत है। सबसे वाजिब दाम और सबसे ज़्यादा सही तौल और शुद्ध चीज़। जिस चीज़ से उन्हें ख़ुद तसल्ली नहीं होगी, कभी नहीं बेचेंगे। कभी धोखे से दुकान में आ भी गई तो चाहे पड़ी-पड़ी सड़ जाए, आपको साफ़ मना कर देंगे। मिर्च? आपके लायक़ नहीं है। रंग मिली हुई आ गई है। तेल? मज़ेदार नहीं है। रेपसीड मिला है। दीया-बत्ती के लिए चाहें तो ले जाएं।

यही वजह है कि एक बार जो यहां से सामान ले जाता है, दूसरी बार और कहीं नहीं जाता। यों चारों तरफ़ बड़ी-बड़ी दुकानें हैं— सिंधियों की, मारवाड़ियों की, पर क़ुर्बान भाई का मतलब है, ईमानदारी। क़ुर्बान भाई का मतलब है, उधार की सुविधा और भरोसा।

लेकिन एक बात का ध्यान रखिएगा—जो सामान आप ले जा रहे हैं, उसका लिफ़ाफ़ा या थैली बग़ैर देखे मत फेंकिएगा। मुमकिन है उस पर कोई ख़ुद्दार या ख़ूंख़ार शेर लिखा हो। न जाने कितने लोग उनसे कह-कहकर हार गए कि गल्ले में एक कॉपी रख लें, शेर होते ही फ़ौरन उसमें दर्ज कर लें। क़ुर्बान भाई सुनते हैं, सहमत भी हो जाते हैं, जो चीज़ें खो गईं उन पर दुखी भी होते हैं, पर करते वही हैं।

मेरा भी इस शानदार आदमी से इसी तरह परिचय हुआ। दफ़्तर से लौटते हुए क़ुर्बान भाई की दुकान से कोई चीज़ लेकर घर आया... लिफ़ाफ़े पर लिखा था—

फ़क़त पासे-वफ़ादारी है, वरना कुछ नहीं मुश्किल।
बुझा सकता हूं अंगारे, अभी आंखों में पानी है।।

और यह आदमी आज भी चार-चार आने के सौदे तौल रहा है! और क्यों तौल रहा है, इसकी भी एक कहानी है।

क़ुर्बान भाई के पिता का अजमेर में रंग का लंबा-चौड़ा कारोबार था। दो बड़े-बड़े मकान थे। हवेलियां कहना चाहिए। नया बाज़ार में ख़ूब बड़ी दुकान थी। बारह नौकर थे। घर में बग्घी तो थी ही, एक 'बेबी ऑस्टिन' भी थी जो 'सैर' पर जाने के काम आती थी। संयुक्त परिवार था। पिता मौलाना आज़ाद के शैदाइयों में से थे। बड़े-बड़े लीडर और शायर घर आकर ठहरते थे। क़ुर्बान भाई उस वक़्त अलीगढ़ यूनिवर्सिटी में पढ़ रहे थे। न भविष्य की चिंता थी न बुढ़ापे का डर! मज़े से ज़िंदगी गुज़र रही थी। इश्क़, शायरी, होस्टल, ख़्वाब!

तभी पार्टीशन हो गया। दंगे हो गए। दुकान जला दी गई। रिश्तेदार पाकिस्तान भाग गए, दो भाई क़त्ल कर दिए गए। पिता ने सदमे से खटिया पकड़ ली और मर गए। नौकर घर की पूंजी लेकर भाग गए। बचे-खुचों को लेकर अपनी जान लिए-लिए क़ुर्बान भाई नागौर चले गए। वहां से मेड़ता, मेड़ता से टौंक। कहां जाएं? कहां सिर छिपाएं? क्या पाकिस्तान

चले जाएं? नहीं गए। क्योंकि जोश नहीं गए, क्योंकि सुरैया नहीं गई, क्योंकि क़ुर्बान भाई को अच्छे लगने वाले बहुत से लोग नहीं गए। तो क़ुर्बान भाई क्यों जाते?

धीरे-धीरे घर की बिकने लायक़ चीज़ें सब बिक गईं और कहीं कोई काम, कोई नौकरी नहीं मिली, जो उस दौर में मुसलमानों को मिलना बेहद मुश्किल थी। तिस पर हुनर कोई जानते नहीं थे, तालीम अधूरी थी। आख़िर एक सेठ के यहां हिसाब लिखने का काम करने लगे, लेकिन अपनी आदर्शवादिता, ईमानदारी, दयानतदारी, शराफ़त आदि दुर्गुणों के कारण जल्द ही निकाल दिए गए...। लेकिन मालिक होने का ठसका एक बार टूटा तो टूटता चला गया। स्थिति यह थी कि हिंदुओं में निभने की कोशिश करते तो शक-शुबहे की बर्छियों से छेद-छेद दिए जाते और मुसलमानों में खपने की कोशिश करते तो लीगियों के धार्मिक उन्माद का जवाब देते-देते टूक-टूक हो जाते। ...उतरते गए ...मज़दूरी तक, हम्माली तक छुटपुट कारीगरी तक ...इंसानियत तक। नए-नए काम सीखे। मजबूरी सिखा ही देती है। साइकिल के पंक्चर जोड़े, पीपों-कनस्तरों की झालन लगाई, ताले-छतरियां, लालटेनें ठीक कीं... चूनरी-बंधेज की रंगाई में काम किया... हाथी दांत की चूड़ियां काटीं... शहर दर शहर... अब हमला सांप्रदायिक उन्माद का नहीं, मशीन का हो रहा था... जो चीज़ पकड़ते... धीरे-धीरे हाथ से फिसलने लगती। धक्के खाते-खाते पता नहीं कब कैसे यहां इस क़स्बे में आ गए और एक बुज़ुर्ग नमाज़ी मुसलमान से पचास रुपए उधार लेकर एक दिन यह दुकान खोल बैठे। ...कुछ पुड़ियों में दाल-चावल ...माचिस ...बीड़ी-सिगरेट-गोली-चॉकलेट। ...क्या बताऊं? किस तरह बताऊं? एक आदमी के दर्द और संघर्ष की तवील दास्तान का सिर्फ़ अपनी सुविधा के लिए चंद अल्फाज़ में निबटा देना... न सिर्फ़ ज़्यादती है, बल्कि उस संघर्ष का अपमान, ...उसका मज़ाक़ उड़ाने जैसा भी है। पर क्या करूं, कहानी जो कहने जा रहा हूं—दूसरी है!

दुकान के ज़रा जमते ही क़ुर्बान भाई ने अख़बार ख़रीदना और पत्रिकाएं

मंगाना शुरू कर दिया। ठीया हो गया, पहनने को दो जोड़ी कपड़े हो गए, रोटेशन चल गया, गिराकी जम गई तो आगे ख़्वाहिश कौन सी थी? बच्चे कोई जिए नहीं थे, शौक़-मौज, सैर-सपाटा भूल ही चुके थे, मियां-बीवी दो जनों के लिए अल्लाह का दिया बहुत था... पत्रिकाएं क्यों न मंगाते? और उस समय कोई पत्रिका आती तो बुकपोस्ट हो या वी.पी., उसे लेने क़ुर्बान भाई ख़ुद पोस्ट ऑफ़िस पहुंच जाते। पत्रिका को बड़े जतन से संभालकर रखते और उसका पन्ना-पन्ना, हर्फ़-हर्फ़ चाट जाते। कई-कई बार, जैसे किसी भूखे-प्यासे को छप्पन भोग मिल गए हों। अदब से अब भी इसी तरह मोहब्बत करते हैं। पत्रिकाएं मंगाकर, ख़रीदकर पढ़ते हैं और उनकी फ़ाइल हिफ़ाज़त से रखते हैं।

इसी सिलसिले में... उनके संस्कार बोलने लगे। लोगों ने देखा, यह शख़्स कभी झूठ नहीं बोलता... ठगी-चार सौ बीसी नहीं करता... कम नहीं तौलता... अबे-तबे नहीं करता... गंदे मज़ाक़ नहीं करता... अदब से बोलता है और आड़े वक़्त पर हरेक के काम आता है... हर काम में इसके एक नफ़ासत... संस्कारिता छलकती है... इसलिए धीरे-धीरे क़स्बे में प्रतिष्ठित लोग दुआ-सलाम करने लगे... व्यापारियों के यहां शादी-ब्याह कुछ होता... उनके कार्ड आने लगे। आकर्षित होकर खग के पास खग भी आने लगे। अब क़ुर्बान भाई उन्हें चाय पिला रहे हैं और ग्राहकी छोड़कर ग़ालिब पर बहस कर रहे हैं।

आहिस्ता-आहिस्ता क़ुर्बान भाई की दुकान पढ़े-लिखों का अड्डा बन गई। लेक्चरर, अध्यापक, पत्रकार, पढ़ने-लिखने वाले। शाम होते ही क़ुर्बान भाई की दुकान ठहाकों और बहसों से गुलज़ार हो जाती। क़ुर्बान भाई आदाब अर्ज़ करते... चाय वाले को चाय के लिए आवाज़ लगाते हैं और टाट की कोई बोरी निकालकर चबूतरे पर बिछा देते। ग्राहकी भी चलती रहती, बहसें भी, ठहाके भी, और बीच-बीच में इसमें भी संकोच नहीं करते कि किसी को छाबड़ी पकड़ाकर दूर रखे थैले से किलो-भर साबुत मिर्च भरने या फ़लां कनस्तर से पिसे नमक की थैली निकाल देने या दस चीज़ों

का टोटल मिला देने जैसा काम पकड़ा दें। बड़ा मज़ेदार दृश्य होता कि अंग्रेज़ी साहित्य का व्याख्याता सड़क पर खड़ा फटक-फटककर लहसुन के छिलके उड़ा रहा है या प्रांतीय अख़बार का संवाददाता उकड़ूं बैठकर चबूतरे के नीचे रखी बोरी से मुलतानी मिट्टी निकाल रहा है या इतिहास के वरिष्ठ अध्यापक...

हम लोगों के संपर्क से क़ुर्बान भाई बदलने लगे। उन्हें पहली बार महसूस हुआ कि उनकी एक अदबी शख़्सियत भी है। हमने उनसे उर्दू सीखी, उनकी लाइब्रेरी (जो काफ़ी समृद्ध हो गई थी) को तरतीब दी, रिसालों की जिल्दें बनवाईं और उस लाइब्रेरी का ख़ूब लाभ उठाया। हम लोग क़ुर्बान भाई को पकड़-पकड़कर मुशायरों-नशिस्तों में ले जाने लगे। हमने उन्हें ऐसी पत्रिकाएं दिखाईं, जैसी उन्होंने पहले कभी देखी थीं... ऐसे लेखकों-कवियों के बारे में बताया जो सिर्फ़ उनकी कल्पना में ही थे... ऐसे शायरों की रचनाएं सुनाईं जो साक़ी-शराब वग़ैरह को कब का अलविदा कह चुके थे और ऐसी राजनीति से उनका परिचय कराया, जिसके बारे में उन्होंने अब तक सिर्फ़ उड़ती-उड़ती बातें ही सुनी थीं। उनके दिमाग़ में भी काफ़ी मज़हबी कबाड़ भरा हुआ था, शुरू से प्रबुद्ध होने के बावजूद; हम झाड़ू लेकर पिल पड़े... हमने उन्हें अख़बार और विचार का चस्का लगा दिया, जैसा पहले किसी ने करना ज़रूरी नहीं समझा था।

नतीजा यह निकला कि वे हफ़्ते में एक रोज़ छुट्टी रखने लगे, रात को खाने के बाद हमारे साथ घूमने जाने लगे... अपने अतीत के बारे में सोच-सोचकर ग़ुस्से में भरे रहने की बजाय भविष्य की तरफ़ देखकर कभी-कभी चहकने भी लगे और हमारे नज़दीक से नज़दीकतर होने लगे। एक नए क़िस्म का लौंडापन उन पर चढ़ने लगा। उन्हें हमारी लत पड़ने लगी। वे हमारा हर शाम इंतज़ार करते और हम नहीं पहुंच पाते तो वे ख़ुद हमारे घर आ जाते।

अब हुआ यह भी कि क़स्बे के शरीफ़ और प्रतिष्ठित व्यक्ति होने की क़ुर्बान भाई की ख्याति से हमें लाभ न हुआ हो, हमारी बदनामी की

लपेट में वे भी आने लगे। जिस परिमाण में क़ुर्बान भाई का जो समय हमें मिलता, उसी परिमाण में वह उनके पुराने दोस्तों-लतीफ़ साहब, हाजी साहब, इमाम साहब वग़ैरह के हिस्से से कम हो जाता। नमाज़ पढ़ने वे सिर्फ़ शुक्रवार को जाते थे, अब वह भी बंद कर दिया। वाज़ वग़ैरह में चलने को कोई पहले भी उनसे नहीं कहता था, अब भी नहीं कहता। मदरसे को पहले भी चंदा देते थे, अब भी देते। हां, कभी-कभी होने वाली राजनीतिक सभाओं में जाने को और क़स्बे की राजनीति में दिलचस्पी लेने को उनके लिए ख़तरनाक समझकर बिरादरी वाले उन्हें टोकने ज़रूर लगे। पॉलिटिक्स अपने लोगों के लिए नहीं है, समझे? चुपचाप सालन-रोटी खाओ और अल्लाह का नाम लो। चैन से जीना है तो इन लफ़ड़ों में मत पड़ो। बेकार कभी धर लिए जाओगे... हमें भी फंसवाओगे। अब यहां रहना ही है तो... पानी में रहकर मगरमच्छों को मुंह चिढ़ाने से क्या फ़ायदा?

लेकिन अपनी मस्ती में मस्त थे हम लोग। न हमें पता चला न ख़ुद क़ुर्बान भाई को कि उन्हें इमामबाड़े वाले ही नहीं, शाखा वाले भी घूरते हुए निकलने लगे हैं। शाम को उनकी दुकान पर आने वाले कुछ देशप्रेमी क़िस्म के लोगों की सतत अनुपस्थिति का गूढ़ार्थ भी हमने नहीं समझा। इसलिए आख़िर वह घटना हो गई जिसने इस कहानी को एक ऐसे अप्रिय मुक़ाम तक पहुंचा दिया जो मन को कड़वाहट से भर देता है।

एक दिन दोपहर की बात है। एक बैलगाड़ी वाले ने ठीक उनकी दुकान के सामने गाड़ी रोकी। बैल खोले और गाड़ी का अगला हिस्सा क़ुर्बान भाई के चबूतरे पर टिका दिया। गांव से आने वाले इसी चौक में गाड़ियां खड़ी करते हैं, बैल खोलते हैं और उन्हें चारा डालकर अपना काम-काज निपटाने चले जाते हैं। शाम को लौटते हैं और जोतकर चले जाते हैं। लेकिन वे गाड़ी किसी की दुकान के ऐन सामने खड़ी नहीं करते और किसी के चबूतरे पर रखने का तो सवाल ही नहीं उठता। इस शख़्स ने तो इस तरह गाड़ी खड़ी की थी कि अब कोई ग्राहक क़ुर्बान भाई की दुकान तक पहुंच ही नहीं सकता था, बल्कि वे ख़ुद भी पड़ोसी के

चबूतरे पर से हुए बिना नीचे नहीं उतर सकते थे। गाड़ी वाला वकील ऊखचंद का हाली था और क़ुर्बान भाई को मालूम था कि अभी वह गाड़ी खड़ी करके गया और शाम को ही लौटेगा। क़ुर्बान भाई ने उससे गाड़ी ज़रा बाज़ू में खड़ी करने और बैलों को किनारे बांध देने को कहा। उसने अनसुनी कर दी। क़ुर्बान भाई ने फिर कहा तो एक नज़र उन्हें देखकर अपने रास्ते चल पड़ा। क़ुर्बान भाई ने ख़ुद उठकर चबूतरे पर टिके उसकी गाड़ी के अगले छोर को उठाया और गाड़ी को धकाकर... लेकिन तभी उस आदमी ने क़ुर्बान भाई का गरेबान पकड़ लिया और गालियां बकने लगा। और क़ुर्बान भाई का चश्मा नोच लिया और धक्का-मुक्की करने लगा। ठीक इसी समय कोर्ट से लौटते वकील ऊखचंद उधर से गुज़रे और उन्होंने आवाज़ मारकर पूछा, 'क्या हुआ रे गोम्या?' गोम्या बोला, 'म्हनै कूटै!' यानी मुझे मार रहा है। वकील ऊखचंद ने पूछा, 'कौन?' गोम्या बोला, 'ये मींयों!'

क़ुर्बान भाई सन्न रह गए। बात समझ में आते-आते भीतर हचमचा गए। आंखों के आगे तारे नाचने लगे। वहीं ज़मीन पर उकड़ूं बैठ गए और सिर पकड़ लिया। अंधेरे का एक ठोस गोला कलेजे से उठा और हलक़ में आकर फंस गया। बरसों से जमी रुलाई एक साथ फूट पड़ने को ज़ोर मारने लगी।

...यह क्या हुआ? ...कैसे हुआ? क्या गोम्या उन्हें जानता नहीं? एक ही मिनट में वह 'क़ुर्बान भाई' से 'मियां' कैसे बन गए? एक मिनट भी नहीं लगा! बरसों से तिल-तिल मरकर जो प्रतिष्ठा उन्होंने बनाई... हर दिन हर पल जैसे एक अग्नि-परीक्षा से गुज़रकर, जो सम्मान, जो प्यार अर्जित किया... हर दिन ख़ुद को समझाकर... कि पाकिस्तान जाकर भी कोई नवाबी नहीं मिल जाती... जैसे हैं यहीं मस्त हैं... अल्लाह सब देखता है... जाने दो जोश को, डूबने दो सुरैया का सितारा... भुला देने दो दोस्तों को... लुट जाने दो कारोबार को... झूठे बदमाशों के क़ब्ज़े में चली जाने दो हवेलियां... गुमनाम पड़ी रहने दो भाइयों की क़ब्रें...

दफ़ना दो भरे-पूरे घर का सपना... शायद कभी फिर अपना भी दिन आए... तब तक सब्र कर लो... क्या-क्या क़ीमत रोज़ चुकाकर क़स्बे में थोड़ा सा अपनापन... थोड़ी सी सामाजिक सुरक्षा... थोड़ा सा आत्म-विश्वास... थोड़ी सी सहजता उन्होंने अर्जित की थी... और कितनी बड़ी दौलत समझ रहे थे इसको... और लो! तिल-तिल करके बना पहाड़ एक फूंक में उड़ गया! एक जाहिल आदमी... लेकिन जाहिल वो है या मैं? मैं एक मिनिट-भर में 'क़ुर्बान भाई' से 'मियां' हो जाऊंगा, यह कभी सोचा क्यों नहीं? अपनी मेहनत का खाते हैं। फिर भी ये लोग हमें अपनी छाती का बोझ ही समझते हैं। यह बात कभी नज़र क्यों नहीं आई? पाकिस्तान चले जाते... तो लाख ग़ुर्बत बर्दाश्त कर लेते... कम से कम ऐसी ओछी बात तो नहीं सुननी पड़ती। हैफ़ है! धिक्कार है! लानत है ऐसी ज़िंदगी पर!

अल्लाह! या अल्लाह!!

वकील ऊखचंद गोम्या हाली को समझाते-बुझाते साथ ले गए। गाड़ी-बैल वहीं छोड़ गए। अड़ोसियों-पड़ोसियों ने क़ुर्बान भाई को संभाला। उनकी बत्तीसी भिंच गई थी और होंठों के कोनों से झाग निकल रहे थे। लोगों ने गाड़ी-बैल हटाए। क़ुर्बान भाई को चबूतरे पर लिटाया! हवा की! मुंह पर ठंडे पानी के छींटे दिए। वकील ऊखचंद को गालियां दीं। क़ुर्बान भाई को आश्वस्त करने का प्रयत्न किया। उन्हें क्या मालूम था, क़ुर्बान भाई के भीतर क्या टूट गया? अभी-अभी। जिसे उन्होंने इतने बरस नहीं टूटने दिया था। अंदर की चोट दिखाई कहां देती है?

लोग इकट्ठे हो गए। सारे क़स्बे में ख़बर फैल गई। जिस-जिस को पता चलता गया, आता गया। हम लोग भी पहुंच गए। अब बीसियों लोग थे और बीसियों बातें। काफ़ी देर फन्नाने-फुफकारने के बाद तय हुआ कि यह बदतमीज़ी चुपचाप बर्दाश्त नहीं करनी चाहिए। थाने में रपट लिखानी चाहिए।

लिहाज़ा चला जुलूस थाने। ...पर रास्ते में किसी को पेशाब लग गया,

किसी को हगास। थाने पहुंचते-पहुंचते सिर्फ़ हम लोग रह गए क़ुर्बान भाई के साथ!

थानेदार नहीं थे। अभी-अभी मोटर साइकिल लेकर कहीं निकल गए। मुंशी था। मुंशी ने रपट लिखने से साफ़ इंकार कर दिया। क्यों न करता? थानेदार के पास पहले ही वकील ऊखचंद का टेलीफ़ोन आ चुका था। वकील ऊखचंद सत्ता पार्टी के ज़िला मंत्री थे। क़ुर्बान भाई कौन थे? हम लोग कौन थे?

आधे घंटे तक हुज्जत और डेढ़ घंटे तक थानेदार की प्रतीक्षा करने के बाद अपना सा मुंह लेकर लौट आए। शाम को फिर आएंगे। शाम को हम लोगों के सिवा दुकान पर कोई नहीं पहुंचा। और हम लोगों के साथ थाने चलने का ज़रा भी उत्साह क़ुर्बान भाई ने नहीं दिखाया। दुकानदारी ने उन्हें जैसे एकदम व्यस्त कर लिया, जैसे हमसे बात करने का भी समय नहीं।

एक अपराध-बोध के तहत हम भी क़ुर्बान भाई से कटे-कटे रहने लगे। हालांकि घटना इतनी बड़ी नहीं थी, जिसे तूल दिया जाए। थानेदार तो क्या... कोई भी होता... ख़ुद पुलिस-उलिस के चक्कर में पड़ने की बजाय जो हो गया, उसे एक जाहिल आदमी की मूर्खता मानकर भूल जाने को तैयार हो जाता। पर हम... हमें लग रहा था... हमारे दोस्त पर हमला हुआ और हम कुछ नहीं कर सके, किसी काम नहीं आ सके। यह भी लग रहा था कि ज़्यादा उत्साह दिखाया तो क़ुर्बान भाई के लिए और मुसीबतें खड़ी हो जाएंगी, हम कुछ नहीं कर पाएंगे। यह भी लग रहा था कि जो हुआ, उसमें पुलिस से हस्तक्षेप और सहायता की उम्मीद बेकार है। इसका मुक़ाबला राजनीतिक स्तर पर ही किया जा सकता है, जिसके लिए जल्दी से जल्दी अपनी शक्ति बढ़ानी चाहिए, पांच से पचास हो जाना चाहिए।

लेकिन यह सब बहानेबाज़ी थी। सच यह है कि क़ुर्बान भाई को

एकदम अकेला छोड़ दिया था। शायद हम उनकी तकलीफ़ को शेयर कर ही नहीं सकते थे, पर हमें कोशिश ज़रूर करनी चाहिए थी।

क़ुर्बान भाई की दुकान पर कई दिन पहले का सा रंगतदार जमावड़ा नहीं हुआ। वह बुझे-बुझे से रहते थे, बहुत कम बोलते थे और हमें देखते ही दुकानदारी में व्यस्त हो जाते थे। वे घुट रहे थे और घुल रहे थे... पर खुल नहीं रहे थे। हम उन्हें नहीं खोल पाए। एक दिन जब मैं पहुंचा, मेरी तरफ़ उनकी पीठ थी, किसी से कह रहे थे—आप क्या ख़ाक हिस्ट्री पढ़ाते हैं? कह रहे हैं पार्टीशन हुआ था! हुआ था नहीं, हो रहा है, जारी है... और मुझे देखते ही चुप होकर काम में लग गए।

इस कहानी का अंत अच्छा नहीं है। मैं चाहता हूं कि आप उसे नहीं पढ़ें। और पढ़ें तो यह ज़रूर सोचें कि क्या इसका कोई और अंत हो सकता था? अच्छा अंत? अगर हां, तो कैसे?

बात बस यह बची है कि कई दिन बाद जब एक दोपहर मैं आज़ाद चौक से गुज़र रहा था—जिसका नाम अब संजय चौक कर दिया गया था— और वह शुक्रवार का दिन था—मैंने देखा कि क़ुर्बान भाई की दुकान के सामने लतीफ़ भाई खड़े हैं...। और क़ुर्बान भाई दुकान में ताला लगा रहे हैं। ...और उन्होंने टोपी पहन रखी है... और फिर दोनों मस्जिद की तरफ़ चल दिए हैं।

नैनसी का धूड़ा

सूनी, काली, पानीदार, बड़ी-बड़ी आंखें टग-टग आसमान को ताक रही हैं। उनमें कोई ऊष्मा, कोई जीवन, कोई हरकत नहीं है। एक त्रासद याचना है सिर्फ़। 'मुगती दिराओ!' बस... बहुत हो चुका... अब मुक्ति दो।

मुक्ति कहां है? मुक्ति का रंग शायद हरा है। डंडों की मार में... भूख में... अपमान में... उपेक्षा में... हर अनसुनी फ़रियाद में हरहमेस हरा रंग दिखाई दिया है। हरा-कच्च! सुग्गे की पांखड़ी जैसा।

उस हरियाली में एक चितकबरा धब्बा है... अक्सर अचल... वह मां है। और एक झक्क सफ़ेद बिंदु है... कूदता-फांदता... फिर-फिर पलटता... कुदकता... वह उसका बचपन है। ख़ुद का।

खेत के बीच मचान पर खड़ी 'बाई' की तरह... चारों तरफ़ नज़रें दौड़ाती... कान खड़े करती... सारे परिदृश्य पर नज़र रखती... देर हो जाने पर बुलाती... संकट देखकर दौड़ी आती... कानों को, पुट्ठों को, बदन को प्यार से चाटती... यह मां है।

मां के गुलाबी तने हुए थन हैं। दूध से लबालब भरे हुए...। वे दौड़ते हुए आते हैं और एक टहोके में अमृत की धार छोड़ने लगते हैं। एक नहीं... चार-चार। सबके सब भरे हुए। हरहमेस। कभी एक से पीता है... फिर उसे छोड़ दूसरे पर लटूमता है... फिर तीसरे को जांचता है। है। सबमें। क्या-क्या पी ले। जल्दी-जल्दी। और मां पुट्ठे चाटती रहती

है... प्यार से... ममता से... तृप्ति से, लेकिन बहुत जल्दी उसे खींचकर परे कर दिया जाता है। विरोध में टांगें फटकारती मां के पैर बांध दिए जाते हैं। उसे थनों से फ़ुटेक-भर की दूरी पर रखा जाता है... तरसता हुआ... और मां की आंखें अटूट कातरता में नम हो जाती हैं।

यह अन्याय से उसका पहला परिचय था और विवशता से भी।

लेकिन बचपन से दुखों की उम्र छोटी होती है। फिर कुदानें शुरू हो जाती हैं। नैनिया उसे चुहल में लगा लेता है। कभी गर्दन पर हाथ फेरता है, कभी पीठ पर धप्प लगाता है... कभी सामने बैठकर मुंह में पत्तियां ठूंसता है, कभी अपनी भाषा में जाने क्या-क्या बातें करता है। उसके स्वर में प्यार है, अतः वह दोस्त है। दोस्त उसे अपने पीछे दौड़ाता है। चकमा देकर पीछे पलटता है। ...वह दोस्त को देखते हुए ठिठककर खड़ा हो जाता है, मानो थक गया हो और नैनिया किलकारियां मारते हुए तालियां बजाता है। अचानक वह सिर आगे झुका तेज़ी से लपकता है... और सीधे नैनिया के ढूंगों से टकराता है। धीरे से। नैनिया खिलखिल हंस पड़ता है और उसकी गर्दन से लिपट जाता है।

दोस्त और भी कई हैं। उनके नाम नहीं हैं। उन्हें 'केड़ा-केड़ा' के सामूहिक नाम से पुकारा जाता है। वे अभी छोटे हैं। उसके हमउम्र। जब वे कुछ बड़े हो जाएंगे, तब उनके नाम रखे जाएंगे।

वे सब सुबह घूमने जाते हैं। ख़ूब सारे। साथ-साथ। जुलूस की तरह। पीछे-पीछे छोटी-छोटी लकड़ियां लिए, मुंह से टर्र-टिरिक आवाज़ें निकालते दो-तीन नन्हे रबारी होते हैं। बड़ों की तरह पगरखी पहने, पोतिए पहने (जबकि हो सकता है अंगरखी तो हो, नीचे धोती जैसी चीज़ सफ़ा ग़ायब हो) पहले नैनिया भी साथ आता था। उसकी आवाज़... उसकी हंसी... उसकी किलकारियां दूर से ही पहचान में आती थीं। नैनिया बुलाता तो वह कान खड़े कर, पूंछ उठा फ़ौरन भागता। ज़रूर कोई मज़ेदार बात होगी, पर अब नैनिया नहीं आता। वह स्कूल जाने लगा है।

रबारी लोग पेड़ों के नीचे पसर जाते, सोलासार खेलते, गप्पें ठोकते,

मोरचंग बजाते, ऊलजलूल तानें भरते... सो जाते... इस बीच तुम मस्ती से टहलते रहो, कच्ची दूब ढूंगते रहो, एक-दूसरे से माथे लड़ाते रहो... एक-दूसरे की पीठ पर चढ़ते रहो... थक जाओ तो बैठ जाओ और आंखें मींचकर जुगाली करते रहो। मस्ती से। सिंजारे वे टिरिक-टिरिक करते सबको समेटकर घर ले जाएंगे... जहां किसी दूसरी जगह से मां आएगी... अपने गुलाबी, तने हुए, दूध-भरे थनों के साथ... और नैनिया... और अंधेरा... विभिन्न आवाज़ें... और एक खूंटे के पास की ठंडी ज़मीन।

घर बहुत बड़ा था और उसमें बहुत सारे जने थे। कुछ नैनिया-जैसे और कुछ बहुत बड़े-बड़े। एक ख़ूब बड़ी लुगाई थी जो ख़ूब बड़ा काले रंग का घाघरा पहनती थी। और उसके हाथ भी ख़ूब बड़े-बड़े थे। उसका ख़ूब रौब था, पर वह भी दोस्त थी। वह बाजरी के सोगरे खिलाती थी, कभी राबड़ी, कभी लापसी और कभी मौज में आती तो गुड़। वह बहुत ज़ोर से बोलती थी और सब लोगों पर रुआब छांटती थी। उसे सब 'बाई' कहते थे। एक ख़ूब बड़ा आदमी था। वह सिर्फ़ सिंजा के बाद दिखाई देता था। कभी-कभी उसके मुंडे से ख़ूब सारा धुआं निकलता था। और भी बहुत जने थे।

एक दिन घूमने जाते समय रास्ते में एक खेत में उसे बड़ी-बड़ी घास दिखाई दी। लाइन से लगी हुई। टांगों तक ऊंची। वह रुक गया। टोले से अलग हो गया और खाने लगा। यह मीठी घास थी। ख़ूब रसदार। उसने सोचा, वह रोज़ यहां रुककर यह घास खाया करेगा, लेकिन तभी एक रबारी दौड़ता हुआ आया और उसकी पीठ पर कसकर चार-छह लकड़ी जमा दीं। वह हड़बड़ा गया और भाग छूटा। काफ़ी आगे जाकर रुका और सोच में पड़ गया। क्यों? क्यों मारा उसने? तुम मुझे दूध भी नहीं दोगे और घास भी नहीं खाने दोगे। क्यों? वह उस रबारी से नाराज़ हो गया। उसके जी में आया... उसने सोचा, जब वह बड़ा हो जाएगा तो ज़रूर इस रबारी के ढूंगे में सींगड़े मारेगा।

समय आने पर सींग भी आए... लेकिन वह अपना बचपन का निर्णय भूल गया। और भी बहुत सारी बातें थीं... एक से एक नई और दिलचस्प, कि वह बात याद न रहना स्वाभाविक ही था। मां का दूध उससे एकदम छुड़ा दिया गया था। और कुछ समय बाद मां ने दूध देना ही बंद कर दिया। अब मां की नांद खाली पड़ी रहती थी और उसके बदन की चिकनाई ख़त्म हो चुकी थी, बल्कि हड्डियां निकलने लगी थीं। अब न मां उसे देखकर कोई प्यार जताती थी, न उसे मां के प्रति पहले जैसा उछाह महसूस होता था। न मां में पहले-जैसी व्याकुलता थी... न उसमें पहले-जैसी ललक। नैनिया रोज़ दफ़्तर-पट्टी लेकर स्कूल चला जाता था और शाम को इस-उस काम में लगा दिया जाता था। उसके दोस्त भी दूसरे हो गए थे और खेल भी दूसरे। वह कभी-कभी ही उसके पास आता। आता भी तो पहले की तरह बातें या खिलवाड़ नहीं करता... चुपचाप इधर-उधर से उसका बदन टटोलता-सहलाता, पुट्ठे ठपकारता, पूंछ मरोड़ता... मुंह खोलकर दांत देखता... और चला जाता। उसका नाम भी नैनिया से बदलकर नैनसी हो गया था।

नैनिया के व्यवहार में एक महत्वपूर्ण परिवर्तन यह भी था कि अब वह उसे 'धूड़ा' कहकर पुकारता था, और यह बात वह सचमुच काफ़ी कोशिश और वक़्त के बाद ही समझ सका कि धूड़ा कहकर उसे ही पुकारा जा रहा है, उसी का नाम धूड़ा है।

समय आने पर वह यह भी समझा कि उसके टोले के केड़े 'जिनावर' होते हैं और सब केड़े एक जैसे नहीं हैं। कुछ केड़े हैं, कुछ केड़ी हैं। दोनों के शरीर के वैज्ञानिक अंतर को उसने लक्षित किया। अब तक उसके साथियों में से कइयों के दांत और सींग निकल आए थे और टोले में कई नए केड़े आ मिले थे। छोटे-छोटे। जिनकी वह उपेक्षा करना ही ज़्यादा पसंद करता था। जिस अनुपात में उसकी भूख बढ़ती जा रही थी, उसी अनुपात में दूब-घास-हरियाली कम होती जा रही थी। हरियाली सिर्फ़ खेतों में थी और खेतों में मुंह मारने की मनाही थी। पानी पीने के बेरे पर

जाते... हरियाली के ऐन बीच... पर हरियाली में मुंह कोई नहीं मारता। भूख की कसर घर पर सूखे भूसे-चारे से किसी हद तक पूरी होती, पर उस सूखे-पीले-निर्जीव पदार्थ को मुंह में भरना, लार से गीला करना, चबाकर नर्म करना और सटकना भी वह काफ़ी मेहनत और कष्ट से सीख पाया। उसे मनपसंद ख़ुराक नहीं मिलती थी, लेकिन उसके रग-पुट्ठों में चढ़ती जवानी की ताक़त थी और वह चलता तो दबंग की तरह सिर उठाए... आंखों में विश्वास और चाल में मस्ती। नदी की उठती हुई लहरों की तरह मग़रूर और मसरूर। वह यह भी समझा कि दुनिया का सबसे बलिष्ठ, सबसे स्वाभिमानी, सबसे प्रभावशाली और मस्त कोई प्राणी है... तो वह सांड है... जिसका डकारना एक विजय-घोष है... और जिसके लिए अच्छे-अच्छे रास्ता छोड़ देते हैं। उसने तय किया कि वह बड़ा होकर सांड ही बनेगा।

लेकिन समय ने उसे यह भी समझा दिया कि घर उतना बड़ा नहीं है, जितना वह समझता था, न उतना संपन्न। और लोग तो क़तई उतने बड़े नहीं हैं। कि मां सिर्फ़ ममतामयी, दूधदात्री नहीं है... वह फुसकारती भी है, पूंछ भी फटकारती है और पास जाओ तो सींगड़े भी घुमाती है। एकदम जिनावरों की तरह। कि नैनसी एक लंबी काली टांगों और सिकुड़े मुंहासेदार चेहरे और खड़े बालों, पीले दांतों वाला कमज़ोर सा मिनख बनता जा रहा है, जिसे आदमी हरदम गालियां बकता रहता है और बाई तो ठोक भी डालती है। कि हरियाली दिन ब दिन सिकुड़ती जा रही है और भूसे का सा पीला-उदास रंग धरती पर फैलता जा रहा है। कि भूख और भोजन जीवन का सबसे बड़ा सत्य है और खूंटा एक तकलीफ़देह चीज़ का नाम है। उसे मिनखों की भाषा और उनके स्वर-संघात थोड़े-थोड़े समझ में आने लगे थे—और उसे लगता था कि घर की आवाज़ों में से किलकारियां दिन ब दिन घटती जा रही हैं, झगड़े-झंझट होते रहते हैं, आदमी मुंडे से धुआं निकालता ही रहता है और भीतर घर में बाई दिन-भर झींकती रहती है और इस-उस पर हाथ छोड़ती रहती है।

फिर भी मां मां थी, बाई बाई थी और घर घर था।

फिर ऐसा समय भी आया कि मां गुम हो गई, बाई 'डोकरी' बन गई और घर... घर भी छिन गया। लेकिन इस दुर्भाग्य का अध्याय शुरू होने में अभी देर थी।

जब वह पांच साल का हुआ, माम लिया गया कि वह जवान हो गया है। गबरू तो वह था ही। अपनी भूख और रहस्यमयी जिज्ञासाओं के बावजूद हर आता-जाता यही कहता कि धूड़ा अब जवान हो गया है। कुछ के स्वर में लालच होता, कुछ में ईर्ष्या और कुछ में चिढ़। कुछ तो मोलाने तक लगते। चार हज़ार। नहीं, तीन हज़ार। यह सही है कि उसने दो-चार बार ऊटपटांग हरकतें करने वाले, ख़ामख़ाह डंडा मारने वाले और पोटे के लिए पुट्ठों से चिपके रहने वालों को सींग मारा था, दस-पांच बार (अपने हिसाब से) मौक़ा देखकर खेतों में मुंह मारा था और डरपोक और बेवक़ूफ़ केड़ियों के पीछे भी पड़ा था। तो कहा यह जाता था कि अब वह जवान हो गया है। नाथो और जोतो।

एक दिन उसके दांत गिने गए, एक हाटिया को बुलाया गया, उसे टांगड़े बांधकर ज़मीन पर पटक दिया गया, नाक में रस्सी डाल दी गई... और ख़स्सी कर दी गई। वह छटपटा रहा था, मुंह से झाग फेंक रहा था, लेकिन बेबस कर दिया गया था। हाटिया के हाथ में ब्लेड था। सिर्फ़ ब्लेड। उसने धूड़ा के अंडकोषों की चमड़ी में चीरा लगाया, अंडकोष निकालकर फेंक दिए और चमड़ी को अंगूठे-उंगली के बीच रखकर दबा दिया और बस दो मिनिट में सारा काम हो गया। धूड़ा को बिलकुल नहीं पता चला कि उसे किस प्रकृति-प्रदत्त अधिकार से, किस सुख से, किस संभावना से वंचित किया जा रहा है। किस आफ़त के तहत उससे सहज जीवन का उसका अधिकार छीना जा रहा है। मानो कहा जा रहा हो कि न सोचो, न सपना देखो, क्योंकि उन्हें हम कभी पूरा नहीं होने देंगे।

एक उत्सव की तरह उसे एक जोड़ीदार के साथ हल में जोत दिया गया और पीठ पर चाबुक छिटकने लगे। उसने कभी अपनी पीठ पर मक्खी तक नहीं बैठने दी थी। वह दुम उठाकर भाग रहा था—यथाशक्ति—छूटने के लिए। और उसकी प्रशंसा की जा रही थी। जोड़ीदार उसकी इस हरकत से ख़ुश नहीं था, लेकिन वह भी कर कुछ नहीं सकता था—भागना तो उसे भी था ही।

धीरे-धीरे वह इसका भी अभ्यस्त हो गया और जोड़ीदार का भी। यहां तक कि उसे अपने गले में पड़ी घंटी और उसका टुनटुना अच्छा लगने लगा। पीठ की संवेदनशील थिरकन बुझ गई। पैर चलने और गर्दन जुतने की अभ्यस्त हो गई। अब सामने जुआ आता तो ज़रा सी टिचकारी मिलते ही वह जुए के नीचे गर्दन घुसेड़ लेता।

एक दिन उसे नहलाया गया, उसकी पीठ पर रंगीन ठप्पे लगाए गए, बदन पर रंगीन झूल डाली गई, सींगों को रंगकर उन पर रंगीन फुंदने लटकाए गए, पैरों में झालर बांधी गई, गले में कौड़ियों की माला पहनाई गई और गाड़ी में जोतकर कहीं ले जाया गया। वह एक नई दुनिया थी, नया अनुभव था और नया मज़ा। गाड़े पर बना-ठना नैनसी बैठा था। जहां गए वहां ख़ूब बढ़िया हरी घास खाने को मिली, ख़ूब आराम करने को मिला। जोड़ीदार के पास दिन-भर छाया में बैठे-बैठे जितना मन करे, खाते रहो और जुगाली करते रहो और बस्स। और तीसरे दिन एक गोरी झक्क ठसकेदार लुगाई को नैनसी के साथ बैठाकर वे वापस आ गए।

कुछ दिनों जैसे रूठी हुई बहारें घर में लौट आईं। बाई बीमारी और बुढ़ापे के बावजूद थिरकने और रुआब मारने लगी। नैनिया लाड़ करने लगा। उसकी लुगाई कुछ न कुछ खाने को देने लगी। आदमी के मुंडे से धुआं निकलना कम हो गया। पौ फटने से पहले उनका दिन शुरू हो जाता। बाई चूल्हा जलाकर रोटी पकाती, नैनिया की लुगाई जानवरों के आगे भूसा-पानी डालती, छाछ-बिलौना करती, झाड़ू-बुहारू करती, सुबह से पहले वे रवाना हो जाते, दिन-भर खेत में खटते—बीच दोफ़ेरी के क्षणिक

आराम के सिवा—और सिंजारे घर आते, खा-पीकर पड़े रहते। बेहद व्यस्त और थकाने वाले दिन। फिर भी कोई गा लेता था, कोई हंस लेता था। दुर्भाग्य से यह इस घर की आख़री हंसी थी। इसे फिर कभी नहीं हंसना था।

काल पड़ गया।

बुआई के बाद एक छींट पड़ी और बस। अंकुर फूटे और बस। थोड़ा चारा हुआ और बस। बेरों का पानी नीचे उतर गया। जहां बेरों पर मोटर लगी थीं, वहां हरियाली थी और बस।

भूसे की मात्रा कम होने लगी। मां डकराती रात में। कोई नहीं सुनता। झगड़े-झंझट फिर चालू हो गए थे। अब उसका कहीं कोई काम नहीं था। उसे खिलाना घरवालों को भारी पड़ रहा था। नैनसी ने दूसरों के खेतों पर काम करना शुरू कर दिया। जहां बेरों पर मोटरें लगी थीं। जहां हरियाली थी। जहां अकाल केंद्र में नहीं, हाशिए पर था।

फ़सल पकने पर आदमी के मुंह से निकलने वाला धुआं और गाढ़ा हो गया। उसमें गालियां आ मिलीं। घर में खाने का टोटा पड़ा था। वे लोग क़र्ज़ में डूबे हुए थे। ज़मीन टुकड़े हुई जा रही थी। टुकड़े बोहरा की दाढ़ में सरकते जा रहे थे।

एक दिन आदमी ने किसी बात पर नैनसी को ठोक डाला। बाई बीच-बचाव करने गई, उसे भी दो हाथ पड़ गए। नैनसी की लुगाई रोने लगी, बाई भी। धूड़ा बड़ी-बड़ी, आश्चर्य से फटी-फटी आंखों से सारा घटनाक्रम देख रहा था। चुपचाप। मां भी। मानो झगड़े की जड़ में यही हों। मानो अभी ये भी पिट सकते हैं। उस रात नैनसी ने उसे ख़ूब लाड़ किया। गर्दन से लिपटा। पीठ पर हाथ फेरा। धूड़ा-धूड़ा करता रहा।

दूसरे दिन उसे—यानी धूड़ा को—किराए पर दे दिया गया। गाड़े में जोतने के लिए।

सुबह-सुबह आदमी उसे अजनबी मकान में छोड़ गया। जुतने में उसे कोई परेशानी नहीं थी। खेत के भुरभुरे ढुगलों में या कच्ची नम ज़मीन में

चलना उसे आता था। पर यहां दशा और थी। गाड़े पर ख़ूब सारा भार था। जोड़ीदार नया था। काला कलूटा और ठिंगना। एकदम सारा भार धूड़ा पर आ रहा था। और तिस पर हांकने वाला ऐसा उल्लू... जिसे चाबुक फटकारते रहने की बीमारी। बार-बार चाबुक मारता। बिना वजह। धूड़ा ज़ोर लगाकर आगे बढ़ता, जोड़ीदार की नानी मरने लगती। जबकि उसे पूरे रास्ते एक भी चाबुक नहीं पड़ा। ज़मीन पत्थर की तरह सख़्त और काली। बड़े-बड़े चढ़ाव-उतार और तीखे घूम। एक चढ़ान पर हांकने वाले ने चिल्लाते-गलियाते हुए धूड़ा की पीठ में डंडा घोप दिया। धूड़ा ग़ुस्से से बिफर गया। वह ज़ोर से फुसकारा और उसने जोड़ीदार की कनपटी में सींग मार दिया। गाड़ी हचक-मचक हो गई। इस उपलक्ष्य में और मार पड़ी।

रात ढले घर लौटे। लेकिन यह घर अपना नहीं था। यह खूंटा वह खूंटा नहीं था। न मां थी, न बाई, न नैनिया, न उसकी लुगाई। धूड़ा चुपचाप खड़ा हो गया। उसके आगे कोई भूसा डाल गया। उसने सूंघकर छोड़ दिया, दो-चार घूंट पानी पी लिया, सिर ऊंचा किए खड़ा रहा। उसकी गर्दन पर गट्टा पड़ गया था। दुख रहा था, पर क्या किया जा सकता था? सहानुभूति के... प्यार के दो झूठे बोल बोलने वाला भी वहां कोई नहीं था। धूड़ा इनका कौन लगता है? धूड़ा मर भी जाए तो इनको क्या फ़र्क़ पड़ेगा? सब सो गए। वह खड़ा रहा। हर आहट पर उसके कान खड़े होते। आंखें चारों तरफ़ टग-टग देखतीं। अभी कोई आएगा और छुड़ाकर ले जाएगा। ...शायद नैनिया आ जाए ...शायद बाई ...लेकिन कोई नहीं आया। रात-भर कोई नहीं आया। उसकी आंखों में आंसुओं की काली लकीरें निकलने लगीं। नथुने फुफकार छोड़ते रहे। मन में ढेरों ग़ुस्सा इकट्ठा होता रहा। सुबह जो सामने आएगा, उसकी ख़ैर नहीं।

वहां धूड़ा खटता रहा और पिटता रहा और घर के लिए तरसता रहा। और ग़ुस्सैल हो गया। मौक़ा मिलते ही लोगों को सींग मारता। जहां मर्ज़ी आती, अड़ जाता। एक बार एक छोरे को उसने सींग पर उठाकर पीछे फेंक दिया। तब से उसके पास कोई नहीं आता। हांकने वाले के सिवा।

जो दोस्त नहीं है। अब भी। धूड़ा को उसकी ख़ुराक के हिसाब से खाने को नहीं दिया जाता। वह रास्ते चलते अंड-बंड चीज़ों में मुंह घुसेड़ता रहता है। उसके पुट्ठों का सारा मांस सूख गया है। चोट के निशान पक्के हो गए हैं। अब वह निसरड़ा और मार का अभ्यस्त हो गया है। एक बार उसे डाम भी चेंटाया जा चुका है। जिसको काम की क़दर नहीं, उसके लिए क्यों खटो? ख़ामख़ाह सताते रहने वाले के लिए कौन अपने हाड़ गलाएगा? इसका वास्ता या तो कभी अच्छे जिनावर से पड़ा ही नहीं होगा, या ये इस क़ाबिल ही नहीं कि कोई अच्छी तरह इसके पास काम करे। प्यार के दो बोल नहीं। पेट-भर खाना-ख़ुराक नहीं। मार कभी रुकती नहीं। धूड़ा... गुस्सैल धूड़ा सिर्फ़ कभी-कभी सोचता, अब पुराने घर की। अधिकतर तो यही सोचता कि खूंटा तुड़ाकर भाग जाए... एकदम आज़ाद और मस्त हो जाए... सांड की तरह। और एक दिन खूंटा तुड़ाकर भाग भी गया... रस्सी, खूंटे समेत... पर काफ़ी देर मस्ती मारने के बाद उसे घर की याद आई और 'अपने' घर पहुंच गया। लेकिन वहां किसी की आंखों में उसके लिए पहले का सा स्वागत-भाव नहीं था और बावजूद उसके डकराते रहने के आदमी फिर इसी राक्षस के यहां छोड़ गया।

दूसरे साल भी पानी नहीं बरसा, तीसरे साल भी नहीं। गांव के आसमान में चीलें चक्कर काटने लगीं। भांय... भांय! चौफ़ेट सरणट... सुनसान! हरियाली का कहीं छिटका तक नहीं। आंखों में धूल और धूप की करकती फुलझड़ियां और गले में खुभे प्यास के भरुट-कांटे!!

ज़मीन गई। बाई गुज़र गई। नैनसी नौकरी करने रामनगर चला गया। उसकी लुगाई पीर चली गई। घर में कौन? धुआं छोड़ता आदमी। मां... एक कोने में भूख से रंभाती... और धूड़ा... दूसरे कोने में... खुरों से सूखी ज़मीन खूंदता... मिट्टी चाटता।

कोई ले ले। कोई हमारे जिनावर ख़रीद ले। ऐसे ही ले ले। बेचारे मरेंगे तो नहीं। पर कौन लेगा? तिरसे फिर रहे हैं... जिनावर की हत्या कौन लेगा?

सारा घर सारे दिन निचाट सूना पड़ा रहता। सुबह का गया आदमी सिंजारे घर लौटता और हांफता या धुआं छोड़ता या करवटें बदलता 'दाता...दाता' करता रहता। मां और धूड़ा उसे कातर देखते रहते। चुपचाप और आहिल। क्या बात है? क्या तकलीफ़ है? क्या हम तुम्हारे काम नहीं आ सकते?

चारुंमेर लोग बीमार पड़ रहे थे और मर रहे थे। जिनावर पड़ते... ख़ून उगलते, और ख़तम। लोग... ये बंजर और कड़ियल लोग... बरसात न होने के आदी थे... सूखे के अभ्यस्त थे। वर्षा के लिए याचना करने वाला कोई गीत उनकी भाषा में नहीं था। वे पशुधन, बल्कि पशुबल के बूते पर पीढ़ियों से प्रकृति के आगे छाती खोले खड़े थे। ज़मीन ऐसी थी कि दो बरसातें ठीक टेम पर हो जातीं तो ख़ूब सारा नाज हो जाता था, जिसे वे बरस-दो बरस-तीन बरस तक भी कंजूसी के साथ बरतते रह सकते थे। इसके अलावा ज़्यादा चीज़ उन्हें दरकार भी नहीं थी। उनकी रीढ़ का, उनकी हेकड़ी का राज़ था उनका पशुधन। बैल, गाय, ऊंट, बकरी-भेड़...। लेकिन अगर पशुओं को देने के लिए ही पानी न मिले? ये तो सीधे पेट पर लात है बापजी! पेट के निचले हिस्से पर! ...हख।

और ईश्वर? हां, ईश्वर। ईश्वर कितना क्रूर है!

लोग टोले बनाकर गांव छोड़ने लगे। जानवरों के साथ। अपनी छोटी-मोटी गिरस्तियों के साथ। इलाक़े में क़साइयों ने फिरना शुरू कर दिया था। गाय की क़ीमत—बीस रुपए, बैल की—तीस। ...मरो जल्लाद! कौन बेचेगा इनके हाथों अपना लाड़-कोड़ से पाला जानवर! लेकिन कोई तो बेचता होगा। वरना ये आते ही क्यों?

आदमी की हंफनी में, उसकी अंतहीन करवटों में, उसकी दाता-दाता की गुहार में ऐसे ही न जाने कितने हाहाकार चकराती आंधी की तरह घुमेरे मार रहे थे।

एक दिन कहीं से आटा लाकर आदमी ने टिक्कड़ बनाए। अपने हाथों

से मां को खिलाए। गुड़ खिलाया। सब करते हुए हांफता रहा। दरअसल वह रो रहा था। अंदर से रोली लाकर मां के भाल पर टीका किया... उसके हाथ जोड़े... और रस्सी खोलकर उसे बाहर हकाल दिया। प्रोल का दरवाज़ा खूंट दिया और वहीं ज़मीन पर धप्प से बैठकर विलाप करने लगा।

मां ज़ोर-ज़ोर से रंभा रही थी। अनिष्ट की आशंका से उठाकर उसे आतंक के भुतैले गहरों में धकेल दिया गया था। यकबयक। एक केड़ी के रूप में वह इस घर में आई थी। अपनी मां के साथ चार बार वह ब्याई। वह इस परिवार की सदस्य थी। है। ज़िंदा। नहीं है क्या? कोई कहे तो? और कैसी निर्ममता के साथ उसे हकाल दिया गया!! उसकी करुण और कातर बां-बां न जाने कब तक बंद दरवाज़े पर बिलखती रही। कौन सुनता? आदमी... आदमी पत्थर की तरह। जड़ और निस्पंद।

और एक दिन एक तेली धूड़ा को ख़रीद ले गया। सिर्फ़ पचास रुपए में।

धूड़ा की आंखों पर पट्टी बांध दी गई और उसे कोल्हू में जोत दिया गया। और चल भई। ऐसी रात धूड़ा की ज़िंदगी में कभी नहीं आई थी, जिसमें कहीं सोई सेंध भी न दिखाई दे। एक ही गंध। एक ही मारग। एक ही जुआ। रात-दिन। खाने को सूखा भूसा और थोड़ी सी खली। पांवों के नीचे गीला पुआल। धानी के बाहर पानी की नांद। वहीं खाना। वहीं सोना। जो भी थोड़ा-बहुत तेली सोने दे। पर तेली क्यों सोने दे?

चला। चला। चक्कर आ गए। गिर पड़ा। मार पड़ी। चला। फिर लड़खड़ाया। फिर मार पड़ी। नहीं चला। नहीं चलेगा। मार ले कितना मारना है।

लेकिन मार की भी हद होती है। भागा। पर कहां भागेगा? वहीं गोल-गोल-गोल। आने दो। किसी को नज़दीक आने दो। वह ऐसा सींगड़ा मारेगा...। और सींग उसने मारा। लेकिन मार तो जो पड़ी सो पड़ी, सितम यह कि उसके सींग ही कटवा दिए गए।

पूरी ज़िंदगी यंत्रणा बनकर रह गई। नरक। और वह बुझता गया, बुझता

गया। उसकी आंखों की रोशनी ही नहीं... आत्मा की रोशनी भी बुझने लगी। सारा उत्साह, सारा विद्रोह, सारा स्वाभिमान... बूंद-बूंद निचुड़ गया। कुछ भी खा लेना है... कुछ भी सह लेना है... कैसे भी मर लेना है। कोई अरमान नहीं, कोई सपना नहीं, कोई स्मृति नहीं। अत्याचार ही होता... अगर अब कोई उसकी आंख पर बंधी पट्टी खोल देता और उसे आज़ाद कर देता।

लेकिन उसके साथ यही किया गया।

चार साल अच्छी तरह रगेदने के बाद, हड्डियों का सारा सत निचोड़ लेने के बाद भी न काम बंद हुआ न मार। उसकी गर्दन पर ज़ख़्म हो गया। ज़ख़्म पर दिन-भर मक्खियां बैठतीं... जिन्हें वह खड़ा-खड़ा न पूंछ से उड़ा पाता न सींग... सींग तो थे ही कहां? ज़ख़्म में पीप पड़ गई... वह गंधाने लगा... और फैलने लगा... और नासूर बन गया... और उसकी दशा ऐसी हो गई कि वह सिर भी नहीं उठा पाता। रात-दिन मोटे-मोटे, गाढ़े आंसू रोता रहता और खटता रहता। बीमारी-कष्ट-मार-आतंक-मृत्यु सबके प्रति उसका बाहरी ही नहीं, भीतरी प्रतिरोध भी नष्ट होता चला गया और वह लाश बनता चला गया।

सारी घाणी ज़ख़्म-मवाद की बदबू से भर गई। बदबू तेल में भी उतरने लगी। ग्राहक चिड़चिड़ाने, भड़कने और कतराने लगे। लेकिन तेली, जो दीवाली के दिन भी बैल को नहीं बख़्शता, उसे रगेदता रहा। रगेदता ही रहा।

एक दिन धूड़ा ऐसा गिरा कि उठा ही नहीं। लाख कोशिशें की उठाने वालों ने। आख़िर उसकी आंख की पट्टियां खोली गईं। पेट के नीचे डंडा फंसाकर, रस्सियों से बांधकर, खींचकर उसे खड़ा किया गया, खोला गया, बाहर लाया गया, और उसे छोड़ दिया गया। जा... जहां तेरा भाग तुझे ले जाए।

एक बीमार, मरियल, बूढ़ा जानवर... मक्खियों, कौवों और कीड़ों से घिरा... रो रहा है और घिसट रहा है। वह भूखा है... और किसी ने उसके

सामने घास डाल दी है... हरी घास... और उसमें इतनी शक्ति भी नहीं है कि उसे जबड़ों में ठूंस ले... या चबा ले। प्यासा है... और पानी है... और पानी में मुंह डाल लिया है... पर उसे नीचे नहीं उतार पा रहा है। ऐसे जीव को मौत आ जाए... इससे अच्छा और क्या हो सकता है!

लेकिन बदसूरत से बदसूरत ज़िंदगी, ख़ूबसूरत से ख़ूबसूरत मौत से ज़्यादा अच्छी होती है। धीरे-धीरे अपने मरियल बीमार शरीर और उसके उपजीवियों को ढोते हुए न जाने किस चेतना... किस अंतःप्रेरणा... किस आवेग के सहारे... उसने अपने गांव की डगर ढूंढ़ ली। जानवरों की जो बहुत सी बातें मनुष्य कभी नहीं समझ पाएगा, उनमें से यह भी एक थी। चलता रहा। घिसटता रहा। निरुद्वेग। रुकता। चलता। जाना ही है।

अब गांव सामने था। ...पहले की तरह लहलहाता हुआ ...हरा कच्च ...सुग्गे की पांखड़ी की तरह! आह! यह देखने के लिए उसकी आंखें कब से तरस रही थीं। रुक गया। टग-टग देखता रहा। बस, अब ठीक है। फिर चल पड़ा। धीरे-धीरे। चाल में ज़रा भी उतावली नहीं थी। आंखों से आंसू बह रहे थे। काली लकीरें। गर्दन नीचे झुकी हुई थी। भारी पैर धीरे-धीरे सरक रहे थे।

गांव पर सुबह की चंदेरी धूप फैली हुई थी। ठंडी हवा चल रही थी। फ़सलें लहलहा रही थीं। केड़े-केड़ियों का सफ़ेद कूदता-फांदता झुंड चरने जा रहा था। पीछे-पीछे टर्र-टिरिक करते रबारियों के दो-तीन बच्चे। कोई मोरचंग भी बजा रहा था। पता नहीं... शायद नहीं बजा रहा होगा। सिर्फ़ भ्रम हुआ होगा।

एक सूने हरे-हरे ऊंचे टीले पर पहुंच गया। हरियाली अनंत तक फैल गई। केड़े-केड़ी सफ़ेद धुंधले धब्बे बन गए। वह अपने बचपन के चरागाह से कितना पास था। लेकिन कितना दूर। गांव से बाहर... एक आज़ाद ज़मीन पर... जैसा क़ुदरत ने उसे बनाया होगा। पहुंचा और गिर पड़ा। गिरा और मर गया। आंखें खुली रह गईं। टग-टग आसमान को देखतीं।

अब कौए आएंगे और काली-पनीली-खाली आंखों में चोंचें घुसेड़कर मांस की नर्म-नर्म लीरियां खींचेंगे। फिर गिद्ध आएंगे। डरावने और मनहूस। और उनके लिए आंखों के नर्म रेशे छोड़कर कौए खुरों के नीचे के नर्म मांस को नोचना शुरू करेंगे। चारों तरफ़ दुर्गंध फैल जाएगी, जिससे आकर्षित होकर फिर कुत्ते आएंगे और अपने पैने दांतों से उसका पेट चींथकर उसकी आंतें चबाएंगे। फिर गिद्धों का एक पूरा झुंड होगा और वे इतना खा चुके होंगे कि उनसे उड़ा भी नहीं जाएगा और वे फिर-फिर खाएंगे। चमड़ी गिरती-चिरती-उतरती जाएगी... मांस बीतता जाएगा और पंजर झलकने लगेगा... हालांकि अब भी उस पर जगह-जगह गुलाबी सफ़ेद मांस चिपका होगा। फिर धीरे-धीरे सिर्फ़ सफ़ेद पंजर रह जाएगा... और इससे पहले ही यह भुर-भुराकर मिट्टी में मिल जाएगा... कोई उसे किसी के हाथ बेच देगा।

रामनगर की कच्ची बस्ती के बाहर कूड़े के ढेर पर एक लाश मिली है। हालांकि जीते-जी उसे किसी ने आदमी नहीं समझा हो, पर कहना तो यही पड़ेगा कि वह एक आदमी की लाश है। मरने वाले की उम्र कोई ज़्यादा नहीं, पर फोड़े-फुंसियों और ख़ून-मवाद ने चेहरे को एकदम विकृत कर दिया है। सुनते हैं कोई मज़दूर था। कई बरस पहले चढ़ती जवानी में गांव से आया था और रिक्शा चलाने लगा था, फिर ताला-चाबी के कारख़ाने में लग गया। उन दिनों शहर में एक अभियान चल रहा था, जिसके तहत निस्संतान होने के बावजूद उसकी नसबंदी कर दी गई। फ़ैक्टरी के सेठ ने धीरे-धीरे करके उस पर काफ़ी कर्ज़ा चढ़ा दिया, उसे एक तरह से बंधुआ मज़दूर बना लिया और उससे चोरियां करवाने लगा। एक बार इसने वापस गांव भागने की भी कोशिश की, पर कामयाब नहीं हो सका। जब उसके हाड़-गोड़ कमज़ोर हो गए, एक दिन उसने चोरी करने से इंकार कर दिया। उसी दिन उसे चोरी के इल्ज़ाम में पकड़वा दिया गया। थाना-कचहरी-जेल का चक्कर एक बार चला तो चला, नाम मुजरिमों में आ गया।

वह करे या न करे, अब जब कहीं, जहां कहीं चोरी हो उसे पकड़ लिया जाए। हारकर सचमुच चोरियां करने लगा और बार-बार अंदर-बाहर होता रहा। बार-बार की इस आवाजाही से उसे एक विचित्र बीमारी लग गई। उसके सारे शरीर पर फोड़े-फुंसी हो गए और उनमें मवाद पड़ गया। उसने शराब पीना शुरू कर दिया और धीरे-धीरे पक्का शराबी हो गया।

हर जगह से दुत्कारा जाता, कुत्ते की तरह दुरदुराया जाता... सड़क पर पड़े रद्दी काग़ज़ों से अपने ज़ख़्मों की पीप पोंछता रहता और मौक़ा मिलते ही चोरी करता... शराब पीता... जी भरकर खाना खाता... और कहीं भी औंधे मुंह पड़ जाता।

आख़िर मर गया।

लोग कह रहे हैं, उसका नाम धूड़ा था। लेकिन मैं आपसे ज़ोर देकर कहना चाहता हूं कि उसका नाम धूड़ा नहीं है, नैनसिंग है।

और सच बात तो यह है कि वह मरा भी नहीं है।

मंजू फ़ालतू

मंजू धूपिया और नितिन रस्तोगी एक निजी कंपनी के कंप्यूटर विभाग में काम करते थे। मंजू डाटा एंट्री ऑपरेटर थी और नितिन सिस्टम ऑफ़िसर। कंप्यूटर आया ही आया था। उसके बड़े नख़रे थे कोबोल प्लेटफ़ॉर्म पर काम होता था। सप्लाई न मिले तो विद्युत विभाग के लोगों को बुलाना पड़ता था। यूपीएस भी बैठ जाए तो ट्रंककॉल बुक करके दो सौ किलोमीटर दूर से उस कंपनी के सर्विस इंजीनियर को बुलाना पड़ता था जिन्हें सिस्टम के वार्षिक अनुरक्षण का ठेका दिया हुआ था। डाटा, फ़्लॉपी, हार्ड डिस्क, मेमोरी, कमांड आदि बड़े अबूझ लेकिन चमकदार शब्द थे। कंप्यूटर विभाग तब कंप्यूटर विभाग ही कहलाता था, आईटी वग़ैरह नहीं। इंटरनेट और विंडो वग़ैरह की तो कोई कल्पना ही नहीं थी। प्रोग्राम लिखना एक चमत्कारिक काम माना जाता था। इन लोगों की बड़ी पूछ थी। जनरल मैनेजर भी इनके काम के बारे में ज़्यादा कुछ नहीं समझता था। दूसरों की ईर्ष्या के लिए तो यही पर्याप्त था कि ये दिन भर एसी में बैठकर ऐश करते हैं जबकि हम धूल-धूप-गर्मी और पसीने में हलकान होते रहते हैं।

काम के सिलसिले में अक्सर शाम को देर तक रुकना पड़ता था। कैंटीन से समोसे-कचौरी मंगा लेते थे। दूसरा सारा स्टाफ़ जा चुका होता था। हाथ पड़ी समस्या को सुलझाने में जुटे रहते थे। मंजू नितिन की

कुशाग्रता की मूक प्रशंसक थी और नितिन मंजू की लगन, मेहनत, कभी न थकने और कभी किसी की शिकायत न करने जैसे गुणों का प्रशंसक था। जिस दिन स्टाफ़ की गाड़ी उपलब्ध नहीं हो पाती, नितिन उसे घर तक ड्रॉप कर जाता था। लेकिन कभी उसने बॉस और मातहत की पतली-पारदर्शी दीवार में सूराख़ बनाने की कोशिश नहीं की। मंजू को कभी नहीं लगा कि वह नितिन की उपस्थिति में असुरक्षित है।

फिर जैसा कि हो सकता है और होता है, दोनों एक-दूसरे को पसंद करने लगे और प्यार करने लगे और एक दिन मंजू के स्क्रीन पर नितिन का प्रस्ताव आ गया—'मुझसे शादी करोगी?' और उसने एकदम सहज भाव से जवाब दे दिया—'ओके!' और मित्रों-सहकर्मियों की ऊष्मा भरी उपस्थिति में एक दिन दोनों की शादी हो गई। मंजू श्रीमती रस्तोगी बन गई और नितिन की कार की डिक्की में रखकर उसका सामान नितिन के घर आ गया।

नितिन के मां-बाप जम्मू में थे। बाप रिटायर्ड ब्रिगेडियर। वह छह बहन-भाइयों में सबसे छोटा था। शादी के मामले में ऐसे एडवेंचर उसके एक बड़े भाई और एक बड़ी बहन पहले ही कर चुके थे, इसलिए वहां यह कोई पहाड़ गिरने जैसी बात नहीं थी। ट्रंककॉल से सूचना दे दी गई और आशीर्वाद मांग लिया गया। मां की 'पुत्तर, बताना तो था, फ़ोटो तो भेज देता' नुमा ख़लिश के बाद उधर से 'ओके' मिल गया। मंजू के मां-बाप नहीं थे। मामा-मामी ने पाला था। मामा को लगा कहीं उनकी परवरिश फ़ेल तो साबित नहीं हो रही? जाने कैसा लड़का है! मामी ने सोचा अपने बच्चों की फ़िक्र करें या इसकी? अब जैसा भी है, इसकी पसंद है तो शिकायत तो नहीं करेगी, ख़ुद भुगतेगी जैसा भी होगा। दान-दहेज का भी ख़र्चा बचा। इधर से भी इस तरह 'ओके' हो गया।

और यों क़रीब पौने दो महीने की तैयारी में मंजू और नितिन पति पत्नी हो गए।

नितिन ने दो बेडरूम का एक फ़्लैट किराए पर ले रखा था जो घर जैसा ही लगता था, कुंवारों के अड्डे जैसा नहीं। न फ़र्श पर सिगरेट के टुकड़े, न पलंग पर मैले कपड़ों का ढेर, न अलमारियों में कॉक्रोच, न रसोई में पुड़ों-पुड़कों में दाल-मसाले। हर चीज़ व्यवस्थित और क़रीने से। वॉशिंग मशीन थी और उसके पास ही दीवार से लटका एक बत्री रेबिट जिसकी तोंद में मैले कपड़े रखे जाते। डबल बेड था तो उस पर बेडकवर भी था। डाईनिंग टेबल थी तो वहां डोंगा-बर्तनों को ढंकने वाली जालियां भी। नल की टोंटी पर कपड़े की थैली सिली हुई। टॉयलेट में ब्रश और मॉप तो बाथरूम में एड़ी घिसने का पत्थर भी। लेकिन ड्रेसिंग टेबल नहीं थी, जाले साफ़ करने या पोंछा लगाने की व्यवस्था नहीं थी। कपड़े सुखाने की रस्सी नहीं थी। अचार-चटनी-जेम-जेली नहीं थी। फूल नहीं थे। अगरबत्ती नहीं थी। ठाकुरजी का कोना या आला नहीं था। पलंग के नीचे पांवपोश नहीं थे। बीच के दरवाज़ों में पर्दे नहीं थे। लेकिन नहीं थे तो हो सकते थे। मंजू ने स्वरूप की बजाय संभावना पर ग़ौर किया और ख़ुशी-ख़ुशी ओके कर दिया।

पर कुछ अजीब सा ही रहा। दोनों ख़ुश तो थे, पर कभी-कभी ऐसा लगता था जैसे दफ़्तर ही उठकर घर तक चला आया हो। एक बार तो संभोग के दौरान नितिन को दफ़्तर की कोई आपात समस्या याद आ गई और दोनों उसी की चर्चा करने लगे और... और उन्हें ख़ुद पर हंसी तक नहीं आई। दोनों जल्दी उठते, तैयार होते, जल्दी-जल्दी नाश्ता करते और दफ़्तर भागते। शाम देर से लौटते। चाय पीने के बाद मंजू बर्तन साफ़ करने लगती तो नितिन सब्ज़ी काट लेता या पास की दुकान से ब्रेड-अंडे ले आता। मंजू खाना बनाने में लगती तो नितिन सलाद तैयार कर लेता या कल के लिए कपड़ों पर प्रेस कर डालता। खा-पीकर एक-दूसरे को बाहों में बांधे दोनों नींद में गुड़प हो जाते। टीवी था पर कई-कई रोज़ तक नहीं चलता। अख़बार यदि सुबह पलटे नहीं गए होते तो अक्सर

उनकी तह तक नहीं खुल पाती। रविवार और भी व्यस्त होता। मंजू झाड़ू-पोंछा करती तो नितिन दोनों के कपड़े धो डालता। घर की सफ़ाई होती, राशन ख़रीदा जाता, खाना खाकर पूरी दोपहर डटकर सोया जाता और शाम को कोई आ जाता या किसी के घर चले जाते। दूसरे दिन से फिर वही।

मंजू कभी-कभी सोचती शादी से क्या फ़र्क़ पड़ा? सिवा इसके कि मामा के घर नहीं, नितिन के घर पर रह रही है। दफ़्तर वहां भी जाती थी, यहां भी जाती है। घर का काम वहां भी करती थी यहां भी करती है। बड़े-बड़े सपने न वहां थे न यहां हैं। उसके जैसी लड़की गर्म दाल-भात या आरामदेह चप्पल जैसी चीज़ के आगे क्या सपने देखे? लेकिन नितिन का घर? तो क्या यह उसका घर नहीं? नहीं, यह घर उसने नहीं बनाया। रेडीमेड कपड़े या खाने जैसा है। उसे मिल गया है। फ़िट भी नहीं है। कहीं से ढीला है कहीं फंसता है। आल्टर करने का टाइम भी नहीं है। करेगी कभी टाइम मिला तो।

नितिन को ज़रूर लगता है कि शादी के बाद ज़िंदगी कुछ बदल गई है। मसलन खाना गर्म मिलता है, बिस्तर शेयर करना पड़ता है, हर समय ध्यान रखना पड़ता है कि घर में कोई और भी है। लेकिन और? बाक़ी सब तो वही है, वैसा ही है।

लेकिन हां, एक बात ज़रूर थी। दोनों को यह ज़रूर लगता था कि वे एक नई शैली के दांपत्य की दाग़बेल रख रहे हैं। एक ऐसा घर बना रहे हैं जहां पति-पत्नी दोनों काम करते हैं, दोनों कमाते हैं और हर ज़िम्मेदारी को बराबरी से शेयर करते हैं। दोनों बराबरी के हक़दार होते हैं। ऐसा ही तो होना चाहिए।

लेकिन एक दिन मंजू ने बताया कि वह प्रेग्नेंट है। डॉक्टर ने भी कन्फ़र्म कर दिया है।

फिर सब कुछ बदल गया।

ताज्जुब कि नितिन को पहली चिंता मंजू की या घर की नहीं, अपने विभाग की हुई। मंजू दफ़्तर में नहीं हुई तो काम कैसे होगा? क्या प्रबंधन

उसके स्थान पर किसी और को नियुक्त करेगा? इसकी जगह जो आया क्या उसमें भी मंजू जैसा समर्पण, निष्ठा, बग़ैर थके मेहनत करने और कभी किसी की शिकायत न करने का स्वभाव और माद्दा होगा? नितिन को नए सिरे से लगा मंजू उसके लिए अपरिहार्य है। मंजू के बग़ैर उसका काम नहीं चलेगा। मंजू जैसा दूसरा कोई हो ही नहीं सकता।

अब भी मंजू दफ़्तर आ रही थी और पहले की तरह काम भी कर रही थी लेकिन नितिन न उसे काम बता पा रहा था न दिए गए काम को आज ही पूरा कर देने का आग्रह कर पा रहा था। वह उसके हिस्से का काम भी दूसरों को देने या अपनी तरफ़ खींचने की कोशिश कर रहा था। जैसे मंजू विभाग की कर्मचारी नहीं, विभाग की मेहमान है, शौक़िया काम कर रही है, जब मन उचट गया, चली जाएगी। वह रह-रहकर मंजू के चेहरे को ध्यान से देखता। कहीं थक तो नहीं गई? बार-बार पूछता—थकान तो नहीं लग रही है? मंजू सहज भाव से काम कर रही होती तो भी उसे लगता उसे थकान लग रही है, लेकिन यह बता नहीं रही। कई बार शाम पांच बजे ही काम छोड़कर उठ जाता। चलो चलें। बाक़ी कल हो जाएगा। कभी जूस मंगा लेता। पूरे स्टाफ़ के लिए नहीं, अपने लिए भी नहीं, सिर्फ़ मंजू के लिए। मंजू को अजीब सा लगता। नितिन की देखा देखी स्टाफ़ के दूसरे लोग भी मंजू के साथ अतिरिक्त मुलायमियत के साथ पेश आते। मंजू कभी-कभी झुंझला जाती। क्या दुनिया में पहली बार कोई औरत किसी बच्चे को जन्म देने जा रही है? यह तो रोज़ होता है। हर पल। पशु-पक्षियों में भी। इसे भावुक होने की बजाय पढ़े-लिखों की तरह वैज्ञानिक दृष्टि से नहीं देखा जा सकता?

और तो और बीच-बीच में मामी भी घर आने लगीं। संभालने। उसे और घर को संभालने। हालांकि उनका संभालना! जब तक वह रहें उन्हें संभालो, और फिर उनके संभाले को संभालो।

बच्चा होने के बाद नौकरी छोड़ने का मंजू का न इरादा था न मन,

वह तो डेढ़ महीने की प्रसवपूर्व मेटरनिटी लीव में भी भयंकर रूप से बोर हो गई थी, लेकिन बेटी को जन्म देने के छह महीने बाद बहुत दुखी मन से उसे नौकरी छोड़नी पड़ी। बच्ची अंडरवेट पैदा हुई थी और चौथे ही रोज़ उसे निमोनिया हो गया। मंजू की छातियों में दूध भी नहीं उतर रहा था। घर पर बच्ची की देखभाल करने के लिए कोई नहीं था। बच्ची रात भर जागती थी और रोती रहती थी। अब इस माहौल में नितिन भी उसकी ज़्यादा मदद नहीं कर पाता था। मंजू की नींद कब से पूरी नहीं हो पाई थी। सास या ननदें अपने पति और गृहस्थी को छोड़कर कुछ रोज़ के लिए भी आने को तैयार नहीं थे। मामी पर मंजू को ही भरोसा नहीं था। प्रसव के डेढ़ महीने बाद भी स्थिति ज्यों की त्यों थी और तीन महीने बाद भी। मंजू की अनुपस्थिति में दफ़्तर के काम का हर्जा हो रहा था और जहां ये लोग रहते थे, कोई ढंग की बाई भी नहीं मिल पा रही थी। नियम और क़ानून के बावजूद दफ़्तर में पालनाघर नहीं था और मंजू कुछ तय नहीं कर पा रही थी कि क्या करे। अच्छी-ख़ासी नौकरी छोड़कर घर बैठ जाना... सारी पढ़ाई-लिखाई का एकदम फ़ालतू हो जाना उसे गवारा नहीं था, लेकिन बच्ची को छोड़कर या लेकर दफ़्तर भी नहीं जाया जा सकता था।

हारकर उसने नौकरी छोड़ने का फ़ैसला लिया।

तो जैसे नितिन को भी राहत मिली।

और फिर छह महीने मंजू तरह-तरह के झूठे-सच्चे तर्कों से 'अच्छा ही किया' कह-कहकर ख़ुद को दिलासा देती रही।

नितिन का प्रमोशन हो गया। उसके दफ़्तर में मंजू की जगह किसी और लड़की को रख लिया गया। यह मंजू को विचलित करने वाला था। वह तो वैसे ही इस उत्सुकता से भरी रहती थी कि दफ़्तर में उसके पीछे क्या-क्या हो रहा है, और अब उसके स्थान पर किसी लड़की की नियुक्ति? लेकिन लड़की ही क्यों? क्या किसी लड़के को नियुक्त नहीं किया जा सकता था? वह खोद-खोदकर उस लड़की के बारे में नितिन से पूछताछ

करने लगी। आख़िर एक दिन नितिन उसे घर ही ले आया। नाम मालती। बड़ी ख़ुशमिज़ाज। पर मंजू यही देखकर आश्वस्त जैसी हुई कि लड़की नाटी है, मोटी है, माइनस फ़ोर का चश्मा लगाती है और हो सकता है दिमाग़ तेज़ हो, अन्यथा कहीं से भी मंजू से अधिक आकर्षक नहीं है।

खुटक लेकिन बनी रही। और बच्ची के बड़े होने के साथ-साथ बढ़ती भी रही।

लेकिन इससे पहले कि बच्ची प्रेप स्कूल जाना शुरू करे और मंजू नौकरी पर जाने की सोचे, वह दोबारा प्रेग्नेंट हो गई। अब इसकी शिकायत तो वह भगवान से ही कर सकती थी कि उसने गर्भधारण और बच्चों को जन्म देने का काम औरतों को ही क्यों सौंपा!

बच्ची के आते ही घर-गृहस्थी का काम कुछ इस तरह बढ़ा कि मंजू को दिन में चौबीस घंटे भी कम पड़ने लगे। एक बच्चा सारे दिन मां को इस क़दर व्यस्त रख सकता है, यह मंजू ने कभी सोचा भी नहीं था। उसका रोना, उसके दांत, उसके दस्त, उसके पोतड़े, उसकी भूख, उसकी बोतल, उसकी नींद, उसका मचलना... वही थी अब घर की सारी गतिविधियों का केंद्र और कुछ इस क़दर कि नितिन भी उपेक्षित होने लगा। न उसकी टाई समय पर मिल पाती न मोज़े धुल पाते न खाना रुचि का बन पाता न काग़ज़ व्यवस्थित रह पाते। मंजू को समझ नहीं आता क्या करे, कैसे करे, कब करे। बार-बार लगता काश! घर में कोई बुज़ुर्ग महिला होती। नौकरानी रखी तो काम घटने की बजाय और बढ़ गया। बच्ची को सुला लेती तब तो नहा पाती और रात नितिन आकर उसे संभालते तब जाकर खाना बन पाता। जो भी, जैसा भी। मंजू का जी दुखता कि दिन भर खटने के बाद घर आकर ठीक से कपड़े बदलने से पहले ही नितिन बच्ची को संभालता है और फिर भी उसे मनपसंद खाना नहीं खिला पाती। लेकिन खाना ही क्यों, रात को बिस्तर पर पहुंचती तो अंग-अंग टूट रहा होता, आंखें जल रही होतीं और थकान और नींद इस क़दर कि... और नितिन

समझदारी से बरदाश्त करता जाता। क्या यह ठीक था? क्या ऐसे लंबे समय तक चलते जाना ठीक था?

नितिन का काम, ज़िम्मेदारी और जवाबदारी निरंतर बढ़ती जा रही थी। नए सिस्टम आ रहे थे। नए मैन्यूअल... नई ट्रेनिंग...। दफ़्तर की हर बात को जानने को घोर उत्सुक मंजू को वह इसकी सरसरी सूचना भी देने की कोशिश करता तो वह 'कौन माथुर', 'कौन सा प्रोग्राम?' करने लगती या वह पाता कि मंजू सो ही गई है... नाक धीरे-धीरे बज रही है।

और इस पर दूसरा बच्चा!

सबसे मुश्किल साल वही पांच साल थे। सोचती है तो लगता है बाप रे! क्यों करते हैं लोग शादी? क्यों पैदा करते हैं बच्चे? क्या मिलता है? पांच साल में जैसे एक किशमिश के पांच सौ टुकड़े किए गए हों। मंजू जैसे किशमिश। मधुर-यादगार पल भी कम नहीं, लेकिन दांपत्य? व्यक्तित्व? जीवन? क्या इन बच्चों को बड़े होकर याद भी रहेगा कि इन्हें बैठना... चलना-खाना-खड़े होना—आबदस्त आदि सिखाने में इनकी मां के व्यक्तित्व का कितना चूरा हुआ था?

आख़िर बच्चे स्कूल जाने लगे। पहले एक। फिर दोनों।

तब जाकर मंजू ने फ़ुरसत से ख़ुद को आईने में देखा। देखा और हलकान हो गई। कैसी भारी टूट-फूट? क्या यह वही है? क्या यह वही मंजू है जिसने कभी नितिन को आकर्षित किया था? पुरानी तस्वीरें निकाल कर देखीं। क्या इतने पीछे छूट गई वह मंजू जो मामा-मामी के आसरे पली थी और फिर भी जो दुनिया की छाती पर चढ़कर चहलक़दमी करने का हौसला रखती थी। जिसने तब कंप्यूटर सीखा था जब अधिकांश लोग कंप्यूटर को केलकूलेटर का ही बड़ा भाई समझते थे। जिसने निरंतर साधना से अपने लिए छोटी ही सही, लेकिन एक मुकम्मल जगह बनाई थी।

जिसे लगता था हां, मैं हूं निर्णय लेनेवाली। मैं ही तय करूंगी। अपनी शर्तों पर।

फिर नितिन की नज़रों से ख़ुद को देखने की कोशिश की। मालती का ध्यान आ गया। डर गई। और अपने शरीर की झाड़-पोंछ, सार-संभाल में जुट गई।

शाम को लेकिन नितिन ने उसकी तरफ़ देखा तक नहीं। उसे रात की गाड़ी से बंगलौर जाना था एक सेमिनार में। और मालती भी साथ जा रही थी।

बच्चे स्कूल चले जाते तो मंजू के पास दो घड़ी की फ़ुरसत होती। बैठने-लेटने अख़बार पढ़ने, टीवी देखने, ख़ुद के बारे में सोचने या अपनी बीती ज़िंदगी को याद करने के लिए। लेकिन तत्काल ढेर सारे काम याद आ जाते, और फिर घर-गृहस्थी में डूब जाती।

कभी सोचती कहीं ऐसा तो नहीं कि ख़ुद को व्यस्त रखने के लिए उसने कामों को ही इतना फैला लिया है कि उनसे सारा दिन भर जाए? नौकरी करती थी तब भी तो सारे काम करती ही थी। फटाफट। अब वैसा क्यों नहीं हो पाता? क्या खाना बनाने के लिए दो घंटे, कपड़े धोने के लिए दो घंटे और घर साफ़ करने के लिए दो घंटे लगाना सचमुच ज़रूरी है? फिर नौकरी करने वाली औरतें कैसे करती होंगी? क्या ऐसा नहीं हो सकता कि ये सारे काम वह घंटे भर में निबटा ले और बच्चों को स्कूल भेजने के बाद ख़ुद भी नौकरी पर चली जाए?

करके देखेगी। हो गया तो फिर नितिन से इस बारे में बात करेगी। बड़ी आई मालती! क्या मंजू बंगलौर कॉन्फ्रेंस में नहीं जा सकती थी?

कभी नितिन पीसी लाए थे। रात को उस पर काम करते थे। उन्होंने चाहा था कि मंजू भी सीख ले और इससे उनकी भी बहुत मदद हो जाएगी, और मंजू भी अपडेटेड रहेगी।

वह पीसी पर बैठी। और आधे घंटे की मशक़्क़त के बावजूद उससे अपनी फ़ाइल तक नहीं खोली गई। यह घबरा देने वाला था।

नितिन लौटा तो पता चला पीसी ख़राब पड़ा है।

नितिन के तनाव निरंतर बढ़ रहे थे। ट्रेनिंग, सेमिनार, कॉन्फ्रेंस, लेक्चर, प्रेज़ेंटेशन, प्रोजेक्ट, डेडलाइन...। क्या चल रहा है कंपनी में? पहले तो ऐसा नहीं था।

जैसे-जैसे लड़कियां बड़ी होती गईं मंजू उनके लिए फ़ालतू होती गई। अब बेटियां उससे काम तो नहीं ही करवातीं, कभी वह आगे होकर कर देती तो वह उन्हें ज़रा भी पसंद नहीं आता। उन्हें लगता मम्मी उन्हें डिस्टर्ब कर रही हैं, उनके मामले में इंटरफ़ीयर कर रही हैं, उनकी प्रायवेसी में दख़लंदाज़ी कर रही हैं और उन्हें परेशान कर रही हैं। बड़ा अजीब था उनका तरीक़ा और सलीक़ा। उनके कमरे में महंगे-महंगे कपड़े-जूते-किताबें-कॉस्मेटिक्स-कैसेट्स-सीडी और मैगज़ींस चारों तरफ़ बिखरे रहते, लेकिन कभी मंजू कमरा व्यवस्थित कर देती तो वे बुरी तरह चिढ़ जातीं। वे खाना ढंग से नहीं खातीं। एक पढ़ते-पढ़ते खाती तो दूसरी टीवी देखते-देखते... और मंजू टोकती तो बजाय ठीक से खाने के वो खाना छोड़कर उठ ही जातीं। मंजू चाहती उनकी पसंद का खाना पकाए, लेकिन उसे पता ही नहीं चलता कि उन्हें पसंद क्या है? उनकी पसंद की कुछ चीज़ें मसलन नूडल्स, फ्रेंकी-पीत्ज़ा-पास्ता मंजू पूछ-पाछकर, सीख-साखकर बनाती भी तो तारीफ़ करना तो दूर वे मुंह चुराकर हंसतीं। उन्हें मंजू के बनाए सारे खाने 'ऑयली' और 'स्पाइसी', अतः हेय और त्याज्य लगते... जबकि दोनों की हड्डियां निकल रही थीं। कभी मंजू को लगता यह हेल्थ कॉन्शसनेस और फ़िगर कॉन्शसनेस अच्छी चीज़ है तो कभी लगता यह एक ख़तरनाक झख है। कैसे ये गृहस्थी संभालेंगी या बच्चे जनेंगी या उन्हें पालेंगी यही हाल रहा तो।

नितिन लेकिन लगभग हमेशा बेटियों के पक्ष में रहता। वे अपनी शॉपिंग

करने नितिन के साथ ही जातीं और ऐसे-ऐसे कपड़े-जूते-कॉस्मेटिक्स-ज्वैलरी-पोस्टर-अंडरगारमेंट्स ख़रीद लातीं कि मंजू आंखें फाड़े देखती ही रह जाती। उन्होंने अपने कमरे के दरवाज़े पर एक पोस्टर लगा रखा था जिस पर लिखा था—भीतर घुसो तो अपनी जोखिम पर, और सफ़ाई की कोशिश न करना। अक्सर उनकी सहेलियां या बॉयफ्रेंड आ जाते और वे ऊंची आवाज़ में अंग्रेज़ी गाने सुनते जिनका मतलब लाख सिर मारने पर भी मंजू की समझ में नहीं आता। एक बार उसने नितिन से कहा क्या बेटियों को इतनी छूट देना ठीक है? आख़िर रहना तो इसी समाज में है। कहीं ड्रग्स लेने लगीं या शराब-सिगरेट पीने लगीं या गाली बकने लगीं—भले ही अंग्रेज़ी में या और कुछ उल्टा-सीधा... मंजू से कहा भी नहीं जा रहा था। नितिन ने उसे समझाया, और अच्छे से समझाया कि ये स्वतंत्र ज़रूर हैं, कुछ-कुछ स्वच्छंद भी, लेकिन ग़ैर-ज़िम्मेदार या बहकी हुई नहीं। नए ज़माने के हिसाब से चलेंगी, तुम्हारे-हमारे बचपन के नियमों के तहत नहीं। मंजू समझ भी गई। लेकिन शाम को नितिन ने मंजू की सारी चिंताएं बेटियों के आगे ज्यों की त्यों परोस दीं और फिर तीनों देर तक उस पर हंसते रहे।

बेटियों और नितिन की सोच में समानता का एक कारण तो मंजू को यह लगता था कि तीनों बाहर जाते हैं, बाहर की दुनिया से अच्छी तरह वाक़िफ़ हैं जबकि मंजू घर के बाहर जाती भी है तो सिर्फ़ सब्ज़ी-भाजी ख़रीदने। यह सच भी था। मंजू को सचमुच पता नहीं था कि पिछले दस-बीस सालों में हमारे स्कूल-कॉलेज-दफ़्तर और सामाजिक-धार्मिक-सांस्कृतिक मिलन स्थल किस क़दर बदल गए हैं। मंजू के लिए तो अपने ही बच्चों की दुनिया आश्चर्यलोक बनती जा रही थी। लेकिन नितिन बेटियों के बदलाव—जिसे वह ग्रोथ कहते थे, को इसलिए भी आसानी से समझ पाते थे कि ख़ुद उनके धंधे में उनका सामना रोज़ ऐसे ही बदलावों से हो रहा था। आज यह प्रौद्योगिकी तो कल दूसरी। आज यह मॉडल है तो दो साल बाद इसका कोई नामलेवा भी नहीं

है। आज यह 'स्टेट ऑफ़ आर्ट' है तो साल भर बाद वह मात्र 'स्टेट ऑफ़ क्राफ़्ट' ही बचेगा जिसे गली-कूचों में सड़कछाप मिस्त्रियों के पास देखा जा सकेगा। आज ये 'लेटेस्ट' या 'इन' है तो छह महीने बाद इसकी बात करना भी अपनी हंसी उड़वाने जैसा। पता नहीं इतनी जल्दी-जल्दी चीज़ों को कौन बदल रहा था और ऐसा करने के पीछे उसका क्या स्वार्थ था, लेकिन हो ज़रूर रहा था और एकदम निष्प्रतिरोध। बल्कि स्वागत भाव से! सामूहिक सराहना के हांके और हुंकारे के साथ। डरते-डरते, लेकिन अपने डर को छिपाते और दूसरों के डर का मज़ाक़ उड़ाते हुए। बार-बार नितिन कहते कि इस फ़ील्ड में 'ऑब्सलेन्स' बहुत फ़ास्ट है। डिक्शनरी में देखा मंजू ने 'ऑब्सलेन्स' का अर्थ, और चिंतित हो गई। क्या नितिन भी मन ही मन डर रहे हैं?

और वास्तव में ऐसा ही हुआ। और देखते-देखते हो गया। बहुराष्ट्रीय कंपनियां देसी उत्पादकों को पछाड़ने के लिए जो तरकीबें काम में लाती हैं उनमें एक यह भी थी कि जाओ, पहले उस आदमी का सर्टिफ़िकेट लेकर आओ जिसने...! पश्चिम प्रमाण-पत्र देने लगा कि कौन अच्छा है कौन बुरा, और देसी उद्योगों में ऐसे तथाकथित अंतरराष्ट्रीय प्रमाणीकरण प्राप्त करने की होड़ जैसी लग गई। आइएसओ फ़लां और आइएसओ ढिंका। उत्पाद और प्रक्रिया ही नहीं, स्कूल-कॉलेज-रेलवे प्लेटफ़ॉर्म और गधे-घोड़े तक अंतरराष्ट्रीय प्रमाणीकरण लेने दौड़ पड़े। और फिर शुरू हुआ मज़दूरों और कर्मचारियों का ऑब्सलेन्स। हर दफ़्तर-कारख़ाने और कंपनी में कंप्यूटर पर कर्मचारियों-मज़दूरों की सूचियां बनने लगीं—गुण-ज्ञान-योग्यता-क्षमता या अनुभव के आधार पर नहीं—सिर्फ़ और सिर्फ़ उम्र के आधार पर। व्यापक तौर पर बग़ैर शोर मचाए यह मान लिया गया कि चालीस साल की उम्र में आदमी निकम्मा-नाकारा और निकाल दिए जाने लायक़ हो जाता है। चालीस पार के लोगों को वीआरएस ले लेने की सलाह दी जाने लगी या उन्हें अपने बेटों की उम्र के मातहतों के अंडर में काम करने को कहा जाने लगा या उन्हें गोदाम में पड़ी फ़ाइलों के पन्ने गिनने या एक

दिन में पूरे शब्दकोश का अनुवाद करने का काम पकड़ाया जाने लगा या और तरीक़ों से ज़लील किया जाने लगा। उन्हें जता दिया गया कि अब उनकी उपस्थिति वांछित नहीं है।

मंजू का जी धक से रह गया। नितिन चालीस पार कर चुके हैं। किसी दिन नितिन ऑब्सलीट घोषित कर दिए गए तो?

कोई देख नहीं रहा था लेकिन दिन भर ख़ाली और फ़ालतू बैठी रहने वाली मंजू ने ख़ुद को पुनर्विष्कृत करने की चेष्टा गंभीरता से चालू कर दी। कंप्यूटर-इंटरनेट-कुकरी-फ़ैशन-हर्बल-योगा-वास्तु-ड्राईविंग-अंग्रेज़ी... जो भी 'इन' था अब उसमें उसे महारत चाहिए थी। भिड़ी रहती। अक्सर। या निकल जाती। बदलता शहर कैसे बदल रहा है... बाज़ार का मिज़ाज... दफ़्तरों में घुस जाती... इस-उस जुगाड़ से... कैसे काम हो रहा है... युवक-युवतियों की चालढाल...। पुराने संबंध खोदे, साफ़-सूफ़ किए... कुछ नए भी बनाए... क्या होती है स्मार्टनेस? ब्लडी स्मार्टनेस! ब्लडी स्ट्रीट स्मार्टनेस! मंजू के हौसले की पहुंच से बाहर कुछ नहीं हो सकता।

लेकिन उम्र और संस्कार साथ नहीं दे रहे थे। बदलते चलन की चिकनी रस्सी पर दो हाथ चढ़ती तो चार हाथ फिसल जाती। उसकी कोशिशें घर वालों से भी छिपी न रह सकीं। लड़कियां दीदे फाड़कर देखतीं। नितिन कौतुक से भरे लगते। मंजू के मन की कड़वाहट बढ़ती जाती। न खाना पकाना सार्थक लगता न घर को चमकदार रखना। वह उदास और अकेला करने वाले निष्कर्षों तक पहुंच जाती। मन में गालियों की पीप के फव्वारे छूटते। ब्लडी हैल! कोई अपना नहीं होता। न घर, न पति, न बच्चे। अंत में अपनी अक़्ल और अपने हाथ-पैर ही काम में आते हैं।

लेकिन जो लड़ाई मंजू लड़ने की कोशिश कर रही थी, वह सिर्फ़ नफ़रत या हौसले के बूते पर नहीं लड़ी जा सकती थी। ख़ासकर जब ज़माने के मेयार इस क़दर बदल चुके हों। वह अख़बार या नेट पर देखकर इधर-उधर

अप्लाय करती और कहीं से कोई जवाब नहीं आता। 'नो थैंक्स' या 'सॉरी' तक नहीं। रिज़्यूमे भेजती तो पता नहीं किस अतल कुएं में चला जाता। वॉक इन में जाती, घंटों उसे बैठाकर रखा जाता। फ़ोन पर समय लेकर मिलने जाती, मुलाक़ात नहीं हो पाती। एचआर का कोई निहायत जूनियर अफ़सर आकर लॉबी में ही सूचित कर जाता कि जिन साहब से वह मिलने आई है उन्हें ज़रूरी काम से बाहर जाना पड़ गया है। रिसेप्शनिस्ट अपनी कॉस्मेटिक विनम्रता और सिंथेटिक सज्जनता से रिज़्यूमे छोड़ जाने और अपने कॉल की प्रतीक्षा करने को कह देती। एकाध जगह तो उसे सलाह दी गई कि उसे नौजवानों को मौक़ा देना चाहिए और ख़ुद को सोशल सर्विस में बिज़ी रखने की कोशिश करनी चाहिए। उसकी सहायता और मार्गदर्शन के लिए कुछ सामाजिक संस्थाओं के पते भी दिए गए। वह किसी को कन्विंस नहीं कर पाती कि इस उम्र में नौकरी करना उसके लिए आख़िर क्यों ज़रूरी हो उठा है? क्या वह विधवा है? पति परित्यक्ता है? डेस्टीट्यूट है? क्या वह दो हज़ार प्रतिमाह में कर लेगी? तो क्यों नहीं किसी प्राइवेट स्कूल में टीचरशिप के लिए कोशिश करती?

कभी-कभी वह ख़ुद भी उलझ जाती। क्यों ढूंढ़ रही है वह नौकरी? लाखों बेरोज़गारों के इस मुल्क में उसके जैसी खाती-पीती महिला के लिए किसी की जगह रोकना क्यों ज़रूरी है? क्या और किसी तरह से वह अपना खोया व्यक्तित्व नहीं ढूंढ़ सकती? वह ज़िद जैसी करती। छोड़ दूंगी। एक बार कर लेने दो। मैं कर सकती हूं या नहीं। मुझे सिद्ध कर लेने दो कि मैं कर सकती हूं।

एक जगह तीसरे चक्कर में कार्यालय प्रमुख ने बुलाया।

— मैं कर चुकी हूं। मैं कर सकती हूं। मैंने कंप्यूटर पर काम करना तब शुरू किया था जब कोई जानता भी नहीं था कंप्यूटर क्या होता है। मैं सी प्लस, जावा, लाइनेक्स तीनों में काम कर सकती हूं। शिफ़्टों में भी। रात में भी। मुझे सात साल का अनुभव भी है...

— सात साल! क्या मैंने ठीक सुना? सात साल तक आप एक ही

ऑर्गनाइज़ेशन में काम करती रहीं? क्यों? क्या इस दौरान आपको कहीं जंप नहीं मिला?

—और अनुभव की बात तो आप ना ही करें। किसे ज़रूरत है आपके अनुभव की? वह अब किसके काम आ सकता है? चीज़ें तो बदल गई हैं। और बदलेंगी। मैं ख़ुद ग्यारह-बारह घंटे की नौकरी के बाद तीन-चार घंटे ख़ुद को अपडेट करने पर ख़र्च करता हूं। होली-दीवाली भी छुट्टी नहीं लेता। रिश्ते-नाते छोड़िए मैं तो यह तक भूल गया हूं कि गृहस्थी क्या होती है? मेरी बेटी क्या करती है या बेटा कहां रहता है? थिंग्स आर चेंजिंग फ़ास्ट। अ-नु-भ-व!!

—हम तो फ्रेशर्स को लेते हैं, जिनमें सीखने की सलाहियत और खटने का माद्दा हो। फिर तीन या मेक्सिमम चार साल बाद यानी इससे पहले कि उन्हें ज़्यादा पे करना पड़े या उन पर हमारी डिपेंडिबिलिटी बढ़ जाए या तो वे ख़ुद हमें छोड़कर चले जाते हैं या हम ख़ुद उन्हें किसी न किसी प्रीटेक्स्ट पर निकाल देते हैं। और फिर फ्रेशर्स ले लेते हैं जो और कम पैसे में और ज़्यादा खटेंगे।

...और माफ़ कीजिएगा मै'म... इफ़ आय में कॉल यू सो... सात साल तक एक ही ऑर्गनाइज़ेशन में काम करना आजकल गुण नहीं अवगुण माना जाता है। तो ख़ैर... हम तो फिलहाल आपको नहीं ले पाएंगे... आपके भी कुछ रीज़न्स होंगे जॉब करने के लिए ऑब्वियसली... लेकिन मेरी एक एडवाइज़ है... प्लीज़ डोंट मेन्शन योर अ-नु-भ-व एनीह्वेयर। ओके?

— ओके। थैंक्यू। नाइस मीटिंग यू।

क्या ओके? क्या ख़ाक ओके?

मंजू को लगा वह एक हारी हुई लड़ाई लड़ रही है। समय उसके पक्ष में नहीं है। उम्र शत्रु बन गई है। उसका दिल बुझने लगा। डिप्रेशन रहने लगा। वह इतनी जल्दी बूढ़ी और कमज़ोर और पराश्रित नहीं होना चाहती थी। उसे निकम्मा और निठल्ला होकर जीना मंज़ूर नहीं था। वह

अपने ही घर में अपने ही पति और बच्चों की उपेक्षा और दया और उपहास की पात्र नहीं बनना चाहती थी। वह चीज़ें रखकर भूलने लगी। सनकने लगी। घुटने लगी। टूटने लगी।

एक दिन एक बहुराष्ट्रीय कंपनी के भारतीय फ्रेंचाइज़ के दफ़्तर में कार्मिक विभाग के दो बाबू काम करते हुए आपस में बातें कर रहे थे।

—ये रस्तोगी कौन होते हैं? बनिए?

—हां।

—इनमें कुछ अजीब-अजीब सरनेम भी होते हैं क्या?

—हां होते हैं न! गेलड़ा, भूतड़ा। सबमें होते हैं।

—'फ़ालतू' भी होता है क्या?

—'फ़ालतू?' क्यों, क्या हुआ?

—हज़बैंड तो रस्तोगी लगाता है। पर इस केंडीडेट ने अपनी एप्लीकेशन के हर कॉलम में क्या लिखा है देख! मंजू फ़ालतू... मंजू फ़ालतू... मंजू फ़ालतू...!!

– दिखा। ...एज देखी? ...फेंक।

अगले जनम

सुमि को समझ में नहीं आया कि जब वह अच्छी-ख़ासी चल-फिर सकती है तो उसे स्ट्रेचर पर लिटाकर लेबर रूम की तरफ़ क्यों ले जाया जा रहा है? लेकिन अस्पताल का यही क़ायदा था शायद। स्ट्रेचर पर वह सीधे नहीं, करवट लेकर लेटी थी। उसे लगा था, ज़रूर कोई कहेगा कि सीधे लेटो, पर किसी ने नहीं कहा। तो ऐसा ही हो गया जैसे वह अपने पलंग पर सो रही हो और पलंग दौड़ना शुरू कर दे।

लेकिन वह लेबर रूम नहीं था। ऑफ़िस जैसा था। स्ट्रेचर रुक गया तो वह पहले बैठ गई और फिर खड़ी हो गई। स्ट्रेचर लेकर आए दोनों वॉर्ड बॉय चले गए। वहां दो नर्सें थीं। बातें करते हुए काम करने में व्यस्त। भीतर से आहों-कराहों से लेकर चीख़ों तक की आवाज़ें आ रही थीं।

—हां, शाम को डॉक्टर मेनन के राउंड के बाद... दर्द होता है? ...उदरीच। जाने का टाइम नहीं है। क्या करेगी?

यह पूरा वाक्य एक नर्स ने दूसरी से कहा था, सिर्फ़ बीच का—'दर्द होता है' सुमि के लिए था। पूछा भी ऐसे था जैसे पूछा नहीं हो, कहा हो। और बग़ैर जवाब की प्रतीक्षा किए उसे लिटाकर साड़ी नीचे खिसका कर कमर में एक इंजेक्शन घोंप दिया था।

तभी एक वॉर्ड बॉय एक हरे रंग का गाउन ले आया था और नर्स

ने बॉय से गाउन लेकर उसे देते हुए कहा था—चेंज कर लो! और बीच का पर्दा लापरवाही से थोड़ा सा खींच दिया था।

सुमि ने बाहर के खुले दरवाज़े की तरफ़ देखा कि कहीं सास तो नहीं आ रही हैं और जैसे-तैसे साड़ी उतारकर गाउन पहन लिया। पेटीकोट-ब्लाउज़ नहीं उतारा और लेटने लगी। नर्स बातें छोड़कर फिर उससे मुख़ातिब हुई और बोली—पेटीकोट भी खोलो। बच्चा क्या पेटीकोट में निकालोगी... और हंसी, थोड़ा सा। उसके पेशे की सभ्यता के हिसाब से जितना ज़रूरी था। मशीनी। सुमि को अच्छा नहीं लगा। क्या ये भी मज़ाक़ की बात है? पेटीकोट उतार दिया।

नर्स फिर इंजेक्शन लेकर आ गई। इस बार मोटा सा।

—कपड़े? सुमि ने पूछा।

—अबी इदर रख दो। कोई घर वाला होगा उसको दे देने का। इस बार नर्स नर्मी से बोली, लेकिन उसने सुमि को लगभग नंगा कर दिया और हाथों से चमड़ी हटाकर बड़े निर्लिप्त भाव से एनीमा ठूंस दिया।

—घबराने का नईं। बाज़ू में टट्टी है। ख़ूब ज़ोर लगा के निकालना। जाएगा? के मैं आएगी?

सुमि ने ज़िंदगी में न कभी एनीमा लगवाया था, न कभी सोचा था कि उसे इसकी ज़रूरत पड़ेगी। लेकिन अब जबकि एनीमा लग चुका था उसे टॉयलेट की हाजत महसूस हुई और इसी समय पेट में मरोड़-जैसी भी उठने लगी। इधर-उधर की दीवाल का सहारा लेते वह एकदम पास ही बने टॉयलेट में घुसी जो सौभाग्य से ज़्यादा गंदा नहीं था। यथासंभव उसने नर्स की हिदायत का पालन किया, लेकिन पेट में जिस तरह दर्द की लहरें चल रही थीं, उसे डर लगा कि कहीं बच्चा यहीं निकलकर न गिर जाए!

लौटकर आई और स्ट्रेचर पर निढाल पड़ गई। इस बार चित्त। थोड़ी-थोड़ी देर बाद पेट में एक हल्के से दर्द की लंबी मरोड़ उठती थी और लेटे रहना भी मुश्किल हो जाता था।

—शायद होने वाला है। फुसफुसाई।

नर्स ने ध्यान से उसकी बात सुनी और हंसकर ज़ोर से बोली—अभी से? पहला टाइम है क्या? अभी तुम्हारा नंबर नहीं आएगा। दिखाओ तो? गाउन उठाकर देखा—अभी बहुत टाइम है। रात को आएगा। नहीं तो कल आएगा।

नर्स के इस निर्णय से सुमि हताश हो गई। चिंतातुर भी। क्या इसी तरह पड़े रहना पड़ेगा और छटपटाते रहना पड़ेगा रात तक? नहीं-नहीं, शायद इसे कुछ मालूम नहीं है। यह कोई डॉक्टर थोड़ी है। डॉक्टर ही देखकर बताएगी कितनी देर है?

नर्सों की आपसी बातचीत अनवरत जारी थी। भीतर से आती आह-कराह आदि भी, जिनका नर्सों के आने-जाने, फुर्ती से काम करते जाने और अपनी बातों का सिलसिला बनाए रखने पर कोई फ़र्क़ नहीं पड़ रहा था।

'इनका तो रोज़ का काम है। इन पर क्या असर पड़ेगा?' सुमि ने सोचा।

इसी समय फिर एक दर्द की लहर उठी और सुमि कराह उठी। अचानक उसे लगा, उसकी आंखों के सामने उसकी सास का चेहरा आ गया है। वह वाक़ई उसकी सास का ही चेहरा था जो जाने कब भीतर आकर उसके स्ट्रेचर से सटकर खड़ी हो गई थीं और मुस्करा रही थीं और उसके माथे पर हाथ फेर रही थीं।

—मम्मी! लगभग रोते हुए सुमि बुदबुदाई।

—घबराना नहीं बेटी! सब ठीक हो जाएगा।

नर्स ने इस बीच सास को सुमि के कपड़े उठा लेने को कहा, सुमि के हाथ की चूड़ियां उतारकर सास को पकड़ाईं और कड़क स्वर में कहा—गले की चीज़ भी खोलो, कान की चीज़ भी खोलो। इधर फ़ालतू कुछ नहीं मांगता। सास ने सुमि के कान के टॉप्स खोल लिए। 'मंगलसूत्र भी?' सुमि ने प्रतिरोध सा करते हुए पूछा। सास ने 'हां' में गर्दन हिलाई। सुमि ने अपनी गर्दन ज़रा सी ऊंची कर दी। सास-बहू की बातों पर कान

लगाए नर्स कोने की दीवार से बोली—बाद में बोलेगा हमारा सोने का दागीना चोरी हुआ करके। सिस्टर लोग चोरी किया करके। नईं बाबा! पेशेंट की स्किन के अलावा कुछ नईं चलेगा।

मंगलसूत्र भी खुल गया।

सास ने सारी चीज़ें सुमि के ब्लाउज़ में बांध लीं और ब्लाउज़ को ब्रा समेत गोलमोल लपेटकर साड़ी में रख गठरी सी बना कांख में दबा लिया।

—बिंदी साफ़ करो। नर्स ने पास आते हुए कहा।

सुमि की आंखें छलक आईं।

सास ने सुमि के माथे से बिंदी उखाड़ी और कहा— भगवान का नाम लो, सब ठीक होगा।

—चलो माता जी, अब तुम बाहर।

सास बाहर चली गई।

नर्स के हाथ में गर्म पानी का मग और रेज़र था।

उसने पर्दा खींचा, सुमि का गाउन हटाया, पैर फैलाए और बाल साफ़ करना शुरू किया। सुमि को डर लगा कि ज़रूर कहीं काट देगी... दर्द की लहरें न होतीं तो देख न पाने पर भी वह अपना ध्यान यहीं केंद्रित रखती। नर्स होशियार थी। सुमि को एक बार भी 'सी' नहीं करना पड़ा।

यह निपटा ही था कि दूसरी नर्स आ गई। उसने सुमि का टेंप्रेचर लिया, ब्लडप्रेशर नापा, नाड़ी देखी, पूछा-बच्चा हिलता है?

इससे पहले कि सुमि कोई उत्तर दे पाती, भीतर से डॉक्टरनी बाहर आई—सुमि कौन है? तुम हो? क्या ड्यू डेट है? पर्ची दिखाओ। एनीमा दिया? दर्द होता है? मेमरेन रप्चर हो गया? पेंस आ रहे हैं? बीपी कितना है? प्रश्न भी चल रहे हैं, उत्तर भी चल रहे हैं, स्टेथेस्कोप भी कान पर चढ़ रहा है, हाथ भी पेट को टटोल-टटोलकर देख रहे हैं।

डॉक्टर की उपस्थिति में नर्स उसी तरह चुप और सन्नद्ध, जैसे प्रधानाध्यापिका के आगे कक्षा आठ की छात्राएं।

—इतना लेट क्यों किया? तुम लोगों को लास्ट मोमेंट पर डॉक्टर की याद आती है? केस बिगड़ गया तो कौन रिस्पॉन्सिबल होगा? किसने दी थी ये डेट? डॉक्टरनी डांट रही थी।

सिवा डरने के सुमि क्या कर सकती थी? क्या ग़लती हुई उनसे? कल ही तो वे गांव से आए हैं। आते ही डॉक्टर को दिखाया है। उसने कल बुलाया था। आज सुबह फिर दिखाया। उसने कहा, भर्ती हो जाओ तो आकर भर्ती हो गए। क्या हुआ? क्या हो गया? क्या बच्चा पेट में मर गया है? लेकिन अभी थोड़ी देर पहले तक तो लात चला रहा था। क्या सीज़ेरियन करना पड़ेगा? पेट काटकर बच्चा निकालना पड़ेगा? आख़िर बात क्या है?

यकायक सुमि को लगा, नीचे से कुछ गर्म-गर्म पानी-जैसा निकल रहा है, जिससे उसका गाउन भी भीग गया है, स्ट्रेचर भी और... दर्द कुछ कम-जैसा हुआ है, लेकिन...

—डॉक्टर! सुमि बुदबुदाई।

डॉक्टर ने सुमि का गाउन हटाकर ध्यान से देखा और गंभीर होकर बोली—ठीक है। अंदर ले लो। और फिर भीतर चली गई।

सुमि ने आंखें बंद कर लीं। शायद अब उसका केस बिगड़ ही गया है। देखा नहीं डॉक्टरनी का चेहरा? सुनी नहीं उसकी बुझी हुई आवाज़?

अब कोई फिर उसके स्ट्रेचर को ठेल रहा था।

एक पल के लिए सुमि ने आंखें खोलीं। सिर्फ़ यह जांचने के लिए कि वह गिर तो नहीं जाएगी? उसी एक पल में एक आवाज़ सुनाई दी, 'सेप्टिक,' और सामने से एक फटेहाल सा देहाती जवान गुज़रता दिखाई दिया। हाथों में नई चटाई... चटाई में कोरा लाल कपड़ा। कपड़े में क्या होगा? बेशक उसके सद्यजात बच्चे की लाश, जिसे यह श्मशान ले जाकर गड्ढा खोदकर गाड़ आएगा!

क्या यह कोई दुस्वप्न है? या मेरा ही भविष्य? नौ महीने से जो मेरी कोख में पल रहा है, लातें चला रहा है, क्या वह इसी तरह एक लौंदे

के रूप में बाहर निकलेगा... जिसे रवींद्र चटाई में उठाकर ले जाएंगे और कहीं गड्ढा खोदकर ज़मीन में गाड़ आएंगे?

पीड़ा और अवसाद से सुमि सन्न हो गई।

भीतर की दुनिया बिल्कुल अलग थी। यह एक बड़ा और अंधेरा बंद कमरा था, जिसमें छह अलग-अलग मेज़ें थीं और हरेक के ऊपर एक-एक तेज़ प्रकाश वाला हंडा। सुमि ने ऐसा कमरा पहले कभी नहीं देखा। फिल्मों में ऑपरेशन थिएटर देखे हैं। यह वैसा भी नहीं है। ऐसा था जैसे टेबल टेनिस हॉल... या किसी नाइट क्लब का वह कमरा जिसमें अलग-अलग टेबलों पर बैठकर कई लोग एक साथ कैरम खेलते हैं।

सुमि को उठाकर एक ख़ाली बेड पर लिटा दिया गया।

कुछ देर तक सुमि को कुछ दिखाई नहीं दिया। उसने देखने की कोशिश भी नहीं की। बंद आंखों से अपना गाउन ठीक किया और उस गंध की अभ्यस्त होने की कोशिश करती रही जो अस्पतालों की एक ख़ास गंध होती है। कार्बोलिक और फ़ार्मेलिन... दवाएं और फ़िनाइल... आवाज़ें अब आक्रांत कर रही थीं। दर्द की लहरें बैठ चुकी थीं। दाहिनी तरफ़ से एकतान-एकरस कराहें सुनाई दे रही थीं, तो बाईं तरफ़ से कुछ-कुछ देर बाद चीख़कर तड़प उठने की आवाज़ें... जैसे कोई किसी को थोड़ी-थोड़ी देर बाद एक लात लगा देता हो या हाथ मरोड़ देता हो। सामने की तरफ़ कहीं से लगातार चीख़ें, कोसने, बड़बड़ाने और गालियां बकने की आवाज़ें आ रही थीं। बीच-बीच में नर्सों, डॉक्टरों की हिदायतें और बातचीत के टुकड़े कानों में पड़ रहे थे।

आंख खुली तो डरावना दृश्य था। उसके पैरों के ठीक ऊपर एक तेज़ रोशनी की फ़्लड लाइट टंगी हुई थी। दाहिनी तरफ़ एक गर्भवती महिला ऐसी ही तेज़ रोशनी के नीचे अलिफ़ नंगी पड़ी हुई थी। उसकी टांगें मुड़ी हुई थीं और दोनों ओर खुली हुईं। दो नर्सें उसके दोनों तरफ़ खड़ी थीं। एक नर्स उसके घुटने पकड़े दोनों टांगें खुली रखने की कोशिश

कर रही थी और दूसरी उसका पेट बाज़ू से सहला रही थी। कहती भी जा रही थी– ज़ोर लगाओ! ज़ोर लगाओ! यह सारा नज़ारा एकदम सुमि की आंखों के सामने पड़ता था। महिला की खुली टांगें... अनावृत्त गुप्तांग और 'ज़ोर लगाओ, ज़ोर लगाओ' के आदेश की पालना में फूलता-सिकुड़ता सा पेट और पुट्ठे। महिला दर्द से चीख़-चीख़ पड़ती थी और उसने अपने दोनों हाथों से पलंग का सिरहाना भींच रखा था। उसकी गर्दन भी दाएं-बाएं हिचकोले खा रही थी, लेकिन बच्चा था कि निकल नहीं रहा था।

इतना सब सुमि ने जैसे एक ही पल में देख लिया। न भी देखा हो, उधर नज़र पड़ते ही उसकी पहली प्रतिक्रिया यह हुई कि दोनों हाथ अपने आप गाउन संभालने लगे। कहीं वह भी ऐसी ही नंगी तो नहीं पड़ी हुई है रोशनी के इस झरने के नीचे! बार-बार उधर से नज़र हटाना चाहती... लेकिन हटा नहीं पाती। हे भगवान! यह क्या है? क्यों है? क्या और कोई तरीक़ा नहीं हो सकता था? वह मन ही मन मनाने लगी कि उसे इतना बेपर्द, इतना उरियां, इतना बेशर्म न होना पड़े।

लेकिन उसकी बाईं तरफ़ भी इसी से मिलता-जुलता दृश्य था। अंतर यह था कि रोशनी उसकी टांगों के बीच टॉर्च से डाली जा रही थी और रबड़ के सफ़ेद दस्ताने पहने डॉक्टरनी वहां कुछ कर रही थी।

सामने की तरफ़ से फिर कुछ चिल्लाहट और कोसने सुनाई दिए– ओ मांऽरीऽ, अरे मरी रे... ओ गूखाण्या! लाकड़याका! भोसड़ीचोदारा! अरे मार्‌याऽरे! अरे मार नाख्यो रे! अरे मां रेऽऽ!

और एक मिडवाइफ़ उसे फटकार रही थी–जब अंदर ले रही थी तब नहीं सोचा था कि कुछ बाहर भी निकलेगा? उस वक़्त तो टिचकारियां मार रही होगी! और जाएगी मर्द के पास?

अपनी अपार पीड़ा में सचेतन लुगाई तुरंत वादा कर रही थी–मरेई नी जाऊं! बाई! पण मूठारी सांसत छुड़ाव! म्हने बचाव! अरे मरी रेऽऽ!...

छिः छिः!... सुमि को वितृष्णा सी हुई। यह कैसा वीभत्स प्रदर्शन है पीड़ा का। नहीं... वह कभी ऐसा नहीं करेगी।

...दर्द होता है? तभी किसी ने पूछा और तभी दर्द की एक लहर सी उठी। छाती तक और फिर-फिर उठी। नर्स ड्रिप लगा रही थी, ड्रिप एडजस्ट कर रही थी। उसमें तरह-तरह के इंजेक्शन मिला रही थी और बार-बार पूछ रही थी—कैसा लग रहा है, बच्चा हिल रहा है या नहीं, वग़ैरह-वग़ैरह।

सुमि को प्यास लगी। नहीं, सुमि को गर्मी लगी। नहीं, सुमि को डर लगा। नहीं, अकेलापन लगा। नहीं, घर की याद आई। नहीं, मां की याद आई। काश! मां पास होती! क्या उसने भी इतनी ही तकलीफ़ उठाकर सुमि को जना होगा? इतनी ही बेपर्दगी झेलकर?

लाज! शर्म! हया! पर्दा! ये सारे शब्द अब और यहां बेमानी हो गए थे। माना कि यहां सिर्फ़ औरतें ही थीं, पर इससे क्या? क्या मर्द मर्दों के सामने इतनी ही सहजता से नंगे हो जाते हैं? आख़िर सबके सामने अपनी नंगई की नुमाइश करना किसको अच्छा लगता है? और क्या भरोसा? क्या अभी-अभी कोई मर्द डॉक्टर या वॉर्ड बॉय भीतर नहीं आ सकता? हॉल का दरवाज़ा बंद नहीं है। वहां सिर्फ़ पर्दा पड़ा है। ये मटके की तरह फूले पेट, पेट पर चमड़ी फटने से बनी सफ़ेद धारियां, पतली-पतली टांगें और बिखरे बाल... केवल देह... क्या यही देह पुरुष को आकर्षित कर उन्मत बनाती है? कोई यहां आकर दर्द से छटपटाती इन बेडौल देहों को देख ले तो वह स्त्री को कभी कमनीय न माने... दिमाग़ से सारी कविता एकदम रफ़ूचक्कर हो जाए! क्या इसीलिए प्रसूतिगृह में पुरुषों का प्रवेश वर्जित रखा गया है?

आह!... कुछ ज़ोर से शायद उसके मुंह से निकला होगा। भीतर कोई चीज़ थी जिसे कोई मरोड़ रहा था। सारी कमर दर्द के मारे हिल सी गई थी। एक गहरी लहर दर्द की उठी थी और बैठ भी नहीं रही थी।

सुमि की आह से आकर्षित हो पास की मेज़ से डॉक्टरनी और नर्सें उसके पास आई थीं और उसे घेरकर खड़ी हो गई थीं।

एक नर्स एक तेज़ टॉर्च का प्रकाश उसकी टांगों के बीच डाल रही थी और डॉक्टरनी अपना दस्ताने वाला हाथ उसकी योनि में घुसेड़कर इधर-उधर टटोल रही थी। उसका दूसरा हाथ ऊपर से पेट को जगह-जगह दबा रहा था और अपना काम करते-करते वह सुमि से बातें भी करती जा रही थी–

–क्या नाम है?

–सुमि।

–उमर?

–पच्चीस... नहीं छब्बीस।

–पहला है?

–हां।

–डेट क्या थी?

–चार रोज़ पहले की।

–दर्द होता है?

–हां।

–पेशाब आता है?

...

–आए तो यहीं करना। रोकना मत। अभी बच्चा नीचे नहीं आया है। टाइम लगेगा। घबराना नहीं। बॉडी को ढीला रखना। अच्छी-अच्छी बात सोचना।

–ब्लड प्रेशर?

–नॉर्मल। नर्स ने कहा।

–शुगर?

–नॉर्मल।

—ओवरड्यू हुआ है। ज़रूरत पड़ने पर ऑपरेशन करेंगे। पर डरने की बात नहीं है। रोज़ पचासियों औरतें बच्चा पैदा करके जाती हैं। जस्ट रिलेक्स। ओके?

इससे पहले कि सुमि कुछ पूछ सके, सामने की तरफ़ से आती चीख़-पुकार गालियों और दाहिनी तरफ़ से आती कराहें चीख़ों में बदल गईं। सुमि ने दाहिनी तरफ़ देखा। नंगी पड़ी औरत का योनिद्वार खुल गया था और भीतर एक काला-भीगा नारियल सा दिखाई दे रहा था। उसके दोनों तरफ़ नर्सों ने स्टील के चिमटे से डाले हुए थे और ऊपर-नीचे ख़ून-ख़ून दिखाई दे रहा था। नर्सें चिल्ला-चिल्लाकर कह रही थीं—ज़ोर लगाओ, ज़ोर लगाओ। शाबाश! और ऊपर से पेट को दबा रही थीं और नीचे से चिमटों से पकड़कर काले नारियल को बाहर खींचने की कोशिश कर रही थीं। योनिद्वार के चारों तरफ़ ख़ून की मात्रा बढ़ती जा रही थी। एक और डॉक्टरनी आ गई थी। फिर क़ैंची लेकर डॉक्टरनी ने ऊपर की चमड़ी थोड़ी काट दी... चीख़-चीख़कर औरत का बुरा हाल था। वह उछली पड़ रही थी और उसका चेहरा पसीने-पसीने हो गया था। उसकी गर्दन दाएं-बाएं हो रही थी और डॉक्टरनी कभी पेट सहलाती, कभी हाथ घुसाने की कोशिश करती, कभी टांगें चौड़ी करती, कभी चिमटा घुसाने की कोशिश करती... कभी क़ैंची उठाती, कभी रूई से ख़ून साफ़ करती...

...तीन औरतों की मशक़्क़त से आख़िर वह काला नारियल थोड़ा और बाहर सरका। योनिद्वार अविश्वसनीय हद तक खुल गया और बमुश्किल तमाम वह काला नारियल आधा बाहर निकला। अब उसे हाथ से पकड़कर खींचा जा सकता था। उसे हाथ से पकड़कर खींचा गया और देखते ही देखते पूरा बच्चा बाहर आ गया। ख़ून और गंदगी से सना... किसी बंदरिया के बच्चे की तरह काला और छोटा सा। लेकिन उसकी बारीक और दमदार कुंआ-कुंआ ने सारे कमरे का माहौल एकदम से बदल दिया। फुर्ती से डॉक्टरनी ने उसकी नाल खोली और उसे दोनों टांगें पकड़कर

उलटा हवा में झुला दिया। औरत की चीख़-पुकार शांत पड़ गई। मटके की तरह फूला पेट पिचक गया। औरत निढाल होकर बेसुध हो गई। डॉक्टरनी ने बच्चे की नाल काटी और बच्चा नर्स को दे दिया। नर्स बच्चे का वज़न करने, नहलाने, टाइम नोट करने वग़ैरह के लिए ले गई। दूसरी नर्स ने औरत के निचले हिस्से की सफ़ाई की, डॉक्टरनी ने टांके लगाए, शेष काम निबटाया और चली गई।

सुमि इस पूरे दौरान अपनी सारी पीड़ा, तकलीफ़ भूले रही। वह तो अपनी स्थिति तक जैसे भूल गई थी। वह केवल एक चमत्कारिक और अभूतपूर्व दृश्य की साक्षी थी और टकटकी लगाए देख रही थी। उसे भान ही नहीं था कि यही सब या संभवतः इससे भी अधिक भयानक कुछ अभी थोड़ी देर बाद उसके ख़ुद के साथ होने वाला है।

किसी ने किसी से नहीं पूछा कि क्या हुआ है? लड़का या लड़की? काश! कोई पूछता या बताता। सुमि को उत्सुकता थी।

दाइयां और नर्सें ख़ुश थीं। सफलतापूर्वक उनका एक काम पूरा हो गया था। अब बाहर जाकर ख़बर देनी थी और बख़्शीश लेनी थी। लेकिन ख़ुशी का कारण बख़्शीश नहीं थी। ख़ुशी का कारण अपना काम ठीक से पूरा हो जाना था। बच्चा मर जाता या औरत दम तोड़ देती तो वे सब दाइयां और नर्सें और डॉक्टरनियां अपने आपसे चिढ़ जातीं और घंटों झुंझलाई हुई रहतीं और जीवन के प्रति दार्शनिक होने के लिए उन्हें बहुत प्रयत्न करना पड़ता।

जिसके अभी बच्चा हुआ था, वह औरत सुमि की कौन थी? सुमि तो उसे जानती तक नहीं थी। लेकिन फिर भी उसे ख़ुशी-जैसी हो रही थी कि हालांकि बेचारी को तकलीफ़ तो बहुत हुई, लेकिन चलो बच्चा ठीक-ठाक से हो गया। कहीं न कहीं उसके मन में विश्वास सा जमने लगा कि उसका भी ठीक-ठाक से हो जाएगा। प्रसूतिगृह में घुसते समय एक सद्यजात बच्चे की लाश देखकर यहां के डॉक्टरों के प्रति उसकी जो आस्था सहसा कुचल गई थी, एक नए बच्चे की रुलाई सुनकर मानो

वह आस्था फिर से खिल गई। वह दाइयों-नर्सों-डॉक्टरनियों की क़द्र सी करने लगी। मेहनत तो बहुत करते हैं बेचारे। अब किसी की क़िस्मत ही ख़राब हो तो ये भी क्या करें?

कुछ देर बाद नई मां को बताया गया कि उसके लड़का हुआ है। उसके श्लथ चेहरे पर एक झीनी सी मुस्कान उभरी। वह शरमाने सी लगी। उसे अच्छी तरह ढक-ओढ़ाकर स्ट्रेचर पर डालकर वॉर्ड में भिजवा दिया गया।

कॉफ़ी पीने के लिए डॉक्टरनी के अपने कमरे में जाते ही सारे कमरे का वातावरण जैसे आज़ाद और हल्का हो गया था। कुछ इधर-उधर की बातें भी होने लगी थीं। दाइयां और नर्सें उन पेशेंट्स और केसेज़ की बातें एक-दूसरे को बताने लगी थीं जो कल या परसों या पिछले सप्ताह आए थे और जो अपने किसी हास्यप्रद या जटिल पहलू के कारण उल्लेखनीय थे।

अपने दर्द को एक अनिवार्य प्रक्रिया मानकर चुपचाप झेलते हुए सुमि इधर-उधर की बातों पर ध्यान लगाने की कोशिश कर रही थी और डॉक्टरनी के अनुदेश के अनुसार 'अच्छी-अच्छी बातें सोचने' और 'तनावमुक्त' होने की कोशिश कर रही थी। उसे अपनी मां और मायके का ख़्याल आया, अपने मां-बाप और भाई-बहनों के चेहरे याद आए... कितना ख़ुश होंगे वे यह जानकर कि सुमि के लड़का हुआ है। और पिता तो आदत के अनुसार तुरंत भाई को बधाई तार देने के लिए भेजेंगे और फिर तत्काल इस चिंता में डूब जाएंगे कि भाई को क्या-क्या लेकर भेजना पड़ेगा और कितना ख़र्चा आएगा और कहां से इंतज़ाम किया जाएगा? फिर सुमि को अपनी सास का ख़्याल आया, जिसने शादी के दूसरे ही दिन से उठते-बैठते उसे पुत्रवती होने की आसीसें दी थीं और 'पोता दे दे, पोता दे दे' कह-कहकर बराबर उसकी नाक में दम कर रखा था। हर महीने उसकी माहवारी पर मुंह फुलाया था। बार-बार उसके और रवि के संबंधों में अनैतिक-अनाधिकार-अश्लील ताक-झांक की थी, बार-बार पति को रिझाने

और किसी भी तिकड़म से गर्भवती हो जाने की तरकीबें सुझाई थीं और जब शादी के बाद दो साल तक सुमि की गोद हरी नहीं हुई थी (जोकि रवि-सुमि की योजनानुसार ही था) तो सुमि को लेकर मंदिर जाना, मनौती मानना, तावीज़ बांधना और भभूती चटवाना शुरू कर दिया था। अंत-अंत में तो वे उसे देखकर लंबी उसांसें भरने लगी थीं! कितनी ख़ुश होंगी सास कि आख़िर उन्हें पोता मिल गया।

सुमि अपने पति के बारे में सोचने लगी। उसके कसरती बदन और शारीरिक स्फूर्ति के बारे में... उसकी निरंतर जाग्रत यौनाकांक्षा और उसके ख़र्राटों के बारे में... नींद में उठती-गिरती उसकी छोटी सी तोंद के बारे में और उसके सिर के घने बालों के बारे में... लेकिन अभी-अभी देखे गए दृश्य का प्रभाव था कि उसे पति की देह की कल्पना उत्फुल्लित नहीं कर पाई। वह जैसे बुख़ार में थी और देह जैसे बिस्तर पर कभी नहीं... हमेशा स्ट्रेचर पर या अस्पताल के पलंग पर... डॉक्टर के दस्ताने वाले हाथ में चमकते नश्तर के नीचे... इधर से, उधर से ख़ून बहाते हुए... दर्द की छटपटाहट और दूसरों की दया और कौशल के भरोसे... बेबस और हाथ-पांव में पिन ठुंसे बेहोश मेढ़क के तुल्य।

सुमि को अजीब लगा कि मनुष्य के शरीर की सारी असुंदरता और कुरूपता देखने के बाद भी, काटने-फाड़ने और सीने के बाद भी... रक्त-मांस मज्जा के अनवरत अवलोकन के बाद भी आख़िर डॉक्टर लोग कैसे अपने पति या पत्नी से प्यार कर पाते होंगे? कैसे उनका शरीर एक-दूसरे को उत्तेजित या उत्तप्त कर पाता होगा? कैसे देह के उत्सव में वे आतुर या आक्रामक हो पाते होंगे? कैसे जीव के आदिम राग में बेसुध और बेसाध हो पाते होंगे? बज पाते होंगे? झंकृत हो पाते होंगे? या वह जो सामान्य जन के जीवन में एक रहस्य-भेदन और चमत्कार की तरह घटित होता है, उनके लिए एक औसत जैविक क्रिया... एक 'मैटर ऑफ़ फ़ैक्ट' ही रह जाता होगा? क्या अपने पेशे के लिए उन्हें इतना बड़ा बलिदान करना पड़ता है? या यह केवल उसकी ख़ामख़याली है? यदि रवि डॉक्टर होता

तो क्या वह सुमि की नाभि के नीचे स्थित तिल को इस तरह बार-बार चूमता? या वह केवल एक फ़िज़िकल सिम्टम ही समझता इसे? फिर हिचकी का क्या अर्थ होता उसके लिए? और आंख फड़कने का? और सपनों का? और डर का? सुमि के उससे डरकर लिपट जाने का?

सास को पोता चाहिए था और पोते से कम कुछ नहीं। एक संदुर-सुशील सुशिक्षित बहू से उसे तसल्ली नहीं थी। उसने चार बच्चे पैदा किए थे। चारों लड़के। सुमि का पति रवींद्र सबसे छोटा बेटा था। छोटा, इसलिए लाड़ला। बड़े तीन भाइयों में से एक की असमय मृत्यु हो चुकी थी। बाक़ी दोनों के दो-दो बेटे थे। दोनों दूर शहरों में बसे हुए थे। शादी के समय ही सुमि ने उन्हें देखा था। चिट्ठियां कभी-कभी आती थीं।

ससुर को भी पोता चाहिए था। उनके लड़के ही हुए, इस बात का उन्हें गर्व जैसा था। वह इसे अपने ख़ानदान की ख़ासियत मानते थे। कहते थे—हमारे ख़ानदान में बारातें आती नहीं हैं, बारातें जाती हैं।

पति लापरवाह क़िस्म के आदमी थे। मस्तमौला। उन्हें कोई फ़र्क़ नहीं पड़ता था। प्रकट में मां-बाप की मूर्खता का मज़ाक़ उड़ाते से, पर मन ही मन उन्हें सही जैसा मानते से। इसी से सुमि को डर लगता कि कहीं ये भी बेटा होने को फ़ख़्र की बात और बेटी होने को शर्म की बात तो नहीं मानते?

यहां से लौटकर गांव जाते—जहां पति की नौकरी थी, एक बैंक में—तो अक्सर सुमि की बांह पर कोई तावीज़ या कमर पर कोई काला धागा रवि को नज़र आता और वह पहला काम यह करता कि इस तावीज़ या धागे को खींच या काटकर फेंक देता। सुमि डरकर पूछती—अब मम्मी पूछेंगी तो मैं क्या कहूंगी?

—कह देना रवि ने काटकर फेंक दिया।

भला सुमि ऐसा कह सकती थी?

पर वह मन ही मन ख़ुश होती। ऊपर से बनकर पूछती—पता है, बेटा होने के लिए था। अब बेटी हो गई तो?

—चलता है। रवि कहता और अपने मतलब की बात में लग जाता।

इससे सुमि फिर आशंकित हो उठती। रवि ने यह भी कहा होता कि 'क्या फ़र्क़ पड़ता है' तो वह मान लेती कि बेटी होने पर कम से कम रवि इसे सुमि का क़ुसूर नहीं मानेगा। लेकिन 'चलता है' का क्या मतलब? क्या यही नहीं कि इस बार बेटी हो गई तो कोई बात नहीं, अगली बार बेटा हो जाएगा। आख़िर 'ख़ानदान की ख़ासियत' है।

असल में पूछा जाए तो सुमि मां बनना ही नहीं चाहती थी।

बचपन में उसकी एक विधवा मौसी प्रसूति में एक बेटी को जन्म देकर चल बसी थी। मौसी की लाश सुमि के आंगन से ही उठी थी। बाद में वह बच्ची बड़ी दुर्गति में पली। आसपास कोई दूध पिलाने वाली मां थी नहीं। वह बच्ची घंटों पड़ी रोती रहती। दूध में पानी मिलाकर उसके मुंह में रूई से डाला जाता। मक्खियां उसके चेहरे पर भिनकती रहतीं। टट्टी कर देती तो उसी में पड़ी रहती। सरकने लगी तो डांट खाने लगी। सरकते-सरकते कहीं भी पहुंच जाती। कभी खटिया के नीचे, कभी चौकी-पलंग-अलमारी के पीछे। छोटी सी उसकी नाक हरदम बहती रहती और पेट फूला रहता। बच्चों वाले घर की व्यस्त मां बीच-बीच में उसकी सार-संभाल करती, कभी-कभी लाड़ भी... पर बहन-भाई उसे कभी हाथ भी नहीं लगाते। पिता भी उससे चिढ़े से रहते। आख़िर एक दिन चल बसी तो सारे घर को जैसे शांति मिली।

स्कूल में एक बार एक सहेली से सुमि ने पूछा था—मान लो डिलीवरी में कोई केस बिगड़ जाए और मां तथा बच्चे में से किसी एक को ही बचाया जा सकता हो तो डॉक्टर किसे बचाएंगे? मां को या बच्चे को?

सहेली को ठीक से पता नहीं था। उसने सोचकर कहा—मेरे ख़्याल से बच्चे को।

तो क्या मौसी के मामले में भी ऐसा ही हुआ होगा?

बाद में सुमि कुछ उत्साही देशभक्त छात्रों के संपर्क में आई और

महत्वाकांक्षी होने लगी। जीवन में कुछ करना है। कुछ बनकर दिखाना है। औसत ज़िंदगी जीकर मर नहीं जाना है। उस वक़्त नीली आंखों वाला एक लड़का बड़े पवित्र जोश में भरकर कहा करता था—कॉक्रोच। कॉक्रोच से ज़्यादा क्या है औसत हिंदुस्तानी? ...क्या करते हैं धापकर खाने और लंबी मूंछें मटकाने के अलावा? अगर एक पीढ़ी निश्चय कर ले कि... नहीं करने पैदा बच्चे...

लेकिन ससुराल में आकर सुमि को पता चला कि उसे बच्चा पैदा करना है या नहीं, यह तो उसकी स्वेच्छा का प्रश्न है ही नहीं। यह निर्णय तो उसके पति को करना है। और वह कर भी चुका है। शादी से पहले ही। तो प्रसूति उसका निर्णय या संकल्प या इच्छा नहीं... मात्र एक धर्म है... जैसे आग का धर्म जलाना और पानी का धर्म गलाना है। लेकिन उसने यह तो किया ही कि पति को इस बात के लिए राज़ी कर लिया कि दो साल तक बच्चे पैदा नहीं करेंगे, एंजॉय करेंगे... इस बीच उसका बी.एड. भी पूरा हो जाएगा और पति की नौकरी भी पक्की हो जाएगी। जब दोनों हो गए तो उसके पास कोई बहाना नहीं रहा।

रात ग्यारह बजे तक सुमि दर्द से कराहती-छटपटाती रही। इस बीच वॉर्ड की सभी औरतों की डिलीवरी हो चुकी थी। सामने वाली देहातिन के जुड़वां संतान हुई थीं। अब वहां सुमि अकेली थी। नर्सों की ड्यूटियां बदल चुकी थीं। शाम वाली जा चुकी थीं, रात वाली आ चुकी थीं। ये नई थीं। पहले वालियों के कम से कम चेहरे तो परिचित थे। वे भी सुमि को परिचित-जैसा ही मानकर व्यवहार कर रही थीं, क्योंकि उन्हीं के सामने सुमि लाई गई थी। उनके व्यवहार में एक नरमाई जैसी थी। रात की ड्यूटी वाली केवल ड्यूटी करने आई थीं। सुमि उनके लिए कोई लड़की नहीं, कोई व्यक्ति नहीं, महज़ एक केस थी। उनके चेहरे कठोर और भावशून्य थे। रात के इस पहर जब संतुष्ट गृहिणियां अपने घर पर गुदगुदे बिस्तर पर बच्चों को खिला-पिला-सुलाकर, पति के आग़ोश में

निद्रानिमग्न हैं—वे यहां ड्यूटी पर हैं... अस्पताल में—बस, यही बात उनके चिढ़े होने के लिए काफ़ी थी। वे सुमि पर बहुत कम ध्यान दे रही थीं। वे उस हॉल में उपस्थित रहना भी ज़रूरी नहीं समझ रही थीं। वे थोड़ी-थोड़ी देर बाद सुमि के पास चक्कर लगा जातीं— रस्मी 'कैसा है?' या 'कैसी हो?' पूछ जातीं और बाहर अपने कमरे में जाकर आराम से बैठ जातीं। उनके बातें करने की आवाज़ें आती रहतीं। उनमें से एक तो बीच-बीच में स्वेटर भी बुनने लगती। सुमि को उन्हें बुलाने के लिए पुकारना पड़ता। 'दर्द बहुत हो रहा है' या 'और कितना टाइम लगेगा' कहने के लिए बुलाने पर डांट खाने का डर लगता।

सुमि का केस शायद सचमुच बिगड़ गया था। अब तक तीन डॉक्टरनियां आकर देख गई थीं। वे अलग जाकर खुसपुस करतीं। सुमि को कुछ भी बताना ज़रूरी नहीं समझा जाता। यह ज़रूर पूछा गया कि तुम्हारे साथ कौन है? इसके साथ कौन है—घरवाला? इसका सुमि के पास या बाहर कोई जवाब नहीं था।

बच्चा उलट गया था। या शायद उसकी गर्दन में नाल फंस गई हो! अस्पताल आने के बाद से अब तक पेट में बहुत कम हरकत हुई थी—रोज़मर्रा से बहुत कम। सुमि की घबराहट पूरी तरह से डर में बदल गई थी। कहीं बच्चा पेट में ही मर तो नहीं गया है? वह सांस रोककर भांपने की कोशिश करती। कभी लगता है, हिला है, कभी लगता, नहीं, कुछ हरकत नहीं है। डॉक्टरनियां तो आला लगाकर देखती हैं। इन्हें तो पता चल ही जाता होगा। अगर मर ही गया है तो ये लोग उसे निकालते क्यों नहीं? कुछ बताते क्यों नहीं? ऑपरेशन करके ही क्यों नहीं निकाल देते? कितने घंटे तो हो गए... और कब तक तड़पना पड़ेगा?

नर्सें और दाइयां और डॉक्टर जो पहले उसे सहृदय, मेहनती और चुस्त लग रहे थे, अब एक नंबर के बेईमान और लापरवाह मालूम हो रहे थे। उसे मालूम था, कुछ गड़बड़ हो गई तो सास उसे जीने नहीं देंगी। पर सास हैं कहां? क्या अब भी बाहर खड़ी हैं? या घर चली गईं? हैं, तो

भीतर क्यों नहीं आईं—एक भी बार? बोलीं क्यों नहीं, जब पूछा गया कि कौन है—इसके साथ? क्या एक बार भी उन्हें भीतर नहीं आने देते ये लोग?

किसी डॉक्टर मलिक को बुलाने की बात की जा रही थी। ब्लड बैंक से उसके ग्रुप का ख़ून मंगवाया जा रहा था। उसका बीपी देखा जा रहा था। ड्रिप में नए-नए इंजेक्शन घुस रहे थे। उसे किसी चीज़ से एलर्जी तो नहीं है? पहले कभी एबॉर्शन तो नहीं हुआ है? सौ बार पूछा जा चुका था कि ड्यू डेट क्या थी और किसने दी थी? डॉक्टर मलिक को टेलीफ़ोन किया गया था। वे घर पर नहीं थे। किसी शादी में गए थे। बार-बार उसकी टांगों के बीच तपासा गया था। बार-बार उसे धीरज रखने को कहा गया था।

सुमि बुरी तरह झुंझलाई हुई और डरी हुई थी। उसकी कराहटें चीख़ों में बदल गई थीं। पेट में जो दर्द पहले लहरों की तरह उठता-गिरता था, अब लगातार हो रहा था। उसे लग रहा था जैसे पेट में एक लोहे की नोकदार मथानी घुसा दी गई है और बार-बार उसे घुमाया जा रहा है। उसके कपड़े पसीने से भीग चुके थे और गला बुरी तरह सूख रहा था। उसकी टांगों में दर्द हो रहा था और वे कांप रही थीं। उसने सोचा था कि वह अपने दर्द की अश्लील नुमाइश नहीं करेगी और इसे बहादुरी के साथ, शालीनता के साथ सहन करेगी। वह प्रतिज्ञा परिस्थिति के आगे धरी की धरी रह गई थी। सुमि चिल्ला रही थी, चीख़ रही थी और कोस भी रही थी। दाइयों को, नर्सों को, डॉक्टर को और ख़ुद अपने-आपको।

अभी कुछ देर पहले उसने डॉक्टर की कसकर बांह पकड़ ली थी। सच बताओ, क्या हुआ है? कुछ नहीं हुआ है, सब ठीक हो जाएगा। कब हो जाएगा? इतना टाइम तो हो गया? बस, अभी हो जाएगा। आप ऑपरेशन कर दो। जल्दी से ऑपरेशन कर दो। अब सहन नहीं होता मुझसे। जल्दी कुछ करो। मैं मर जाऊंगी। आह! घबराओ मत, सब ठीक हो जाएगा।

'सब ठीक हो जाएगा।'—सुमि को लगा इससे अधिक खोखले और निस्सार शब्द वह अपने पूरे जीवन में कभी नहीं सुनेगी।

थोड़ी देर में सुमि के गिर्द नर्सों-डॉक्टरों का झुंड था। तरह-तरह के औज़ारों और दवाइयों की ट्रॉलियां थीं... और दो डॉक्टरनियों की आपसी बातचीत थी। 'एक्स्टेंडेड ब्रीच डिलीवरी...' यह शब्द उसके कानों ने अपनी चीख़ों के शोर के बीच भी ग्रहण कर लिए थे, लेकिन वह इनका ठीक-ठीक अर्थ अपने-आपको नहीं समझा पाई थी।

दो नर्सों ने उसकी टांगें पकड़कर फैला दी थीं। एक डॉक्टरनी ने उसकी योनि में अपना दस्ताने वाला हाथ घुसेड़ दिया था। इससे एक भयानक दर्द का झोंका चढ़कर सुमि की छाती तक, माथे तक आकर उसे झनझना गया था। ज़ोर लगाओ, ज़ोर लगाओ की आवाज़ें आ रही थीं... ज़ोर वह लगा भी रही थी पूरी ताक़त से, लेकिन डॉक्टरनी के हाथ फिसल रहे थे। सविता... इट शुड नॉट बी डेमेज्ड... बी केयरफ़ुल!

एक डॉक्टरनी ने दूसरी से कहा था—ज़ोर लगाओ! फिर नारा लगा था। उसने ज़ोर लगाया भी था... ऊपर उठ सी गई थी... और कितना ज़ोर लगाती? कुछ देर बाद उन्होंने फ़ोरसेप लगाने की कोशिश की, लेकिन आख़िर वे सब चली गईं।

यही की यही क्रिया थोड़ी देर बाद फिर हुई। लेकिन नतीजा यह निकला कि नतीजा कुछ नहीं निकला।

अब सुमि को इस बात से कोई मतलब नहीं था कि लड़का है या लड़की? साबुत-सलामत है या विकलांग? काला है या गोरा? ज़िंदा है या मुर्दा? पीड़ा की घनीभूत परतों ने उसकी सारी चेतना को मथकर रख दिया था। वह छुटकारा चाहती थी। अभी, और तत्काल। किसी भी क़ीमत पर। यह जो कुछ भी है पेट में और जो इस क़दर बड़ा हो गया है कि निकल नहीं रहा है और जानलेवा तकलीफ़ का कारण है—यह बाहर निकले किसी तरह, बस! बस्स!

आख़िर डॉक्टर मलिक आए। एक अधेड़ उम्र, दुबले-पतले डॉक्टर।

इस मेटरनिटी वॉर्ड में शाम के बाद आने वाले पहले मर्द। और उनके सामने नंगी सुमि दोनों टांगें पूरी चौड़ाई में खोल चित्त पड़ी थी। देख लो, सब देख लो, पर मुझे इस यातना से छुटकारा दिलाओ।

डॉक्टर मलिक ने काफ़ी देर मुआयना किया, काफ़ी सारे प्रश्न पूछे और दूसरी तरफ़ से सुमि के पास आकर उसके चेहरे पर झुककर नरमाई से कहा, 'चिंता मत करो। बच्चा उलटा हो गया है और उसने अपने पैर फैला लिए हैं। हम लोग नॉर्मल डिलीवरी की एक बार और कोशिश करेंगे, नहीं तो सीज़ेरियन कर देंगे।'

सुमि को थोड़ी सी शांति मिली। इसलिए नहीं कि बच्चा ठीक-ठाक है, इसलिए भी नहीं कि पहली बार सारी बात उसे साफ़-साफ़ बताई गई, बल्कि इसलिए कि आख़िर कोई तो है जो पूरी बात को ठीक-ठाक समझ रहा है और इसलिए भी कि एक बार की और खींचातानी के बाद भी अगर बात नहीं बनी तो पेट काटकर बच्चे को निकाल दिया जाएगा।

आख़िर डॉक्टर मलिक के ही सत्प्रयत्न से रात को एक बजकर बीस मिनट पर सुमि ने एक कन्या को जन्म दिया और निढाल होकर बेसुध हो गई।

सास ने सुना तो हाथ की माला छोड़ी और बग़ैर किसी को कुछ दिए-लिए पीछे मुड़ीं और सीधी घर जाकर नहाकर खाट पर पड़ गईं।

रवि ने घर जाकर बाप को बताया 'बेटी हुई है' तो बाप ने उसकी पीठ पर हाथ रखकर कहा, 'कोई बात नहीं' और सोने चले गए।

रवि ने अपने बिस्तर पर जाकर अपने बदन पर चारों तरफ़ से चादर कसी और सिर के नीचे बांहों का तकिया लगाते हुए सोचा– ये साली किसी और के पास तो नहीं जाती थी?

अगली सुबह सुमि एक वॉर्ड में थी। सफ़ेद चादर में लिपटी हुई और अकेली। उसके पास उसका बच्चा नहीं था। उसे कुछ पता भी नहीं था कि उसके बच्चा हुआ है या नहीं? ज़िंदा हुआ है या मुर्दा? लड़का है

या लड़की? गोरा है या काला? साबुत-सलामत है या विकलांग? घर से कोई नहीं था। न सास न पति।

पास से गुज़रती एक नर्स को बुलाकर उसने पूछा—सिस्टर! मेरा बच्चा?

अभी लाएगा सिस्टर सुशीला। इंक्यूबेटर में रखेला है। और चली गई।

कोई नहीं था जिससे सुमि पूछती कि उसके क्या हुआ है? और कोई नहीं था वहां जो जानता हो कि इसके क्या हुआ है और उसे बता पाता।

कोई आधे घंटे की कठिन प्रतीक्षा के बाद सुमि ने देखा कि दरवाज़े से एक नर्स गोद में चार एक जैसे छोटे-छोटे बच्चों को उठाकर लाई और सबको बांटते-बांटते आख़िर में एक बच्चे को उसके पास लेटा गई—लो, संभालो तुम्हारी बेटी!

सुमि ने बच्चे को ध्यान से देखा। सफ़ेद कपड़े में अच्छी तरह लिपटी बच्ची की आंखें बंद थीं... छोटे-छोटे होंठ... नाक... कान... घने बाल... हाथ पर एक सफ़ेद टेप जिस पर नंबर लिखा था।

मर जा! सुमि ने कहा और दूसरी तरफ़ गर्दन घुमा ली।

उसकी आंखों से टप-टप आंसू बहने लगे।

बलि

घनी हरियाली थी, जहां उसके बचपन का गांव था। शाल, शीशम, आम, कटहल और महुए के पेड़। ये बड़े-बड़े पेड़। पेड़ के नीचे खड़े होकर एकदम ऊपर देखो तो सूरज न दिखाई दे। चारों तरफ़ धान के खेत, छोटे-बड़े पोखर और कुछ दूर इच्छा नदी। लकड़ी-मिट्टी-घास-गोबर के मकान और केले के पेड़, लौकी-कद्दू की बेलें और बैंगन-टमाटर की बाड़ी। हाथ-हाथ भर के काले बिच्छू और चार-चार गज़ के ज़हरीले सांप। पोखर में कूदती-फांदती मछलियां और चूल्हे पर चढ़ी काली हांडी में खदबदाता भात।

अगर सुख का मतलब पेट-भर भात और आंख-भर नींद ही होता है तो वह एक सुखी बचपन ही रहा होगा। था ही । पेट-भर भात और आंख-भर नींद से ज़्यादा भी कुछ चाहिए होता है क्या?

परिंदे सुखी होते हैं, लेकिन वे भी लड़ते हैं पेड़ की एक शाखा विशेष के लिए... मादा विशेष के लिए...। वहां भी लड़ाइयां थीं। कई साल पहले लिए कुछ रुपयों की ख़ातिर मर्द लड़ते... बच्चों से लेकर, घर के सामने कचरा फेंकने से लेकर बेटा-बहू पर टोना करने तक के अबूझ आविष्कृत कारणों पर औरतें, और मर्द पर क़ाबू रखने या उससे पिटने के लिए पत्नियां अपने पतियों से लड़तीं, लेकिन लड़ाइयां ठंडी, कसैली, एकरस, हूहू रातों में आत्मा को, जीवन को जगाए रखने के लिए ज़्यादा होती थीं। लड़कर भी कोई पराया नहीं होता था। कितनी ही लड़ाई के बावजूद किसी पर किसी का अधिकार ख़त्म नहीं होता था।

छोटे-छोटे खेल थे। खेल के साधन थे पत्थर, मिट्टी, घास, पत्ते, चिड़ियों के पंख, फलों के बीज... लकड़ी के अटपटे खिलौने... क्या ख़ज़ाना था, जिसे छाती से लगाकर रखा जाता था। खेल माने शर्त बदकर नदी पार करना... किसी का बछड़ा खोल देना... किसी का कटहल चुरा लेना... किसी को कीचड़ में धक्का दे देना... खिल-खिल... खिल-खिल।

कहानियां थीं। उनमें भूत-प्रेत-चुड़ैल-डाकन, पंखों वाले सांप, परियां और राजा-रानी बहुत पास थे... बीस किलोमीटर दूर आबाद ज़िला मुख्यालय सुंदरगढ़ बहुत दूर था। उसका मानो अस्तित्व ही नहीं था। अस्तित्व को मानो उसकी आवश्यकता ही नहीं थी।

फिर देखते ही देखते सब कुछ बदल गया। टोप पहने कुछ लोग जीप और ट्रक में बैठकर आए और जगह-जगह तंबू लगाकर रहने लगे। वे मशीन से ज़मीन में घर्रर छेद करते और पत्थर की पूरी लाठी निकालकर डिब्बे में रखकर कहीं भेज देते। फिर कुछ देर बाद कुछ ज़्यादा लोग आए। उन्होंने गांव के मर्दों से बात की। उन्हें भात चाहिए, मुर्गा चाहिए, दारू चाहिए, रास्ता दिखाने वाला चाहिए। उहोंने बताया, ज़मीन के नीचे ख़ज़ाना है। ख़ज़ाना माने कुदाल से खोदने से नहीं चलेगा। सिक्के नहीं हैं। मोहरें-अशर्फ़ियां नहीं हैं। धातु का पत्थर है। पत्थर क़ीमती है। उसे निकाला जाएगा और उससे सीसा बनाया जाएगा। वही... जिससे बंदूक की गोली बनती है।

देखते ही देखते वहां एक कारख़ाना बन गया। पेड़ काटे। उनकी जगह पक्के मकान खड़े हो गए। भूमि समतल कर दी गई। बड़ी-बड़ी मशीनें। मकान और मकान के बीच भी डामर की सड़क। सारी ज़िंदगी बदल गई। अब ख़ूब मुर्ग़े चाहिए। भात चाहिए। काम करने वाले आदमी चाहिए। पहली बार बड़े-बड़े नोट देखने को मिले। घर-घर मारामारी। और अंडे... और मुर्ग़े... और मछली... और भात!

पतलून पहने आदमी... जूते पहने बच्चे... गोरे-गोरे... और सिनेमा के पर्दे से मानो निकलकर आई हों ऐसी औरतें।

लेकिन जब ग्रामलक्ष्मी ने एक बार जाना शुरू किया तो दूसरे रास्ते से दबे पांव दरिद्रता भीतर घुस आई। अब जो कुछ अच्छा था... सब बेचे जाने के लिए था। अपने उपभोग के लिए नहीं। न दूध, न माछ। न सब्ज़ी, न भात। अब रुपए थे और भस्मासुरी इच्छाएं। मर्द दिन-भर साहब लोगों के पीछे-पीछे कुत्ते की तरह घूमते थे और हर रात दारू में धुत्त नज़र आते थे। खेत पड़े रहते थे उपेक्षित। महिलाएं, जो जितना कर पातीं, उसी से घर चलता था। कइयों की ज़मीनें चली गईं। बदले में कुछ नोट और नौकरी का आश्वासन। ख़ज़ाना है भी क्या? क्या हम उसे छू सकते हैं? देख सकते हैं? हां-हां, क्यों नहीं! चाहें तो ले भी जाइए। पर यह तो पत्थर है। कुछ चमकता है, बस! क्या इसे चूल्हे में डालने से... नहीं-नहीं... वो सब बड़ा प्रोसेस है। वो सब यहां नहीं होगा, दूसरे कारख़ाने में भेजा जाएगा।

अब झगड़े होते रोज़। और कड़वे। गाली-गलौज। अबोलाबोली। लंबे मनमुटाव। गांव के लड़के साहब लोगों की नक़ल करते। सुंदरगढ़ से पतलून सिलवाकर लाते। सिगरेट पीते। साइकिल की ज़िद करते। नौकरी का ख़्वाब देखते। सड़क पर तरह-तरह के बाहर के लोग आने-जाने लगे। दुकानें खुलने लगीं। कोई कद्दू बेच रहा है, कोई चाय-भजिया। एक कद्दू का एक रुपया! माई रे! इन साहब लोगों के पास फेंकने के लिए कितना पैसा है! यह आरंभ था समाज के बाज़ार बनने की प्रक्रिया का। बच्चे भूखे रहते थे। चोरी करने के लिए हालात द्वारा उकसाए जाते थे और हमेशा के लिए गांव से मुक्त हो जाने का सपना देखते थे। जर्जर और कृशकाय औरतें सभ्य समाज का चाल-चलन जिन नज़रों से देखती थीं, उनमें कुतूहल कम होता था, भय ज़्यादा। अब तालाब पर कभी भी नहाने नहीं जाया जा सकता था... न दिशा-फ़राग़त के लिए। और यदि नदी में मछली थी, पेड़ पर फल, आसमान में परिंदा और धरती में जड़... तो ज़रूर उनकी भी कोई क़ीमत होगी। सोचना ज़रूरी था कि क्या?

यहीं और इसी समय में थी—लड़की।

उत्सुकता के मारे वे कुछ बच्चे साहब लोगों की कॉलोनी में चले गए थे। एक मकान में रेडियो बज रहा था। कोई गाना। वहीं खड़े हो गए। कैसी सुगंध आती है इन लोगों के घरों से! कैसी भीनी-भीनी! उसे खा जाने की इच्छा हो ऐसी। कैसे गोल-गोल हाथ होते हैं इनके! कैसे रेशमी बाल! कितने सुंदर कपड़े—एकदम सिनेमा जैसे! मालकिन निकली थीं। इन्हें देखा था। आशंका से। चोरी तो नहीं करेंगी? फिर मुस्कराई थीं। जवाब में बच्चे भी बरबस मुस्करा दिए थे। मालकिन भीतर जाते-जाते पलटकर आई थीं। हाथ के इशारे से पास बुलाया था। काम करोगी? खाना देंगे। भात। पैसे भी देंगे।

सब बच्चे खिलखिलाकर भाग आए थे बगटुट।

कुछ दिन बाद सुना, मंगली एक मामी के घर काम करने लगी है। 'मामी क्यों? क्या वह तुम्हारे मामा की घरवाली है?' 'नहीं, पर उसके बच्चे उसे मामी ही कहते हैं। तो मैं भी।' 'अच्छा बताओ, क्या किया वहां? और क्या दिया उन्होंने तुम्हें खाने को?'

मंगली का बाप नहीं था। मां बहुत बूढ़ी हो गई थी। उससे कुछ काम नहीं होता था। चार-चार दिन मांगे हुए नमक-मांड से गुज़ारा करना पड़ता था। कभी-कभी कोई मछली मिल जाती या इस-उस घर की जूठन। बस, यही आसरा था। तन पर पूरे कपड़े नहीं थे। कहीं से होंगे, इसकी भी आशा नहीं थी। चेहरा लाश जैसा लगता था। बदन कटे पेड़ की सड़ी लकड़ी सा। बातों में, सपनों में, हर वक़्त भूख-भूख। कौन उसके साथ खेलता! पर आने वाले महीने-भर के लिए वह गांव की लड़कियों के लिए हीरोइन बन गई। 'साहब लोग क्या खाते हैं, कैसे बोलते हैं, कैसे हंसते हैं, क्या करते हैं... क्या अपनी घरवाली को एकदम नहीं मारते? एक बार भी तुमने उन्हें मारते नहीं देखा? ...क्या-क्या चीज़ हैं वहां? क्या तुमने ख़ुद देखा? छूकर देखा?...' आदि-आदि।

फिर जब उसे उसकी मामी ने अपनी बेटी का एक पुराना फ्रॉक पहनने

को दे दिया और साबुन का एक छोटा सा टुकड़ा, कि नहाकर आना कल... तो मंगली अभागिन उत्सुकता की नहीं, ईर्ष्या की चीज़ हो गई। साबुन ख़ुशबूदार था। सबने बारी-बारी सूंघकर देखा। फ़्रॉक? अहा! कैसा नीला रंग था उस फ़्रॉक का कि जिसे देखते ही पहनने की इच्छा हो जाएगी। उस पर कुछ-कुछ लाल सफ़ेद-फूल थे, जो बस हिलते-भर नहीं थे... और एक ख़रगोश था... मुन्ना सा... सफ़ेद झक्क... गुलाबी गोल आंखों से बिटर-बिटर ताकता... जैसे अब फुदका कि तब। और कपड़ा कैसा मुलायम और रेशमी... जैसे किसी बछड़े का गलकंबल। बदन पर फ़्रॉक हो तो बदन को कैसा महसूस होता होगा? उसे भी कई और लड़कियों की तरह लगा कि या तो मामी ने भूल से यह फ़्रॉक मंगली को दे दिया है या यह चुराकर लाई है। या तो कल वह वापस मांग लेंगी या यह फ़्रॉक मंगली पहनकर जाएगी ही नहीं। देख लेना।

लेकिन दूसरे दिन मंगली वही फ़्रॉक पहनकर काम पर गई और मामी ने उससे फ़्रॉक वापस भी नहीं मांगा।

बस, उसी दिन लड़की ने मन ही मन निश्चय कर लिया था कि चाहे जो हो जाए, वह भी काम करेगी और ऐसा ही फ़्रॉक पाएगी। उसकी इच्छा के सामने अनेक बाधाएं थीं। पहली तो यही कि वह अभी छोटी थी, अपने घर का काम भी ठीक से नहीं कर पाती थी, झाड़ू की मूठ तक कसकर नहीं पकड़ पाती थी... और दूसरे यह कि वह मंगली की तरह बेआसरा या विपन्न नहीं थी। काश कि वह बेआसरा और विपन्न होती! अब उसने ऐसा ही सोचा।

उसे चार साल लग गए इसमें। तब तक गांव की लगभग पच्चीस-तीस स्त्रियां-लड़कियां साहब लोगों के घर काम करने लगी थीं। तब तक साहब लोगों का भय पूरी तरह समाप्त हो गया था, लेकिन काफ़ी कुछ कुतूहल अभी भी था। तब तक कामवालियां भात और कपड़े के अलावा पैसे भी पाने लगी थीं और काम करने के अलावा चिरौंजी-काजू-चावल-माछ साहब लोगों को बिकवाने की दलाली भी करने लगी थीं। साहब परंपरागत ग्रामीण संस्कृति पर हमला करने वाला दुश्मन नहीं था अब, बल्कि एक मोटी

मुर्ग़ी था, जिसका किसी भी तरह फ़ायदा उठाना था। तब तक लड़की का घर भी इतना विपन्न हो चुका था कि वह उठते-बैठते कारण-अकारण मां-बाप की डांट-मार खाने लगी थी।

सबसे पहले पंद्रह रुपए महीने पर बच्चा संभालने का काम किया लड़की ने। पंद्रह रुपया मामी ने अपने मन से कहा। लड़की पांच भी पाती तो प्रसन्न ही होती। दोपहर को भात-नमक दिया। बैंगन की सब्ज़ी भी। भात लड़की की ज़रूरत के हिसाब से कम था, लेकिन वह कुछ नहीं बोली। दरअसल उस पूरे दिन वह कुछ भी नहीं बोली। हां-ना का जवाब भी गर्दन हिलाकर दिया। ख़ूब सारी नई और कौतुकमय चीज़ों के बावजूद सच पूछो तो उसका मन नहीं लगा। पूरे समय एक तीन साल के बच्चे के पास बैठे रहो, बस। इससे तो तालाब में नहाना, पेड़ों पर चढ़ना, भैंस की पूंछ मरोड़ना, पत्थर से इमली गिराना, खुली हवा में नीम के पेड़ की छांव में पसरकर सोना और गला फाड़कर हंसना-गाना यक़ीनन ज़्यादा सुखद रहा होता।

घर में एक और नौकरानी थी, जानकी मौसी। सारा काम वही करती थी। लड़की की देखा जाए तो वहां कुछ ख़ास ज़रूरत नहीं थी, लेकिन मामी एक जानकी मौसी के ही भरोसे नहीं रहना चाहती थीं। मान लो, कल को जानकी भाग गई तो लड़की झाड़ू-पोंछा तो कर ही लेगी। कम से कम बच्चे को तो संभाल लेगी।

फिर कुछ दिन में डांट पड़ने लगी, 'परे हट के बैठ, क़ालीन गंदा हो जाएगा।''...नहाकर आई? सिर क्यों खुजा रही है?''...ठीक से पकड़ बेबी को। मुंह दूर रख उसके मुंह से...' 'सुबह लेटरीन जाकर साबुन से हाथ धोती है या नहीं?''...शक्ल-सूरत नहीं दी भगवान ने तो कोई बात नहीं, कम से कम कपड़े तो ढंग के पहनकर आया करो...!' 'हे भगवान... एड़ियां देखो ज़रा इसकी... जानकी! सिखा इसे, उकड़ूं बैठकर खाना नहीं खाते! ...और खाते समय इतना पच-पच आवाज़ क्यों निकालती

है?''...जानकी, कंघी दे दे इसे! मेरे घर में यह सब नहीं चलेगा। इन लोगों को तो इंफ़ेक्शन की कोई फ़िकर है नहीं।' आदि-आदि।

लड़की ऊपर से कुछ नहीं कहती, पर मन ही मन उसमें एक शत्रुभाव घनीभूत होता जाता, 'खाने को तो पूरा देती नहीं और रौब कैसा झाड़ती है! महीना पूरा होगा, तब पंद्रह रुपया देगी। सो मेरे काम आएगा? मां ले लेगी वह तो। मैं तो उसमें से एक टिकुली भी नहीं ख़रीद पाऊंगी। कैसी-कैसी चीज़ें कचरे में फेंक देती है! उस दिन कचरे में से एक टिकुली निकालने लगी तो तुरंत टोक दिया—नहीं, उसमें से नहीं लो! चाहिए तो मांग लो। ...मांग लें! दो घंटे रगड़कर नहाएगी... फिर पाउडर क्रीम लाली थोपेगी... ख़ून जैसे होंठ और ख़ून जैसे नाख़ून बनाएगी... फिर भी किसी से पूछ लो... मैं ही ज़्यादा सुंदर दिखूंगी। ...ज़रा सा खाएगी... और दिन-भर ढ-ढ डकार लेगी। पता नहीं बच्चा कैसे जन दिया! एक दिन घर में झाड़ू लगानी पड़े तो हांफ जाए। कैसे साफ़-साफ़ कपड़े धोने के लिए डाल देती है। हमारे यहां किसी को ऐसी लुगाई मिल जाए तो दूसरे दिन झोंटा पकड़कर बाहर निकाल दे। हमारी ज़मीन से रुपा-सोना निकालकर मज़े मारते हैं और हमीं पर रुआब गांठते हैं।'

लड़की के क्रोध को व्यक्त होने का कोई उपाय नहीं था। न मामी के घर, न अपने गांव में। काम से लौटकर आती तो प्रसन्नता का ही आवरण रखना पड़ता, वरना काम भी छूट जाता। क्या एक से एक खिलौने हैं। वह ख़ुद भी चाभी भरकर चलाना सीख गई है—ऐसा ही बताती। कभी बच्चे को कमर पर टांगकर बाहर घूमने जाती, तब अकेले में बड़बड़ाती। मन करता, बच्चे को ही नोच ले ज़ोर से।

एक बार नोच भी लिया। पर फिर वह जो रोया तो लड़की को लगा, गई उसकी नौकरी। भागी उस रोते बच्चे को कमर में टांगे दूर, ताकि उसके रोने की आवाज़ मामी के कानों तक नहीं पहुंच पाए। दो घंटे लग गए बच्चे को चुप कराने में। गाई, नाची, लाड़ लड़ाया, तरह-तरह के फूल दिए, फल दिए... और रोना बंद किया तो कैसे?

एक कुत्ते के पिल्ले की कूं-कूं सुनकर। ...डरते-डरते उसकी पूंछ पकड़कर... घबराते-घबराते उसकी पीठ पर हाथ फेरकर।

मामी लड़की को ऐसी चीज़ों के लिए भी कोसती, जिन पर लड़की का कोई वश नहीं था। मसलन कहेगी, 'कैसी भाषा बोलते हो तुम लोग! जैसे लोटे में कंकड़ डालकर हिला रहे हों!' या 'क्या वाहियात इलाक़ा है! पानी बरस रहा है तो बस पागलों की तरह बरसता ही जा रहा है! मार सीलन ही सीलन, कीचड़ ही कीचड़!' या जैसे 'यहां के अनाज में वह स्वाद ही नहीं है!' या जैसे 'ज़माना कहां से कहां पहुंच गया, ये वैसे के वैसे ही रहे! जंगली के जंगली।'

इन आक्षेपों का लड़की कोई प्रतिवाद नहीं कर सकती थी। लड़की को टूटकर बरसते पानी में तरबतर भीगते हुए एक गांव से दूसरे गांव चले जाने में अपार आनंद की अनुभूति होती थी। वेग से हवा चलती तो शूं-शूं... झूं-झू की आवाज़ आती। लगता, धरती पर नहीं, किसी दिव्य लोक के रहस्य-रोमांच के बीच है। बिजली चमकती और बादल गरजते तो किसी से भी कसकर लिपटने को जी करता। पेड़ों के पत्ते और तने इधर-उधर झूमते-झुकते तो लगता, धरती को चंवर डुला रहे हैं। नदी-नाले पूरते तो लगता, अमृत की गागरें औंधी हुई हैं... ऐसे में कोई भी औरत प्याज़-बैंगन के गर्म-गर्म भजिए छानने या तर मालपुए उतारने के अलावा कुछ नहीं सोचेगी। घर के पिछवाड़े अरबी के पत्ते हों तब तो कहना ही क्या! और इसे देखो! यह वर्षा को ही कोस रही है।

लेकिन वर्षा ही क्यों, इसे तो यहां का कुछ भी पसंद नहीं। इसे तो ग्वार-फली जानवरों के खाने की चीज़ लगती है और पके कटहल में से उबकाई लाने वाली बदबू आती है। हमारी गायों का दूध इसे पानी जैसा लगता है और हमारे खेतों का अनाज बेस्वाद। हमारे उत्सव पिछड़ापन और हमारे परिधान जंगली।

लेकिन लड़की कुछ नहीं कर या कह पाती। कभी सोचती, कल नहीं आऊंगी। दूसरे दिन पाती कि आ ही गई है और तब कल का यह निश्चय

याद आया है। बच्चा भी उससे हिल गया था। अब मां के पास भी नहीं रहता। मां कुछ देर लाड़ करती है, कुछ देर ठीक से बात करती है, फिर कुछ देर उपेक्षा करती है और फिर जाने को कहती है, न जाए तो थप्पड़ मार देती है। बच्चा उसे चिपकू लगता है, रोतला लगता है। व्यवधान लगता है, इल्लत लगता है, आफ़त लगता है।

लड़की को नहीं लगता। लगता भी तो वह क्या कर सकती थी? बच्चे को चिपकाए अथवा उठाए रखने और बच्चे से मां को आज़ाद रखने की ही वह उजरत पाती थी। लड़का उस पर लदा रहता। दो क़दम पैदल नहीं चलता। कभी उसकी नाक पकड़ता, कभी कान खींचता, कभी गाल खरोंचता, कभी बालों को मुट्ठी में भर लेता। लड़की हर बार प्रसन्न रहने को बाध्य थी। क्रीत थी।

फिर एक दिन लड़की नहीं गई। उसने कहा कि उसकी तबीयत ठीक नहीं है। मां ने ज़्यादा पूछाताछी नहीं की। कभी-कभी मांएं ज़्यादा पूछाताछी नहीं भी करतीं। होता ही है। उस दिन लड़की ने सोचा था कि ख़ूब मौज-मस्ती करेगी। सहेलियों के साथ दिन भर धमाचौकड़ी मचाएगी। आसमान को सिर पर उठा लेगी। इतने दिनों की सारी कसर पूरी कर लेगी। लेकिन वैसा कुछ भी नहीं हो पाया। साथ की लड़कियां मिल ही नहीं पाईं। कई तो काम पर गई थीं। जो नहीं भी जाती थीं, वे उछल-कूद मचाने की बजाय एक पेड़ की घनी छांव में छिपी बैठी गप्पें मार रही थीं। उनमें से जो बड़ी थीं वे संकोच कर रही थीं और जो छोटी थीं वे शर्मा रही थीं। किसी मामी ने किसी लड़की को अपनी पुरानी ब्रेसरी पहनने के लिए दे दी थी। अब इस वक़्त और इस स्थान पर उसे पहनकर देखने की समस्या सुलझानी थी। फिर उन्होंने मामियों के बारे में सुने-सुनाए क़िस्से शुरू कर दिए। कि मामियां माहवारी में भी रसोई में चली जाती हैं! कि एक शीशी में से सफ़ेद मलाई निकालकर लगती हैं बाल उड़ाने के लिए आदि-आदि। लड़की से भी उसकी मामी के बारे में पूछा जाने लगा। वह उठ आई।

उस दिन लड़की उन सब स्थानों पर गई, जिन स्थानों की स्मृति ने उसे मामी के घर सुबह से शाम तक काम करने के दौरान विह्वल किया था। लेकिन कहीं मज़ा नहीं आया। न पेड़ पर चढ़ने में, न पत्थर मारकर इमली तोड़ने में, न भैंस की पूंछ मरोड़ने में, न तालाब में नहाने और तैरने में। सारा कुछ एकदम सूना और भांय-भांय लग रहा था, जैसे हर तरफ़ धूल उड़ रही हो। हवा जैसे बहुत थकी हुई हो। आसमान जैसे बहुत बूढ़ा हो गया हो। तालाब जैसे बहुत गंदला हो गया हो। धरती जैसे बहुत .ख़ुश्क हो गई हो।

देर दोपहर घर लौटी तो ठंडा भात-मांड रसोई में ढका रखा पाकर मामी के घर मिलने वाला खाना याद आ गया।

शाम तक सोचने लगी--इससे तो चली ही जाती तो ही ठीक रहता।

दूसरे दिन गई तो बच्चा दौड़कर आया और लिपट गया। मामी लाड़ नहीं लड़ाने लगी, पर उसने डांटा भी नहीं। वह निरंतर सशंक थी और चुप। उस दिन लड़की को उसने भात के साथ-साथ अपने जैसा खाना भी दिया। थोड़ी-थोड़ी मात्रा में। मसाले वाली तर सब्ज़ियां, हींग-ज़ीरे से बघारी हुई दाल और कटोरी-भर खीर। शाम को आते समय मामी ने एक पांच का नोट पकड़ा दिया, 'रख ले। काम आएंगे। तनख़ा में से काट लूंगी।'

यह लड़की की अपनी कमाई का पहला नोट था। नोट बहुत मैला और मुड़ा-तुड़ा था। उसे जल्दी से जल्दी चला देने की इच्छा होती। लड़की का मन कांप रहा था। उसने सोचा था, जब ज़िंदगी में पहली बार उसे पगार मिलेगी तो वह ख़ूब ख़ुश होगी। रोमांचित भी हो सकती है। लेकिन अभी ऐसा कुछ भी नहीं लग रहा था। वह चाहती थी कि वैसा कुछ लगे। उसने कोशिश भी की, पर उससे बना नहीं। वह बहुत उदास, बहुत तन्हा, बहुत व्यथित थी। काली घिरी हुई बेबरसी घटाओं में प्यासी और उमस से छटपटाती। क्यों उसे ख़ुशी नहीं हुई? क्यों दिन-भर ही उसके-मामी के बीच तनाव बना रहा?

फिर उसे गुस्सा आने लगा। यह औरत डरपोक भी है। सोचती होगी, मैं चली जाऊंगी तो बच्चा उसे ख़ुद संभालना पड़ेगा। बच्चा उसकी साड़ी की इस्त्री ख़राब करेगा। वह रिश्वत दे रही है। वह सुस्वादु भोजन भी रिश्वत था और यह पांच का मैला-मुसा नोट भी। नहीं, यह उसकी मेहनत की, हक़ की कमाई नहीं है जो सुख-संतोष लाती है। यह रिश्वत है जो उसने चुपचाप सिर झुकाकर स्वीकार कर ली है। यह उच्छिष्ट है... जो उसे दिया गया है और जिसे निर्विरोध गटक लेने के लिए मानो वह अभिशप्त है।

उस सारी रात सो नहीं पाई लड़की। सोचती रही कि अब क्या करना है उसे? कल काम पर जाना है या नहीं? क्या कोई और घर देख ले? लेकिन वे पूछेंगे कि वहां पिछले घर में क्यों काम छोड़ा, तो? और सब घरों में तो बच्चे भी नहीं होंगे। और उस घर में भी ऐसा ही व्यवहार मिला, तो? कहां तक भागेगी?

मामी पर क्रोध आता। क्रोध में आंसू आ जाते, पर फिर मामी पर दया भी आती। क्या वह जानबूझकर अपमान करना चाहती है? उसे बोध ही नहीं होता कि उसके व्यवहार से किसको क्या कष्ट हुआ? बच्चा याद आता। वह रोएगा, पीटेगा, मार खाएगा। फिर कुछ रोज़ में कोई और लड़की आ जाएगी, बच्चा उससे हिल जाएगा, और कहीं राह-बाट में यह लड़की सामने पड़ गई तो इसे पहचान भी नहीं पाएगा। क्या ऐसा नहीं हो सकता कि बच्चा उससे उसकी भाषा सीख ले और यहां के लोगों से, फूलों से, फ़सलों से, मौसमों से प्यार करने लगे?

गांव में और घर पर सब लोग कितना बदल गए थे इन्हीं कुछ दिनों में! पांच का नोट मां को दिया तो मां ने उसके सिर पर हाथ फेरा और नोट को फैलाकर देखकर, आंखों से लगाकर भगवान के सामने रख दिया। लड़की मानो रो पड़ी, 'काश! मां थोड़ा बिगड़ती। पूछती, कहां से लाई? चुराकर तो नहीं लाई? मांगा तो नहीं? दिया भी तो मना क्यों नहीं किया? क्या तुम्हारी पगार के बिना हम लोग भूखे मर रहे हैं? क्या सोचती होगी

तुम्हारी मामी भी? बेशऊर लड़की! ताड़ बराबर हुई, ज़रा सी अक़्ल नहीं। उन्होंने दिया और ये तुरंत ले आई। सारा ध्यान तो पैसे में है। अब तुम्हीं चाटो इसे।' काश! ऐसा ही कुछ कहा होता मां ने।

लेकिन नौकरी के पहले दिन से ही मां डांटना छोड़ चुकी है। वह काम न करे तो भी, बात न सुने तो भी मां डांटती नहीं। किसी दिन वह कपड़े न धोए तो मां न केवल अपने, बल्कि उसके भी कपड़े धो डालती है। कहती कुछ नहीं, केवल, जा रही है? आ गई? बस, यहीं तक सिमटकर रह गई है।

लड़की अपने ही घर में घुटने तोड़े बैठी विपन्नता से अपरिचित थी। ज़मीन कारख़ाने में चली गई थी। नौकरी का आश्वासन अभी तक पूरा नहीं हुआ था। मुआवज़े की राशि के लिए भूमि के स्वामित्व के अकाट्य प्रमाण प्रस्तुत करने थे, पिता को कभी भी जिनकी ज़रूरत नहीं पड़ी थी। वहां इतना कहने से नहीं होता था कि मेरा बाप भी इसी ज़मीन पर खेती करता था। अब पिता पटवारघर-तहसील-कचहरी-वकील-दलाल-पंच-प्रधान आदि-आदि के चक्कर काट रहे थे और उन्हें जो भी अपने पास था, एक-एक कर भेंट चढ़ा रहे थे। उन्हें हर दिन नए सिरे से पता चलता था कि उनसे बड़ा मूर्ख दुनिया में दूसरा नहीं और हर दिन बताया जा रहा था कि जो आदमी आदमी होकर भी काइयां नहीं हुआ, उसका तो जन्म ही अकारथ है, जीवन ही एक तरह से अवैध है।

लेकिन यह सब लड़की कैसे समझती?

उस रात लड़की ने एक कठिन निर्णय लिया। वह इसी मामी के यहां काम करेगी, लेकिन दिखा देगी कि जो-जो और जैसे-जैसे मामी ख़ुद करती है और दूसरी मामियां करती हैं... वह भी कर सकती है, बल्कि उनसे भी अच्छा। घर में जितने भी काम होते हैं–खाना पकाना, सीना-पिरोना, काढ़ना-बुनना, बोलना-चालना, लिखना-पढ़ना... वह सब सीखेगी... इन्हीं से सीखेगी और एक दिन इन्हीं से अच्छा करके दिखा देगी। हरदम हंसती रहेगी। कभी किसी बात की ख़ुद से भी शिकायत

नहीं करेगी। हंसी और सेवा-भाव यही उसके हथियार होंगे। और जिस दिन मामी मान जाएगी कि ये जंगली लोग भी उनसे किसी बात में कम नहीं, बस, मौक़ा मिलने की बात है... और जिस दिन मनुष्य की तरह व्यवहार करने लगेगी, जंगली लोगों से बराबरी का बर्ताव–वह उसे उसके हाल पर छोड़कर अपनी दुनिया में वापस आ जाएगी–एक उन्मुक्त और उत्फुल्ल प्राकृतिक दुनिया–जिसका रूप, रस, गंध और स्पर्श मामी जैसों के नसीब में ही नहीं है।

अगले दो साल लड़की के संपूर्ण कायांतरण के साल थे। पहले अनुनय से, फिर आग्रह से और फिर अधिकार से उसने धीरे-धीरे घर का एक-एक काम सीखना, करना और अपने हाथ में लेना शुरू कर दिया। सीधा-सादा गुरुमंत्र था–उसने इस दुनिया की अपनी दुनिया से, इस जीवन की अपने जीवन से और इन मूल्यों की अपने परंपरागत-प्रचलित मूल्यों से तुलना करना एकदम बंद कर दिया। ठीक है। हैं, जैसे हैं। इन्हें अपने जैसा तो बनाना नहीं है। जब तक हैं, रहेंगे, फिर लौट जाएंगे। लेकर क्या जाएंगे, एक बार मन पक्का करके मान लो कि ये लोग पराए हैं, बस, हो गया।

अब कठिनाई की जगह रोमांच ने ले ली। हां, वह बिजली की झाड़ू चला सकती है, मशीन से कपड़े धो सकती है, बटन दबाकर टी.वी., रेडियो या ठंडे पानी का पंखा चला सकती है। उसे मालूम है, मेज़पोश मेज़ पर बिछाया जाए तो कौन सा कोना सामने रखना चाहिए, किसी को पानी पिलाया जाए तो गिलास कहां तक भरा रहना चाहिए, टेलीफ़ोन की घंटी बजे और उसे उठाने वाला कमरे में कोई न हो तो टेलीफ़ोन उठाकर क्या–किस स्वर में कहना-पूछना चाहिए, कोई आए तो उसकी अगवानी किस तरह की जानी चाहिए... किसे बाहर खड़े रहने को कहना चाहिए, किसे बरामदे में बैठाना चाहिए और किसे भीतर ड्राइंगरूम में ले आना चाहिए, रास्ते में बच्चे के

साथ उसे देखकर कोई मुस्कराए तो क्या करना चाहिए और कोई कुछ दे तो उसे कैसे स्वीकार अथवा अस्वीकार करना चाहिए।

अब देखा जाए तो इसमें भी हज़ारों उलझाने वाले प्रश्न थे। इस समाज की छुटाई-बड़ाई, दूरी-नज़दीकी, आव-आदर की तदनुसार बदलती भंगिमाएं, शिष्टाचार के नाम पर प्रचलित नफ़ीस अभिनय और लगभग अबूझ कुंठाएं... लेकिन इन तथा ऐसे प्रश्नों को लड़की ने स्थगित करना सीख लिया था। समझ में आना होगा तो एक दिन अपने आप समझ में आ जाएगा। नहीं आना हो, न आए, उसकी बला से!

एक साल बाद ऐसी बात चली कि साहब का ट्रांसफ़र हो रहा है। साहब ख़ुश हुए। सारा घर। साहब बहुत दिनों से कोशिश कर रहे थे। बात चली कि जाएंगे तो क्या ले जाएंगे, क्या छोड़ जाएंगे, नई जगह कैसे क्या किया जाएगा, बच्चे की पढ़ाई का क्या करेंगे वग़ैरह। रस लेकर ये बातें की जा रही थीं। बातों ही बातों में मामी ने कहा कि कुछ भी कहो, नई जगह जाकर उसे लड़की की बहुत याद आएगी, क्योंकि इतने कम पैसों में इतना काम करने वाली, इतनी ईमानदार और मेहनती लड़की उन्हें कहां मिलेगी?

यह बात सुनकर लड़की को एक गर्हित सी ख़ुशी हुई। क़द्र की आख़िर। मेहनत की, ईमानदारी की। पर अभी पूरी तरह उस पर निर्भर नहीं हुई है। ऐसा नहीं कहा कि लड़की के बग़ैर कैसे काम चलेगा? चलो, इसे भी ले चलें। जाती तो वह क्या, पर सुनकर अच्छा लगता। शायद उसे जल्दी करनी चाहिए। ख़ैर, देखते हैं।

लड़की ने उन्हीं दिनों रसोई में प्रवेश किया था और मालिकों की पसंद के व्यजंन बनाना तेज़ी से सीख रही थी। उसने ज़िद करके एक घंटा रोज़ मामी से पढ़ना भी शुरू कर दिया। लेकिन इस क्षेत्र में उसकी प्रगति आश्चर्यजनक रूप से मंद थी। लगभग नहीं के बराबर। हिंदी का व्याकरण और देवनागरी के संयुक्ताक्षर उसकी खोपड़ी में एकदम नहीं घुसते। वह एकदम नहीं समझ पाती कि कार स्त्रीलिंग है तो स्कूटर पुल्लिंग कैसे

है? दोनों ही क्लीव लिंग क्यों नहीं हैं? 'सीता आ रही है' तो 'राम-सीता आ रहे हैं' कैसे हो गया? आमदनी को ये लोग आमदनी क्यों बोलते हैं? 'एक दफ़ा हम गए' ठीक है तो 'हम दफ़ा-दफ़ा जाएंगे' में हंसने की क्या बात है? हम भूल करते हैं तो ये लोग हंसते क्यों हैं? ये हमारी भाषा सीखेंगे तो भूल नहीं करेंगे क्या?

इस दिन मामी ने लड़की को एक नई शैंपू की शीशी उपहार में दी। शैंपू ख़ुशबूदार और महंगा था। लेकिन लड़की जानती थी कि साहब द्वारा कहीं से लाया गया शैंपू मामी को पसंद नहीं आया था और वह साहब के सामने इसकी आलोचना भी कर चुकी थीं कि इसे लगाने से तो उनके सिर में दर्द हो गया। पर लड़की ने आश्चर्य, उत्फुल्लता और अविश्वास का अभिनय किया। क्या सचमुच आप मुझे दे रही हैं? इतना महंगा? लेकिन मैं कैसे ले सकती हूं? क्या अच्छा लगेगा हम लोगों का इतनी महंगी चीज़ इस्तेमाल करना? आप सचमुच कितनी दयावान हैं आदि। परिस्थितियों ने उसे सच छिपाकर सामने वाले को ख़ुश करने वाली बातें करना सिखा दिया था। अपनी इस बकवास का वांछित प्रभाव देखकर उसे ख़ूब मज़ा आता था। तुम लोग इसी लायक़ हो। यही पाकर प्रसन्न रहो। यह ग़लत था, लेकिन इस दुनिया में समझदार और स्वीकार्य बनने की यही शर्त थी।

लेकिन साहब का ट्रांसफ़र टल गया। नहीं हुआ। और लड़की कस्टर्ड, जैम, जेली, पुडिंग, नानख़ताई, आईसक्रीम, शरबत, स्कवैश, ये वे-जो-जो वे ख़ूब पसंद करते थे, ख़ूब अच्छा बनाना सीखती गई।

प्रिय पाठक! मैं अगर भगवतीचरण वर्मा टाइप लेखक होता तो कितनी आसानी से अभी कह देता कि इस तरह धीरे-धीरे लड़की को बच्चे से सचमुच प्यार हो गया और वह हृदय से इन लोगों की शुभाकांक्षी हो गई। बल्कि बच्चे से बिछोह की कल्पना से छिप-छिपकर रोने भी लगी और एक दिन उसने अपनी जान पर खेलकर... वग़ैरह-वग़ैरह। पर ऐसा कुछ

नहीं हुआ। बच्चे की उद्दंडता में कोई कमी नहीं आई, बल्कि धीरे-धीरे लड़की की ज़रूरत उसके लिए कम से कम होने लगी। फिर जब वह स्कूल जाने लगा तो उसके अपने ढेरों संगी-साथी हो गए। शुरू-शुरू में लड़की उसका बैग-बॉटल उठाए, उसे स्कूल छोड़ने-लेने जाती। पर दूसरे बच्चे नौकर-नौकरानियों को लेकर नहीं आते थे। वे इस बच्चे का मज़ाक़ उड़ाने लगे, तो उसने एक दिन साफ़ कह दिया कि वह अपने आप स्कूल चला जाएगा, इस कालीमाता को साथ आने की कोई ज़रूरत नहीं है। लड़का अब उसके लिए ऐसी ही भाषा का प्रयोग करता था और उससे चिल्लाकर बात करता था। तू-तू तो सभी कहते थे। 'साली, नालायक़, गधी, पागल, पानी ला' चीख़कर बोला गया बच्चे का यह वाक्य घर-भर को प्रसन्न और मुदित कर देता था। मामी कहतीं ज़रूर, ऐसे नहीं बोलते, तमीज़ से बोलना चाहिए... पर यह आदेश या अनुदेश नहीं... एक नैतिक या धार्मिक क़िस्म की राय ही होती, जिसकी परवाह करना ज़रूरी नहीं होता।

मामी एकाधिक बार साथवालियों-सहेलियों-पड़ोसनों को यह बताकर चमत्कृत कर चुकी थीं कि सुबह आपने जो दहीबड़े खाए या कल आपको जो पुडिंग भिजवाया था... वह लड़की ने बनाया था। उनमें से अनेक मामी के सामने लड़की की प्रशंसा करती थीं, पीठ पीछे मामी से जलती थीं और एकाध तो लड़की को फुसला भी चुकी थीं कि हमारे यहां आ जाओ, वह जितनी तनख़ा देती है, उससे पांच रुपए ज़्यादा ले लेना।

इसलिए बग़ैर भेजे लड़की यदि किसी के भी घर जाती तो मामी सशंक हो जातीं, क्योंकि मामला अब सिर्फ़ आराम और सहूलियत का नहीं, सामाजिक प्रतिष्ठा का भी हो गया था, इसलिए एक दिन साहब से बात करके मामी ने लड़की की तनख़ा दुगुनी कर दी और वहीं एक कोठरी में उसके रहने की व्यवस्था कर दी। इतवार के इतवार दो-चार घंटे के लिए अपने घर चली जाया करेगी।

लड़की के मन में सवाल तो उठा कि जैसे पालतू जानवर होते हैं, क्या वह पालतू आदमी बनाई जा रही है? चुभा भी, पर उसने स्वीकार कर लिया। मां को भी राज़ी कर लिया। मां को अजीब तो लगा, सब सुबह जाकर शाम को आ जाती हैं, यह रात में भी क्यों रहेगी? आशंका भी हुई... लड़की जवान हो रही है... कोई उलटा-सीधा चक्कर तो नहीं है? कुछ पूछताछ भी की... कोई आदमी तो नौकर नहीं है? या चपरासी या रिश्तेदार जो वहां रुकता हो? साहब कैसा आदमी है? हंसकर तो बात नहीं करता? सिर या पांव की मालिश तो नहीं करवाता? पानी का गिलास पकड़ाते समय बहाने से उंगली तो नहीं दबाता? मामी की अनुपस्थिति में बार-बार कमरे में तो नहीं बुलाता? लुंगी-कपड़े ठीक से पहनता तो है? सब तरह से आश्वस्त होकर दुगुनी पगार की बात सोचकर हां कर दी। इस पर भी दूसरे दिन साहब और मामी खुद कार में बैठकर लड़की के घर आ गए और मां-बाप को आश्वस्त कर गए... कि जैसे हमारे बच्चे, वैसे ही यह लड़की। किसी तरह की चिंता न करें।

यह कितना बड़ा छल था, इसे उन लोगों ने कई साल बाद समझा, पर तब तक काफ़ी ज़्यादा देर हो चुकी थी। इस समय तो पूरी बस्ती में कोलाहल ही मच गया। क्या साहब ख़ुद आया था? अच्छा? मामी भी थी? फिर तुम लोगों ने उन्हें कहां बिठाया? उन्हें क्या खिलाया-पिलाया? कार का रंग कैसा था? ठेठ घर तक कार आई? वग़ैरह।

अब लड़की वही खा रही थी जो वे खा रहे थे। उसी बाथरूम में नहा रही थी, क्योंकि बाथरूम एक ही था। उसी संडास का इस्तेमाल कर रही थी और उसी साबुन से हाथ धो रही थी। धीरे-धीरे वह परिवार की सदस्य जैसी हो गई। किसी को रात बारह बजे भी प्यास लगती तो अब रज़ाई से निकलने की ज़रूरत नहीं थी। लड़की को आवाज़ दी जा सकती थी। साहब का परिवार तीन रोज़ को भी बाहर जाता तो लड़की के भरोसे घर छोड़ जाता। चोरी का भी अंदेशा नहीं रहता और लौटने पर घर भी झड़ा-पुंछा मिलता। सौदा-सुलफ़ तो वह करती ही थी, अब हिसाब भी

रखने लगी। अब पहनने-ओढ़ने-खाने-पकाने में उसकी राय भी ली जाने लगी और साहब, अब जब भी बाहर से आते, जैसे सबके लिए वैसे उसके लिए भी कुछ न कुछ ज़रूर लाते। वह ख़ुद भी इस-उस मामले में राय देती या टोकती और सलीक़े तथा मितव्ययिता से घर चलाकर दिखाने की धुन में रहती।

मामी लड़की से बहुत अपनापन महसूस करतीं और जब भी लड़की को ध्यान से देखतीं, उन्हें लगता, उन्हें इसके लिए कुछ करना चाहिए। यह उन पर कर्ज़ चढ़ा रही है, जिसे कभी किसी तरह उतारने की जुगत सोचनी चाहिए। सोचतीं और सोच में पड़ जातीं, 'देखो! कहां के हम और कहां की यह! और कैसे घुल-मिल गई है! जैसे दूध में बताशा। ज़रूर पिछले जन्म का कोई रिश्ता है।'

मामी पति से भी कभी-कभी यही बात कहतीं। वे भी भीग से जाते। कितना घबराते हुए आए थे इस जगह! पता नहीं कैसे रहेंगे बच्चों के साथ! कैसे दो-चार साल कटेंगे! कठिनाइयां भी हैं। लेकिन कठिनाइयां कहां नहीं होंगी। इस लड़की ने कठिनाइयों में भी जीवन आसान कर दिया है। पिछली जगहों के नौकरों के बारे में सोचते... सबके सब साले चोर, मक्कार, भुक्खड़... तुलना करते तो लगता कि नहीं, लड़की को सिर्फ़ नौकर नहीं माना जा सकता। अब तबादला न भी हो तो कोई बात नहीं। कुछ पढ़ी-लिखी होती तो अपनी कंपनी में ही कहीं लगवा देते।

लड़की जो अब हर चीज़ छू-बरत सकती थी, सब चीज़ों पर अपना ज़रा-ज़रा मालिकाना हक़ समझने लगी थी। 'हमारा साहब' और 'हमारी मामी' अब 'हमारा घर' और 'हमारी कार' तक पहुंच गए थे। एक दिन लड़की ने कमरे में जाकर ख़ुद को खोला और टटोला तो हैरान होकर पाया कि जो शत्रुभाव उसने इस घर में रहने की मूल प्रतिज्ञा और अभिप्राय के रूप में धारण किया था, वह पता नहीं कब और कैसे बहुत पतला और फीका पड़ गया है। बल्कि वह इसे बीच-बीच में तो एकदम भूल जाती है। बल्कि उसे ख़ुद को याद दिलाना पड़ता है कि वह इन लोगों

में से एक न है न हो सकती है। उसकी दुनिया कोई और है और वह वहां किसी और मतलब से आई है।

जब उसकी हैरानी, ग्लानि और आत्मक्रोध थोड़ा ठंडा पड़ा तो एक नई समस्या उठ खड़ी हुई। उसने पाया कि अब उसमें घृणा और शत्रुता धारण करने की शक्ति ही शेष नहीं रह गई है। वैसा आत्मविश्वास ही कहीं नज़र नहीं आ रहा है, जैसा विजय की आकांक्षा के लिए लाज़िमी होता है। और जो था, किसने उसे ठग लिया? किसने छीनी यह दौलत उससे? बल्कि हद है, शर्म जैसी बात है कि वह अपनी प्रतिज्ञा, अपने अभिप्राय के औचित्य पर ही प्रश्नचिह्न लगा रही है! अब मन ही मन, खुद से भी चोरी-चोरी पूछ रही है कि क्या यह बेहतर अभिप्राय नहीं होगा कि खाओ, पिओ, मज़ा करो, जब तक साहब यहां हैं, फिर भूल जाओ इसे और कोई दूसरा घर पकड़ लो! क्या उसके भासित रूप में सक्षम होते जाने ने उसे भीतर से एकदम अक्षम ही बना दिया है?

लड़की को बहुत असहायता का अनुभव हुआ। उसे लगा, जैसे अब वह तैर नहीं रही है, सिर्फ़ बह रही है। बहना आसान है, तैरना कठिन... लेकिन तैरने वाले को पता होता है कि उसे कहां जाना है अथवा कहां नहीं जाना है। बहने वाले के हाथ में कुछ नहीं होता। लड़की उदास और अनमनी सी रहने लगी और तरह-तरह के अटपटे और असंभव दिवास्वप्न देखने लगी। ...ख़रीदारी में से पैसे बचाकर उसने दो रुपए वाला लॉटरी का टिकट ख़रीद लिया है... और उसका एक लाख रुपए का इनाम खुल गया है... कोई यूनिट इन जंगलों में अपनी फ़िल्म की शूटिंग करने आई है और इन्हें एक लड़की की तलाश है जो पेड़ों पर भी चढ़ सकती हो और थोड़ी-बहुत अंग्रेज़ी भी समझती हो... और उन्होंने लड़की को चुन लिया है और अपनी अगली फ़िल्म में उसे नायिका का रोल दे दिया है... किसी साहब का ख़ूबसूरत लड़का उस पर मोहित हो गया है और दोनों ने मंदिर में जाकर गुपचुप विवाह कर लिया है...। जानती थी। जानती थी।

जानती थी कि ऐसा कुछ भी कभी भी नहीं होगा। फिर और दुखी, और अनमनी, और अकेली, और उदास हो जाती थी। वह अपने भीतर की बात किसको बता सकती थी?

अंततः एक दिन साहब का तबादला हो गया।

जब सचमुच हो गया तो खुशी मनाने की कोई ज़रूरत महसूस नहीं की गई। ख़ुशी का स्थान व्यस्तता ने ले लिया। कब जाना है? कैसे जाना है? क्या-क्या ले जाना है? क्या-क्या छोड़ जाना है? देखो, पता नहीं चलता और सामान कितना बढ़ जाता है। अब पैकिंग। अब कारपेंटर। अब पेंट। अब रस्सी-सुतली-कील-लकड़ी-टाट-जूट। अब ट्रक। अब रिज़र्वेशन। अब चिट्ठियां। अब विदाई पार्टियां। अब बच्चे का टी. सी.। अब बैंक खाता। अब अलमारी-पलंग-सोफ़ा-टी.वी-कूलर-फ्रिज-कोठी-क़ालीन-कील-कांटा। सबकी गिनती हो चुकी, तब जाकर अंत में लड़की का ध्यान आया। लड़की का क्या करेंगे? क्या इसे यहीं छोड़ जाना होगा?

और लड़की को तो बस रोना ही रोना आ रहा था। पता नहीं क्यों? क्या वह नहीं जानती थी कि ये लोग एक दिन जाएंगे? क्या वह अपने मिशन के अधूरा छूट जाने पर दुखी थी? लेकिन देखा जाए तो वह मिशन तो कभी का पूरा हो चुका था। क्या वह यह सोच रही थी कि अब जीवन में कभी भी दोबारा इन लोगों को नहीं देख पाएगी? क्या यह कि अब दूसरी किसी मामी के यहां काम करना पड़ेगा और फिर से एक ओछा और गला हुआ फ्रॉक पहनकर एक नीम अंधेरी कोठरी में उकड़ूं बैठकर नमक-भात खाना पड़ेगा?

लड़की जो भी सोच रही हो, यह सोचने की फ़ुरसत किसी को नहीं थी कि वह क्या सोच रही है। घर में अब न झाड़ू की ज़रूरत थी न पोंछे की। न सजावट-सलीक़े की न व्यंजनों-पकवानों की। न सौदा-सुलफ़ की न सैर-सपाटे की। न मेहमाननवाज़ी की न हिसाब-किताब की। अब घर में लकड़ी-टाट-बोरे-रस्सी-सुतली-कील-कनस्तर बिखरे हुए थे। दीवारों पर

से सजावटें उतार ली गई थीं। दीवारें नंगी और भुतहा लग रही थीं। अब सिर्फ़ सामान जल्दी-जल्दी पैक करने की ज़रूरत थी... जिसका लड़की को कोई अभ्यास या अनुभव नहीं था। दो-चार चीज़ें उसने तोड़ भी दीं। वह फिर डांट खाने लगी। मामी उसे हर ग़लती, हर नुक़सान के लिए ज़ोर से डांटतीं और जब वह रोने लगती तो मामी भी रोने लगतीं। जैसे-जैसे जाने का दिन नज़दीक आता गया, मामी की घबराहट, उच्च रक्तचाप और हाथ-पांव फूलना बढ़ता गया। जब सबसे ज़्यादा फुर्ती की ज़रूरत थी, मामी एकदम निढाल जैसी हो गईं। ऑफ़िस के पांच-छह नौकर उनकी मदद को हर रोज़ थे, पर मामी को लगता था लड़की के अलावा कोई उनका काम ठीक से नहीं करेगा। और क्या करें, लड़की को न आता है, न अब सिखाया ही जा सकता है।

यह अभी निबटा भी नहीं था कि दावतों का सिलसिला शुरू हो गया। सुबह इनके यहां जाना है तो शाम को उनके यहां। सुबह गोयल्स के यहां लंच है तो शाम को परीडाज़ के साथ डिनर। दो-चार जगह वे लड़की को छोड़कर गए तो सबने लड़की के बारे में पूछा कि उसे भी साथ क्यों नहीं ले आए? वह क्या अकेली के लिए चूल्हा जलाएगी? फिर उसे साथ ले जाने लगे तो और ज़्यादा परेशान हो गए। लड़की की थाली अलग से लगाकर दे दी जाती कि उधर कोने में बैठकर खा ले और फिर अपेक्षा की जाती कि घर-भर के बर्तन साफ़ कर जाएगी।

लड़की को भी अजीब लगता इस सजे-धजे परिवार के साथ मेहमान की तरह और घरों में खाने जाना। आख़िर वह तो यहीं है, कहीं जा नहीं रही, फिर विदाई-भोज में उसका क्या काम?

लड़की के पास प्रस्ताव आने लगे, हमारे यहां काम करना, हमने पहले ही कह दिया है। कहो तो तुम्हारी मामी से भी कह दें। किसी और को हां मत कहना। लड़की को ऐसे प्रस्तावों पर विचार करना भी बेवफ़ाई जैसा लगता। वह कान ही नहीं देती।

फिर वे नई जगह की बातें करने लगे। वहां कैसा घर होगा, कौन-कौन पुराने लोग मिलेंगे, वहां से कौन-कौन शहर पास पड़ेंगे, और कहां-कहां घूमने जाया जा सकेगा आदि-आदि।

इन अनुमानों-अंदाज़ों-कल्पनाओं में भी लड़की कहीं नहीं थी। लड़की को लगा, जैसे पिंजरे में फंसे चूहे को दूर छोड़ आया जाता है, घर में नहीं रखा जाता, और फिर याद भी नहीं किया जाता, उसी तरह उसे भी छोड़ जाया जाएगा और फिर कभी याद नहीं किया जाएगा। धीरे-धीरे उसने फिर अपने मन की कमर कसी और सोचने लगी कि इन लोगों के बग़ैर भी उसका जीवन क्यों नहीं संभव हो सकता? ऐसा होने का एक कारण यह भी था कि मामी हर दिन कोई न कोई फ़ालतू चीज़ उसे पकड़ा रही थीं, तू ले ले, तू रख लें करके और इन चीज़ों से उसकी संदूक़ची भर गई थी और हर चीज़ इतनी लुभावनी थी कि फिर वह चीज़ों के बारे में ही सोचने लगी कि देखें ये और वो मामी साथ ले जाती हैं या उसे दे जाती हैं।

जैसे-जैसे जाने का दिन पास आता गया, मामी का व्यवहार ऐसा होता गया, जैसे वह लड़की को पहचानती ही न हों। मानो लड़की से उन्हें कोई मतलब ही न हो। मानो वह कोई और औरत थी जो लड़की से पिछले जन्म का कोई रिश्ता मान रही थी। अब लड़की को फिर मामी के दोष दिखाई देना शुरू हो गए और वह थककर सोचने लगी कि जाएं बाबा ये लोग जल्दी ताकि उसे मुक्ति मिले और वह चैन से बैठकर कुछ सोच सके कि आगे उसे क्या करना है?

लेकिन रवानगी से एक दिन पहले साहब और मामी फिर लड़की के घर थे। बहुत सारे उपहारों के साथ। बहुत सारी दिल जीत लेने वाली बातों के साथ। बहुत सारे सभ्य चमत्कारों के साथ। छह महीने की अग्रिम तनख़्वा के साथ। और इस अनुरोध के साथ कि लड़की को वे सिर्फ़ दो महीने के लिए उनके साथ भेज दें। वहां सब घर-गृहस्थी जमाकर वापस आ जाएगी। साहब खुद छोड़ जाएंगे। और किसी बात की चिंता न करें, क्योंकि जैसे

आपकी बेटी वैसे हमारी बेटी। क्योंकि अब इनसे तो कुछ होता नहीं और नई जगह जाएंगे तो सब नए सिरे से शुरू करना पड़ेगा। फिर बच्चा भी इससे इतना हिल गया है कि... मैं तो कहती हूं मांजी कि ज़रूर अपना पिछले जन्म का कोई संबंध है... वरना कौन किसी के लिए...

और अगले दिन लड़की ट्रेन में बैठी थी। ज़िंदगी में पहली बार। उसकी आंखों के आगे से उसके अपने प्यारे देश के नदी-पहाड़-तालाब-झरने-पेड़-गाछ-खेत-मैदान-गांव-जवार-आम-महुआ-केले-कटहल-कोयल-मैना... भाग-भागकर पीछे छूटते जा रहे थे और वह मन ही मन बार-बार खुद से कह रही थी, मैं जानती थी, यही होगा। मैं जानती थी। मैं जानती थी।

नई जगह, नया शहर, नए लोग, नया मकान, नया माहौल। पुराना था तो बस मामी का उच्च रक्तचाप और लड़की के सिर पर गृहस्थी का सारा बोझ। लेकिन लड़की बोझ को ज़रा भी बोझ नहीं समझ रही थी, बल्कि सब कुछ इस तरह कर रही थी कि जैसे वह नहीं करेगी तो और कौन करेगा?

यह एक बड़ी जगह थी। यहां इस बड़ी जगह में मकान छोटे थे। और साहब भी इतना बड़ा साहब नहीं था जितना उस छोटी जगह में था। नौकरों के लिए मकान में अलग से कोई कोठरी नहीं थी। लड़की के लिए एक खाट बच्चे के ही कमरे में डाल दी गई। अभी लोग मिलने-जुलने आ रहे थे। पूछ रहे थे कि कोई काम हो तो बताएं। पूछ रहे थे कि क्या लड़की उनकी कोई रिश्तेदार है? उन्हें अंग्रेज़ी में बताया जा रहा था कि रिश्तेदार नहीं, नौकरानी है। कुछ दिनों के लिए साथ आ गई है, फिर चली जाएगी।

यहां आज़ू-बाज़ू के मकानों में काम कर रही सहेलियां-मौसियां-नानियां-ताइयां नहीं थीं। यहां लड़के थे जो साइकिल पर घंटी बजाते हुए आते थे और घंटे-दो घंटे में काम निबटाकर साइकिल पर चढ़कर घंटी बजाते हुए चले जाते थे। उसकी तरफ़ देखते भी नहीं थे।

लड़की के मन में आई कि वह भी साइकिल चलाती! बच्चे के आगे एक दिन उसके मुंह से यह बात निकल गई। बच्चे ने मां से कह दी। मां ने साहब से। साहब को लगा कि यह तो अच्छी बात है। इसमें तो कोई हर्ज नहीं है। सीखना ही चाहिए। बड़े बाज़ार से सब्ज़ी ले आया करेगी। राशन वग़ैरह ख़रीदने के लिए, गेंहू पिसवाने के लिए हर बार कार लेकर नहीं जाना पड़ेगा। लेकिन इसे साइकिल सिखाएगा कौन?

लड़की ने एक दोपहर एक नौकर से बात की, 'तू मुझे साइकिल सिखा देगा?' उसने कहा, 'मेरे पास फ़ालतू की बातों के लिए टेम नहीं है। चल फुट!' लड़की ने आजिज़ी से कहा, 'सिखा दे न! ऐसा क्या करना है? कोई घिस जाएगा क्या? ज़िंदगी-भर तेरे गुण गाऊंगी।' लड़के ने पूछा, 'साइकिल कहां है?' लड़की ने झिझकते हुए बताया, 'साहब लाने वाले हैं, पर तब तक तेरी साइकिल से ही सीख लूंगी।' लड़का हंसकर बोला, 'ये तो जेंट्स है। डंडे वाली।' लड़की बोली, 'तो क्या हुआ? रात के टेम सड़क ख़ाली होती है। एक बार कूदकर कैसे भी बैठ जाऊंगी, तू पीछे से पकड़े रहना, बस।' लड़का लड़की का हाथ पकड़कर आंख मारकर बोला, 'बदले में क्या देगी?' लड़की 'धत्' कहकर हाथ छुड़ाकर भीतर भाग गई।

एक दिन साइकिल आ गई। नई-नकोर। उस दिन लड़की की ख़ुशी का ठिकाना नहीं था। उस रात साहब मामी से कह रहे थे, 'चलो! तुम्हारे लिए छह महीने का तो आराम हो गया। चिट्ठी लिख दो कि अभी साइकिल सीख रही है, इसलिए नहीं आ पाएगी। कुछ रुककर आएगी। फिर देखेंगे।'

लड़की लेकिन साइकिल सीख नहीं पाई। तीसरे ही महीने उसका बाप आया और उसे ले गया। बाप को भी वहीं ठहरना पड़ा। बच्चे के कमरे में। वहीं वह खांसा। वहीं उसने बीड़ी पी। शायद थूका भी। उसे जल्दी भेजना ज़रूरी था। मामी अब लड़की को रोकने का कोई बहाना नहीं कर सकीं। घर जमा हुआ था। गृहस्थी चल रही थी।

मामी ने बाज़ार जाकर तरह-तरह के बहुत सारे कपड़े लड़की के लिए ख़रीदे। हैंडलूम की साड़ियां, सलवार-क़मीज़ के कटपीस, गाउन और नाइटी भी। पैंटी भी। ब्रा भी। रोते-रोते टिकुली भी। चुटीला भी। चूड़ियां भी। मामी को लग रहा था जैसे घर से बेटी को विदा कर रही हों। लेकिन आख़िर तो एक दिन उसे जाना था, कब तक रहती? कितनी मुश्किल हो जाएगी! झाड़ू-पोंछा... कपड़े-बर्तन... लड़के क्या-कितना कर लेंगे? नौकरानी यहां मिलती नहीं। सबसे कहकर देख लिया। क्या करें? ख़ुद ही करना पड़ेगा। मरी ने काम करने की आदत ही छुड़वा दी। सुखी रहे, जहां रहे। हमारा आशीर्वाद तो साथ रहेगा। क्या इसके बाप से पूछें कि कोई और औरत अगर आने को तैयार हो... आने-जाने का किराया दे देंगे... क्या पूछना ठीक रहेगा?

लड़की ना-ना कहती जा रही थी और मामी जाने क्या-क्या उसकी संदूक़ची में ठूंसे जा रही थीं। लड़की का रोना बंद ही नहीं हो रहा था। हिचकियां बंध गई थीं। मामी ने ख़ुद अपने हाथ से रास्ते के लिए खाना बनाकर दिया। साहब ने लड़की के बाप को टिकट पकड़ाए और राह-ख़र्च के लिए दस-दस के पांच नोट। बाप ने पैसे माथे से लगाकर जेब में रख लिए और दोनों हाथ जोड़कर बीड़ी-पानी के लिए कुछ पैसे और मांगने लगा। फिर बोला, 'रास्ते में कहां पानी के लिए रेल से उतरेंगे... हम तो ठहरे अनपढ़-गंवार आदमी... ट्रेन ने सीटी मार दी तो दौड़कर चढ़ भी नहीं पाएंगे... आप कहें तो बबुआ के कमरे में जो पानी की बोतल टंगी है, वह मिल जाती तो...' फिर पांव छुए उसने साहब के और मामी के, बच्चे के भी छूने लगा और फिर जाते-जाते बोला कि यह साइकिल तो अब आपके कोई काम आएगी नहीं। आपके तो पैसे बेकार हो गए। अगर हमें ही दे देते... आप चाहें तो हम ख़रीद लेंगे... और जेब से वही पचास रुपए निकालकर बढ़ा दिए जो अभी-अभी साहब ने उसे दिए थे। साहब को यक़ीनन बुरा लगा होगा, पर उन्होंने सिर्फ़ इतना कहा कि ले कैसे जाओगे? इस पर अपूर्व आत्मविश्वास के साथ बूढ़ा बोला

कि आपकी कार के पीछे बांधकर स्टेशन तक ले जाएंगे और एक बार रेलगाड़ी में चढ़ गई, तब तो अपने गांव पहुंच ही गई समझिए।

लड़की अब दहाड़ें मार-मारकर रोने लगी। वह मामी से एकदम चिपक गई। अपना बाप उसे बहुत टुच्चा, नीच और क़साई जैसा लगने लगा। उसने कसकर मामी के पांव पकड़ लिए और रोते-रोते गुहार करने लगी, 'मुझे मत निकालो! मुझे मत निकालो।'

साहब और मामी को कुछ समझ में नहीं आया कि बात क्या है? घर जाने में यह लड़की इतना रो क्यों रही है? निकाल कौन रहा है? बाप लेने आया है और यह छोड़कर जा रही है। चक्कर क्या है?

ऊंची आवाज़ में रोना-धोना सुनकर पास-पड़ोस के बच्चे और महिलाएं भी निकल आईं। ताका झांकी करने लगीं। साहब का दिमाग़ भन्नाने लगा। यह हो क्या रहा है? कोई तरीक़ा है! नई जगह है। लोग देखेंगे तो क्या सोचेंगे! ख़ामख़ा बातें उड़ेंगी। उन्होंने एकदम साहबी अख़्तियार कर ली। बाहर निकल लिए। नौकर से ज़ोर से कहा, 'साइकिल डिक्की में घुसेड़ दे।' मामी ने लड़की को समझाया, 'तेरी भी ज़िंदगी है कि नहीं कुछ? मां-बाप का भी तुझ पर हक़ है। जाकर शादी-ब्याह कर। अपना घर बसा। हमारे साथ सारी ज़िंदगी थोड़ी ना रह सकेगी। जा, जी छोटा मत कर। वहां तुझे अच्छा लगेगा। जितनी साथ लिखी थी, निकल गई। हमें तो ख़ुद ही बहुत बुरा लग रहा है, पर क्या करें, पेट की जाई को भी विदा तो करना ही पड़ता है।'

पच्चीस-तीस बार प्रणाम करके बूढ़ा आख़िर गाड़ी में बैठा और लड़की विदा हुई।

लड़की को ट्रेन में बिठाकर साहब लौटे, तब तक मामी स्थिरचित हो चुकी थीं। घर पर हालांकि उदासी पुती हुई थी, जैसे अभी-अभी तक कुछ चीज़ यहां थी जो अब नहीं है। एकदम ख़ाली-ख़ाली लग रहा था। साहब ने बूढ़े के काइयांपन की एक-दो बातें बताईं। इन दोनों ने लड़की को कुछ

देर बड़ी ममता के साथ याद किया। उसकी अच्छाइयों को याद किया। उसकी तारीफ़ की। मामी ने एकाध बार पल्लू से आंखें पोंछीं, फिर कहा, 'चलो बाबा! राज़ी-राज़ी गई। जवान-जहान लड़की घर में थी। पराई औलाद। डर लगता था। ज़रा सी कुछ ऊंच-नीच हो जाती तो किसी को मुंह दिखाने लायक़ नहीं रहते। उमर तो सब पर आती है, पर उस मरे रामेश्वर से साइकिल सीखने के बहाने हंसकर बातें करती थी तो मेरी तो तभी से नींद हराम हो गई थी। मैंने तो मानता कर ली थी कि हे भगवान! राज़ी-राज़ी जाए अपने घर तो परसाद चढ़ाऊं। चलो ठीक हुआ। गई।'

यह बातचीत इस बिंदु पर समाप्त हुई कि अब दूसरी कोई नौकरानी ढूंढ़ो जल्दी से। मुझसे बिल्कुल नहीं होगा घर का काम।

'अच्छा, देखते हैं। एक कप चाय पिलवाओ।' साहब ने कहा।

मामी के मुंह पर लड़की का नाम आते-आते रह गया कि चाय बना ला। घुटनों पर ज़ोर देकर उठीं... रसोई में गईं... और... जैसे पहली बार चाय बना रही हों... चाय बनाने लगीं।

वैसी ही ट्रेन थी और पीछे छूटते गांव-घर-नदी-नाले-पेड़-पुल-खेत-मैदान-ऊसर-जंगल-पर्वत-पठार... आंसू से धुंधले। कहें कि लड़की सारे रास्ते रोती ही रही तो भी ग़लत नहीं होगा, क्योंकि जब आंखें नहीं रो रही थीं, तब भी दिल तो रो ही रहा था। एक दुनिया... एक पूरी दुनिया... सपनों और संभावनाओं का एक पूरा ब्रह्मांड उसके हाथ आकर छिटक गया था। हाथ से छूटकर चूर-चूर हो गया था। ज़रूर मामी ने ही चिट्ठी लिखकर बाप को बुलाया होगा। उस दिन जब वह और रामेश्वर रात ग्यारह बजे तक घर के बग़ीचे के दरवाज़े पर बातें करते रहे थे और जब मामी ने उसे देख लिया था और जब आंखें फाड़-फाड़कर देखा तो था, पर कहा कुछ नहीं था। हां, बिल्कुल यही बात है। और कुछ हो ही नहीं सकता। दूसरे दिन मामी ने लड़की से कुछ चिट्ठियां पोस्ट भी करवाई थीं। और देखो दुर्भाग्य! कि लड़की खुद अपने ही हाथों

से वे चिट्ठियां डाक के डिब्बे में डाल आई थी। काश, उसे पता होता। काश, वह पढ़ना सीख गई होती!

रामेश्वर कहता था, नाइट क्लास चलती है। दो घंटे जाना पड़ता है। फ़ीस नहीं लगती। वह जाता है। वह उसे भी ले जाया करेगा। छोड़ भी जाया करेगा। पोथी-पाटी वहीं से फ़्री मिलती है। आख़िर में एक सर्टीफ़िकेट भी मिलता है। तू मेमसाब से परमीशन ले ले बस। काम ज़रा जल्दी निबटा देगी, सात बजे तक, तो मेमसाब मना थोड़ी करेंगी। पढ़ना तो अच्छी चीज़ है।

लेकिन मेमसाब ने परमीशन नहीं दी। वे समझ रही थीं कि पढ़ाई प्रेमालाप का बहाना है और कुछ नहीं। पढ़ना होता तो वहीं न पढ़ लेती? ज़रूर ये लोग रोमांस की बातें करते हैं। सेक्स की बातें करते हैं। गंदी-गंदी बातें करते हैं। ज़रूर रामेश्वर लड़की को भगाकर ले जाने की योजना बना रहा है। देखना, एक दिन आंख खुलेगी तो पता चलेगा, लड़की घर में नहीं है... और पुलिस... क्या घर में पुलिस आएगी? हो सकता है, वो लोग लड़की को रेप करके जंगल में मारकर पटक दें और...

... रामेश्वर कहता था, एंपलॉयमेंट में नाम लिखाने से वे लोग खुद चिट्ठी भेजते हैं नौकरी के लिए। सात सौ-आठ सौ कमाना कोई मुश्किल बात नहीं। मज़े से अलग घर लेकर रहो। कब तक दूसरों की जूठन साफ़ करना!

रामेश्वर लोग बदमाश थे। किसी आदिवासी क़बीले के नरभक्षी जंगली थे। लड़की को उबलते तेल के कड़ाह में डालकर पकाने वाले और फिर किलकारियां भरते हुए उसकी बोटियां नोच-नोचकर खाने वाले। लड़की को रामेश्वर जैसे लोगों से बचाना ज़रूरी था। और मान लो, पढ़ने वाली बात ठीक भी थी तो भी इसे रोकना ज़रूरी था। सब पढ़ लिए तो घर का काम कौन करेगा? परमात्मा ने पांचों उंगलियां बराबर तो नहीं बनाईं।

लड़की सपने देखती है... हरी घाटी में लाल कवेलू की छत वाली एक झोंपड़ी है। छत पर कद्दू की बेल चढ़ी हुई है और उसमें पीले-पीले फूल

खिले हुए हैं। आंगन में एक खटिया पर पड़ा रामेश्वर ट्रांज़िस्टर सुन रहा है और वह भीतर अजवायन के पत्तों के भजिए छान रही है...।

... वह साइकिल पर बैठकर ऑफ़िस जा रही है और स्कूल की यूनिफ़ॉर्म पहने एक छोटी सी, गोरी गोल-मटोल बच्ची अपनी नन्ही हथेली नचाते हुए उसे दरवाज़े पर खड़ी टाटा कर रही है। पास ही रामेश्वर खड़ा हंस रहा है...।

... रेलगाड़ी बोगदे से गुज़र रही थी। रेलगाड़ी बोगदे में रुक गई। चारों तरफ़ घुप्प अंधेरा है। मामी और साहब टॉर्च लेकर लड़की को ढूंढ़ रहे हैं। लड़की बर्थ के नीचे छुप जाती है। उसकी छाती धक-धक धड़क रही है। एक बूढ़ा ज़मीन पर लेटकर उसे टटोलने लगता है... उसकी कलाई पकड़ लेता है और चिल्लाता है—ये रही... मांजी... ये रही... मामी आती हैं और उसके मुंह पर टॉर्च मारकर बोलती हैं—चल... जूठे बर्तन पड़े हैं कल के।

...सब अंडबंड। सब गड्डमड्ड। सब ऊलजलूल। सब चीज़ों का अर्थ कहीं छूट गया है। सारे शब्द निरर्थक ध्वनियां बन गए हैं। सारे विचार स्वार्थ-भरे शोर। सारी कल्पनाएं खंड-खंड भय। और सारे सपने सूखी रूई चबाने की तरह बेस्वाद और उबकाई-भरे।

रात होते-होते लेकिन नींद आ जाती है। नींद दोस्त है। रहीम है। ईश्वरीय कृपा है। वह नहीं होती तो शायद हममें से बहुत से पशु हो जाते।

बाप ने पूरे रास्ते बात नहीं की है। न खाने को पूछा है, न पानी को। मामी ने जो खाना साथ रखा था, सारा बैठे-बैठे अकेला भकोस चुका है। पानी उसने पहले पिया, फिर उसी पानी से मुंह-हाथ धोए, कुल्ला किया, पांव धोए और बोतल ख़ाली करके लटका दी। हम वहां भूखे मर रहे थे और ये यहां तर माल उड़ा रही थी। अब रह भूखी। अभ्यास कर ले भूखे रहने का, ठीक रहेगा। उठेगी तो आप ही किसी स्टेशन से भर लाएगी। ज़्यादा भूख-भूख करेगी तो मूड़ी ले दूंगा कहीं।

लड़की एक स्टेशन पर पानी भर लाई। पानी पीकर फिर लेट गई। ख़ाली पेट गुरड़-गुरड़ कर रहा था। उठकर बैठ गई और खिड़की से मुंह सटा लिया। और फिर रोने लगी।

कुछ ही देर में वही जाने-पहचाने दृश्य थे। वही कोयल-मैना, केले-कटहल, आम-महुआ, गांव-जवार, खेत-मैदान, पेड़-गाछ, तालाब-झरने, नदी-पहाड़... वही ठंडी हवा... वैसी ही मादक सुगंध... अचानक उसे लगा, वह अपने आपको बहला रही है... सुगंध नहीं दुर्गंध है... कहीं कुछ सड़ रहा है... हवा में कुछ सड़ रहा है... जैसे कहीं किसी जानवर की लाश सड़ रही हो...। उसे लगा, मक्खियां बहुत हैं। डिब्बे में भी। वे वाक़ई थीं। उसे लगा, उमस बहुत है। उसे लगा, उसके प्यारे देश ने उसके स्वागत में बांहें नहीं फैलाईं। उसकी मातृभूमि ने उसे उछाह में आकर अंक में नहीं भर लिया। अब वह एक अजनबी की तरह, एक भगोड़े की तरह, एक द्रोही की तरह अपने ही गांव-घर में प्रवेश करेगी।

और वैसा ही हुआ। मां उसे देखकर रोने नहीं लगी। मौसियां-ताइयां देखते ही सिर पर, गाल पर हाथ नहीं फेरने लगीं। चाचा-ताऊ आसीसने नहीं लगे... सखियां दौड़कर गले नहीं लग गईं... बच्चे लटूमने-लटकाने नहीं लगे... लड़के दीदी-दीदी कहकर हंसी-मज़ाक़ नहीं करने लगे।

सब उसे दीदे फाड़-फाड़कर देख रहे थे। अब वह एक अजूबा थी। एक चमत्कार थी। एक अविश्वसनीयता थी। उसका बदन भर गया था। रंग साफ़ हो गया था। हथेलियां गुदगुदी थीं। पांवों में बिवाइयां नहीं थीं। बाल लंबे और साफ़ थे। बदन पर पूरे, बल्कि अच्छे कपड़े थे। डिज़ाइनदार सैंडल पहने थी। छातियां औरों की तरह थुलथुल या लटकी हुई नहीं, चोंचदार थीं। आंखों में चमकदार तरलता थी... दंतपंक्ति बिजली जैसी चमकती थी। नहीं, यह वह लड़की नहीं है जो यहां से गई थी। जिसे हम जानते थे। जो हमारी थी।

गली में कीचड़ है। लड़की एक हाथ से साड़ी को ज़रा उठाए हुए चलती है। खाने से पहले हाथ धोती है। मक्खियां उड़ाती है... कमरे के

भीतर जाकर दरवाज़ा बंद करके कपड़े बदलती है... मुस्कराकर 'कैसे हैं आप' जैसी बातें पूछती है... तेल-मसाले में तरकारी भूनती है... गाय-भैंस से बचकर निकलती है... बार-बार चाय पीने की इच्छा करती है... साइकिल चलाना जानती है... नहीं, यह हमारी वह लड़की नहीं है।

लड़की फिर अकेली थी। वहां जैसे कपड़े पहनने के बाद भी और कीचड़ में फट-फट नंगे पांव चलने-फिरने के बाद भी। दरअसल उसके भीतर ही कुछ बदल गया था। कुछ नौकरी की ज़रूरत के चलते और बहुत कुछ उसके अनजाने भी। उसे कुछ अच्छा ही नहीं लग रहा था। उससे कुछ किया ही नहीं जा रहा था। अब न तालाब पर नहाया जाता था, न बग़ैर साबुन फचीट-फचीटकर कपड़े धोए जाते थे, न नमक-भात खाया जाता था, न मच्छरों-मक्खियों के बीच सोया जाता था, न गोबर की दुर्गंध के बीच मुस्कराया जाता था, न खुले में फ़राग़त के लिए जाया जाता था।

लेकिन इससे पहले कि वह कुछ सोचती, कुछ अनुकूल होने की कोशिश करती... कुछ दी हुई परिस्थितियों को अपना भाग्य मानकर स्वीकार करती... कुछ अपनी पुरानी दुनिया को भूल पाती... कुछ रातों को रामेश्वर के सपने देखना बंद कर पाती... और शायद वह ज़रूर ऐसा कर लेती, पर इससे पहले कि वह ऐसा कर पाती... उसकी शादी कर दी गई।

सब कुछ पहले से निश्चित था। तीसरे दिन सुबह उसे जल्दी उठाकर, नहलाकर हल्दी लगा दी गई और फिर नहलाकर तांत की एक कोरी साड़ी पहनाकर, पवित्र नारियल हाथ में पकड़ाकर उसे पूजा में बैठा दिया गया। वह छटपटाई, तड़पी, रोई, गिड़गिड़ाई, चीख़ी, चिल्लाई, लेकिन उसकी किसी ने न सुनी। गांव-भर की औरतें उसे समझाती रहीं। गांव-भर के पुरुषों ने उसके आगे हाथ जोड़ लिए। तीसरे पहर बारात आ गई। बाप उसके आगे साष्टांग दंडवत की मुद्रा में लेट गया... हुलहुल ध्वनि और मंगलवाद्यों

के शोर में उसकी आत्मा का हाहाकार अनसुना ही रह गया और रात एक बैलगाड़ी पर सवार होकर वह दस कोस दूर अपनी ससुराल पहुंच गई।

रो-रोकर लड़की की आंखें सूज गई थीं। वह रो रही थी अपनी साइकिल के लिए... अपने कपड़ों-सैंडल के लिए... अपनी टिकुली-चुटीले के लिए... ब्रा-पैंटी के लिए... साड़ी-तौलिए के लिए... शैंपू-साबुन के लिए... साहब-मामी के लिए... अपनी खोई हुई आज़ादी के लिए... रामेश्वर के लिए... अपने अस्तित्व के लिए... अपनी असहायता-निरुपायता के लिए... अपने नारी-जन्म के लिए।

दो दिन पहले उसका मन रो-रोकर पूछ रहा था, क्यों मुझे स्वीकार नहीं करते हो भाई? मैं तुम्हारी ही हूं। आगे बढ़ जाना ऐसा कोई अपराध तो नहीं। और आज उसे लग रहा था कि जिनसे वह अपने लिए स्वीकार चाह रही थी, उन्होंने ही मिलकर उसे एक कुएं में धक्का दे दिया है और बाहर खड़े जय-जय बोल रहे हैं। बस... ख़त्म। ख़त्म। अब कुछ नहीं हो सकता।

लड़की का पति शराबी और निकम्मा था। वह शराबी और निकम्मा ही होता—लड़की निभा लेती। बहुत से लोग शराबी और निकम्मे होते हैं। लेकिन यह मूर्ख भी था। घर में कोई भी औरत नहीं थी। अड़ोसनें-पड़ोसनें ही चाची-ताई थीं। वे सारा शुभकर्म और शकुन की रस्में यथासंभव कर-कराकर चली गईं।

मूर्ख पति ने उस रात लड़की के साथ जो किया, उसे पशुता-बर्बरता-बलात्कार-पाशविकता क्या कहा जाए? मानो वह लड़की को मार ही डालने पर उद्यत था। लड़की कर्तव्य-भाव से भी भोग के लिए प्रस्तुत हो जाती, लेकिन नहीं, उसे अपने पौरुष का लोहा मनवाना था। उसे मानो सारे आगामी जीवन के लिए एक अधिपति भाव धारण करना था। उस मल्ल को मानो लड़की की बुनियादी अस्मिता तक का मानमर्दन करना था। मानो लड़की कोई कटखना सांड़ हो, जिसे क़ाबू में करके दिखाना है। उसे विश्वास

ही नहीं था कि बग़ैर बल प्रयोग और पशुता के भी यह सब संपन्न किया जा सकता है।

सुबह लेकिन उस मैली-टुटली सुखशैया पर लड़की के सिर के उखड़े बालों और ख़ून के कुछ धब्बों के अतिरिक्त इस हिंसा के कोई चिह्न नहीं थे। और इन्हें भी देखने वाला कोई नहीं था। लड़की वितृष्णा और उबकाई से भर गई। क्या शादी इसी को कहते हैं? क्या रामेश्वर भी उसके साथ ऐसा ही करता? उठकर लस्त-पस्त बाहर आई और एक पेड़ की छाया में उकड़ूं बैठ गई। सिर पकड़कर। क्या भाग जाऊं? लेकिन भागकर जाऊंगी कहां? इस अपने मुल्क में क्या कोई भी ऐसी जगह है, जहां वह भागकर चली जाए और उसे दोबारा यहीं पकड़ न मंगवाया जाए? एक बार जो स्टेशन तक पहुंच पाती! लेकिन दस कोस अपना गांव और वहां से पचपन किलोमीटर स्टेशन... पास में दमड़ी नहीं... और यहां तो प्राइवेट बस भी नहीं आती। क्या मामी... क्या रामेश्वर... कितनी दूर हैं वे सब! लेकिन एक दिन... एक दिन वह ज़रूर इस नरक में से निकल जाएगी, देख लेना।

सारी देह से मानो सड़ांध फूट रही थी। अभी सूरज नहीं निकला था। लोग सो रहे थे। आकाश पर तारे थे। घर के पीछे ही पोखर था। लड़की ने निश्चय किया कि सबसे पहले देह से 'उसका' स्पर्श छुड़ाएगी। गई और नहा आई।

लौटी तो आदमी अभी सो ही रहा था। नाक बज रही थी और खुले मुंह में मक्खियां घुस रही थीं। लड़की को भूख लगी। घर में कुछ नहीं था। बाहर आई कि एक पड़ोसन दिखाई दे गई। दोनों ने एक-दूसरे को देखा। पड़ोसन ने पास आते ही कहा कि सुबह-सुबह मिल जाए तो मिल जाए वरना फिर गोबर दिन-भर नहीं मिलता। गांव की औरतें इतनी ख़राब हैं कि गाय-भैंस की पूंछ में हाथ घुसेड़कर सारा गोबर निकाल ले जाती हैं। तुम सुनाओ, मरद के साथ रात कैसी कटी?

लड़की ने ससंकोच भूख का ज़िक्र किया। पड़ोसन तुरंत गई और एक

दोने में पके कटहल का एक टुकड़ा रखकर ले आई। सिर पर हाथ फेरकर बोली, 'ले, खा ले। ईश्वर तुझे जल्दी से बेटे का मुंह दिखाए।'

अभी यह बात चल ही रही थी कि लड़की की पीठ पर ज़ोर से किसी ने लात मारी। इतनी ज़ोर से कि लड़की आगे की तरफ़ मुंह के बल गिरी और दांत से ख़ून निकलने लगा। दोना कहीं गिरा। पड़ोसन डर कर भाग गई।

पिटाई ज़रूरी है। कारण का होना आवश्यक नहीं है। पत्नी की नियमित पिटाई ज़रूरी है। कल रात जो कुछ हुआ, वह तो घर के भीतर हुआ, अब सार्वजनिक रूप से उस आधिपत्य की घोषणा भी तो आवश्यक है। जब तक सारा गांव जमा होकर लड़की के लिए दया की भीख न मांगने लगे, वह उसे मारता ही जाएगा। इसी तरह औरत क़ाबू में रहती है।

लड़की को चाहिए था कि पहली चोट लगते ही दहाड़ें मारकर रोती या फिर पलटकर खुद भी मारती, जो हाथ में आए उसी से। इतने साल मामी के यहां नहीं रही होती तो शायद ऐसा ही करती। लेकिन लड़की भूल चुकी थी और परेशानी यह थी कि वह एक तरह से पूरे इलाक़े में कुख्यात हो चुकी थी। जैसे कोई पालतू कुत्ता जंगली कुत्तों के बीच आ गया हो। परेशानी यह थी कि वह सुंदर जैसी थी, यानी ज़रूर कुलटा भी होगी। परेशानी यह थी कि साहब लोगों के बीच रहकर दीन-दुनिया के बारे में बहुत सारी बातें जानने लगी थी—यानी ज़रूर मन ही मन पति को मूर्ख और हेठा समझती होगी—या समझेगी। परेशानी यह थी कि रेल में बैठकर दूसरे मुल्क घूम आई थी—यानी ज़रूर ख़ूब माल कमाकर लाई होगी। और परेशानी यह थी कि इसके बाप ने वादा करके भी दहेज में कुछ नहीं दिया था और अपने क़र्ज़े और अपनी दरिद्रता का राग अलापने लगा था ऐन टाइम पर। जिसे साइकिल जैसी वस्तु उपहार में मिल जाती हो, उसका बाप यदि कुछ न दे तो उसे तो मारना ही चाहिए, बल्कि मार ही डालना चाहिए।

पूरे एक साल लड़की सहन करती रही। खुद को हालात के अनुसार

ढालने की कोशिश करती रही। दिन-भर खटने और रात-भर पिटने के बावजूद हंसने-बोलने की कठिन कोशिश करती रही। कामना करती रही कि किसी दिन तो पति भी कुछ सहृदय होकर सोचेगा... कुछ बदलेगा... कुछ काम करेगा... पूरे साल निकल भागने के सपने देखती रही... लेकिन जीना दिन ब दिन और कठिन होता गया। वह सबकी हर संभव मदद करने की कोशिश करती है... किसी से कड़वा नहीं बोलती है... सेवाभाव की प्रतिमूर्ति... झगड़ा ही नहीं किसी से... न गाली-गलौज... न पति से न और किसी से... इससे पति की देह में और आग लग जाती। सब उसकी तारीफ़ क्यों करते हैं? वह अच्छी है तो अच्छी क्यों है? लबार क्यों नहीं है? छिनाल क्यों नहीं है? कुलटा क्यों नहीं है? पति की आशंकाओं को ग़लत सिद्ध करने का उसे क्या अधिकार है? ज़रूर वह पति को नीचा दिखाने और उसका मज़ाक़ उड़वाने के लिए ही अच्छी है।

पति-पत्नी के झगड़े में कोई बीच में नहीं पड़ता... लेकिन जब वह घर के बाहर लड़की को बेदर्दी से पीटता तो बहुत से लोग बीच में पड़ते और उसे बचाने की कोशिश में पति को भला-बुरा कहते। इससे वह और चिढ़ता। साली ने सबको अपनी तरफ़ मिला रखा है। उसने लड़की के और साहब के, लड़की के और मामी के, लड़की के और शहरी लोगों के बीच कुछ बेहद गंदे संबंध कल्पित किए और उन्हें घर-घर जाकर सुनाने लगा, ताकि उसकी क्रूरता और वहशीपने को एक तार्किक आधार तो मिल ही जाए। अनेक लोगों ने इस बकवास पर विश्वास नहीं किया, लेकिन लड़की के कानों तक भी बात तो पहुंची ही... वह अर्द्धविक्षिप्त सी हो गई—पति सारे सभ्य समाज को अपनी कुंठाओं की विष्ठा में लपेटकर सारे सभ्य समाज से अपने असभ्य रह जाने का बदला ले रहा था... और माध्यम थी लड़की।

पूरे एक साल उसने धैर्य से सहन किया। फिर थक गई। हताश हो गई। स्मृति की परिधि से बाहर चले गए साहब... मामी... बच्चा...

रामेश्वर... साइकिल... ब्रा... टिकुली... मां-बाप... सहेलियां... गांव का पोखर... निश्चिंत बचपन...। टोप वाले आदमियों का आकर ज़मीन खोदना... ज़मीन के नीचे ख़ज़ाना है... बच्चों का यों ही घूमते-घूमते कॉलोनी चले जाना और एक मामी का पूछना—काम करोगे? भात देंगे। पैसे देंगे। और सबका खिलखिल बगटुट भाग जाना... अब रेलगाड़ी एक घुप्प अंधेरे बोगदे में अनंतकाल के लिए खड़ी हो गई थी और कोई भी उसे टॉर्च लेकर नहीं ढूंढ़ रहा था।

साल-भर बाद एक रात लड़की ने यातना के इस अंतहीन सफ़र को एक झटके से ख़त्म कर दिया। गले में फंदा लगाकर छत से लटक गई। शायद मृत्यु के उस पार ही कहीं एक हरी-भरी घाटी हो... जिसमें एक लाल कवेलू की छत वाली झोंपड़ी हो... छत पर कद्दू की बेल चढ़ी हो... बेल में पीले-पीले फूल खिलें हों... और स्कूल की यूनिफ़ॉर्म पहने एक गोरी, गोल-मटोल बच्ची दरवाज़े पर खड़ी अपनी नन्ही-नन्ही हथेली नचाकर उसे टाटा करती हो।

ख़बर कुछ दिन बाद मामी तक भी पहुंची। वे धम्म से सिर पकड़ कर बैठ गईं।

आधा घंटा साहब और मामी ख़ामोश बैठे रहे। फिर लंबी उसांस छोड़कर मामी उठीं और बोलीं, 'अच्छी थी बेचारी।'

फिर उस घर में लड़की की बात कभी नहीं हुई।

क्या तुमने कभी कोई सरदार भिखारी देखा?

एक तारीख़ की शाम अजमेर से रवाना होकर हम दो की सुबह साढ़े पांच बजे दिल्ली पहुंचे। हमें निज़ामुद्दीन से पौने सात बजे दूसरी गाड़ी पकड़नी थी और क़ुलियों ने बताया कि आज रिक्शा-टैक्सी कुछ नहीं चल रहे हैं, इसलिए हम छत्तीसगढ़ एक्सप्रेस से नई दिल्ली तक आए। वहां रेल के ड्राइवर ने बताया कि यहां वह डीज़ल भरेगा और पौने सात बजे तक निज़ामुद्दीन नहीं पहुंच पाएगा। मैंने लपककर सारा सामान क़ुली से बाहर निकलवाया। बाहर बहुत कम टैक्सियां थीं, जो थीं उनके ड्राइवरों का कहीं पता नहीं था, जो ड्राइवर थे भी, वे इतनी सुबह निज़ामुद्दीन जाने के लिए तैयार नहीं थे। बड़ी मुश्किल से एक ऑटो रिक्शा पचास रुपए में तैयार हुआ, हम बैठे और ढर्रर्र...।

सुबह की धुंधभरी ख़ुनकी में नई दिल्ली उतनी ही ख़ूबसूरत लग रही थी, जितनी हमेशा। दुनिया की सबसे ख़ूबसूरत राजधानियों में से एक। कनॉट प्लेस से गुज़रते हुए मुझे पल-भर के लिए वही अनुभूति हुई, जैसे किसी किशोर को किसी लड़की का उरियां जिस्म पहली बार देखकर होती है। दिल्ली के जिस्म पर उस सुबह कोई खरोंच, ज़ख़्म या फफोला मुझे नज़र नहीं आया।

पहुंचे और हॉर्न हुआ। बच्चे को गोदी में टांग, बीवी पुल पर भागी। पीछे-पीछे क़ुली और मैं। भागते-भागते गाड़ी पकड़ी। जो डिब्बा सामने आ

गया, उसी में घुस गए। यह पुरी कोच था। हमारा रिज़र्वेशन राउरकेला कोच में था। सोचा, मथुरा में बदल लेंगे।

डिब्बा, जो हमेशा ख़ासा भरा रहता था, आज लगभग ख़ाली था। हमने सुविधानुसार बीच के कूपे की दो बर्थ ले लीं, जिन्हें बख़्शने में कंडक्टर को कोई ख़ास तकलीफ़ नहीं हुई।

हमारे सामने की बर्थ पर एक सरदार जी थे। बूढ़े और फटेहाल। कोई सत्तर साल की उम्र और बीमार। एक निहायत पुराने होल्डॉल को खोलकर उस पर चुपचाप चित लेटे थे। पगड़ी बदहाल और एक बेहद घिसी हुई मलेशिया की मुची हुई पतलून से निकलते दो मरियल काले पांव। उन्होंने हमारी तरफ़ देखा तक नहीं। हमारी बच्ची ने किलकारियां मारीं, हाथ-पांव उछाले, अंडे की तरह गोल मुंह बनाकर 'बाबा! बाबा!' कहा। उन्होंने बच्ची की तरफ़ भी देखा तक नहीं।

दाईं तरफ़ वाले कूपे में पांच-छह आदमी चार-पांच अख़बार बांट-बांटकर, बदल-बदलकर पढ़ रहे थे। काले हाशिए वाला अख़बार। तस्वीरों, श्रद्धांजलियों और सदमे की सनसनी से भरा। बाईं तरफ़ वाले कूपे में एक भारी आवाज़ वाला संभ्रांत व्यक्ति अपनी बेटी के साथ सफ़र कर रहा था और इस समय उसके साथ विदेशों में बसे अपने कुछ रिश्तेदारों के बारे में अंग्रेज़ी में बात कर रहा था। हालांकि इसमें ताज्जुब की क्या बात थी, पर मुझे ताज्जुब हुआ कि ये लोग वही बात क्यों और कैसे नहीं कर रहे जो इस समय सब लोग कर रहे हैं।

मथुरा बहुत देर से आया। वहां कुछ नहीं था। न चाय, न नाश्ता, न सिगरेट, न अख़बार, न क़ुली, न मुसाफ़िर। जैसे स्टेशन पर कर्फ़्यू लगा हुआ हो। हमें बच्ची के लिए थर्मस में पानी भरवाना था। गर्म। वह उसे दो दिन और एक रात के सफ़र में कहीं भी नहीं मिलना था।

घूम-घामकर मैं वापस डिब्बे में आकर पत्नी को बताने लगा कि अच्छा हुआ राउरकेला कोच के रिज़र्वेशन की फ़िक्र नहीं की। फिर उतरकर टहलने लगा। अचानक पचास-साठ लड़कों की भीड़ नारे लगाती हुई स्टेशन में

घुसी। कुछेक के हाथ में डंडे भी थे। उन्होंने हर डिब्बे की खिड़की में ताकाझांकी की और आख़िर रेलवे पुलिस के समझाने पर शोर मचाते हुए चले गए। लेकिन जाने से पहले एक लड़का हमारे कूपे के सामने आया और खिड़की से मुंह सटाकर सरदार जी को उसने गालियां दीं। उन्हें ग़द्दार और ख़ूनी कहा और कहा कि वह उनकी टांगें चीर देगा। फिर चला गया। 'ये छोकरे' मैंने सोचा और डिब्बे में आकर बैठ गया। बच्ची खिड़की में खड़ी खेल रही थी और नारे लगाने वालों की नक़ल में 'होऽ होऽ' कर रही थी। हम पति-पत्नी उसकी बालसुलभ शरारतों का मज़ा लेने लगे।

'मैं लैट्रीन में बंद हो जाता हूं।' अचानक सरदार जी ने कहा मुझसे। वे भयभीत और परेशान लग रहे थे। मैंने उनके काले-झुर्रीदार चेहरे, धंसी आंखों और मैली दाढ़ी को देखा। उन्होंने जो कहा था, मेरे दिमाग़ में फिर बजा और मुझे ताव आ गया। मैंने ज़ोर देकर कहा कि 'कुछ नहीं होगा सरदार जी, तुसी मज़े से बैठो। हमारे होते आपका कोई कुछ नहीं बिगाड़ सकता। ये तो छोरे-छपाटे हैं। क्या फ़िक्र करते हो। मज़े से बैठो। कुछ नहीं होगा।'

वह अपनी मैली चादर ओढ़कर आंख मूंदकर चित लेट गए।

बस, यही एकमात्र वाक्य था, जो उस पूरे दिन में उन्होंने बोला था।

उन्हें आश्वस्त कर चुकने के बाद मेरे दिमाग़ में थोड़ा तनाव पैदा हो गया। क्यों किसी निर्दोष को लैट्रीन में खुद को बंद कर लेना पड़ेगा? क्यों?

लेकिन जैसे-जैसे ट्रेन आगे बढ़ी, तनाव भी बढ़ता गया।

आगरा में स्टेशन एकदम ख़ाली था। ग्वालियर में कर्फ्यू लगा हुआ था। बच्ची दूध के लिए रो रही थी। हमने सुबह से चाय नहीं पी थी। मेरी सिगरेटें ख़त्म हो रही थीं। और खाना? हमने सोचा दिल्ली जैसे-जैसे दूर होती जाएगी सब कुछ शांत और सहज होता जाएगा, लेकिन झांसी पर मैंने दूर से ही कई जगह धुआं उठते देखा और आउटर सिग्नल पर एक भीड़ देखी और हवा में सनसनी। मैंने सरदार जी से कहा, 'आप

ऊपर की बर्थ पर जाकर चादर ओढ़कर सो जाइए।' और एक को छोड़कर सभी खिड़कियां बंद कर लीं।

लेकिन स्टेशन पर कोई तनाव नहीं था। वहां चाय भी मिल गई। मैंने प्लेटफ़ॉर्म पर ही खड़े-खड़े सरदार जी से कहा, 'नीचे आ जाइए। कोई डर की बात नहीं है।' उनका सारा बदन सिर से पांव तक चादर से ढका हुआ था, सिर्फ़ आंखें खुली थीं... जिनमें दहशत भरी हुई थी, जैसे किसी सुरंग में से झांकती किसी भीत पशु की दो आंखें। वह हिले-डुले तक नहीं। नीचे तो नहीं ही आए। और अच्छा ही किया कि नहीं आए, क्योंकि थोड़ी ही देर बाद एक बड़ी भीड़ नारे लगाती हुई, शोर मचाती हुई और गालियां बकती हुई प्लेटफ़ॉर्म पर दाख़िल हुई। भीड़ में अधेड़ लोग भी थे, नौजवान भी और दस-बारह साल के छोकरे भी। उनमें से कइयों के हाथ में लाठियां थीं, कुछ के हाथों में कुल्हाड़ियां और एक-दो के हाथ में घासलेट-पेट्रोल के जरीकेन।

'सऽरऽदाऽर!! निकल बाहर तेरी...।' कोई डिब्बे की दीवारों को लाठी से पीटता हुआ चीख़ रहा था।

देखते ही देखते भीड़ दोनों तरफ़ से हमारे डिब्बे में घुस गई और हर सीट पर, सीट के नीचे और इधर-उधर झांकते हुए हरेक से पूछने लगी—कोई सरदार तो नहीं है? उन्होंने डिब्बे में घुसते ही पहला काम यह किया था कि सारे टॉयलेट चेक किए थे और सबकी भीतर की चिटखनियां तोड़ दी थीं। अब वे हमारे कूपे की तरफ़ आ रहे थे। ऐन मुमकिन था कि वे हमारे कूपे में ऊपर की बर्थ पर सिर से पांव तक चादर ओढ़कर सोए सरदार जी को देख लेते और पकड़ लेते कि तभी रेलवे पुलिस आ गई और उसने सबको गाड़ी से और प्लेटफ़ॉर्म से बाहर खदेड़ दिया।

प्लेटफ़ॉर्म से एकदम बाहर रेलवे वालों के क्वार्टर थे। बग़ीचे से घिरे लकड़ी की जाफ़री वाले एक क्वार्टर पर भीड़ ने हल्ला बोल दिया। कुछ दरवाज़ा तोड़कर भीतर घुस गए, कुछ पीछे की तरफ़ लपके, कुछ खपरैलों

पर पत्थर मारने लगे और कुछ ने जाफ़री पर तेल छिड़ककर मकान में हमारे सामने आग लगा दी।

मुसाफ़िर तमाशा देख रहे थे और मन ही मन दुआ भी कर रहे थे कि जल्दी से जल्दी गाड़ी चल दे। और तभी गाड़ी चल दी।

सरदार जी अब भी वहीं, वैसे ही पड़े हुए थे। कुछ देर बाद कोई किसी से कह रहा था—बेचारे का हार्टफ़ेल ही न हो जाए।

लेकिन अगले स्टेशन पर फिर वही नज़ारा था। आउटर सिग्नल पर गाड़ी लगभग रुक गई। सामने एक खपरैल के मकान से ख़ूब गाढ़ा काला धुआं उठ रहा था। सामने से गाड़ी रेंगी तो सामान का ढेर जलता नज़र आया। सोफ़ासेट, पलंग, कुर्सियां, बेडमिंटन का रैकेट, गद्दे-बिस्तरे, किसी बच्चे की ट्राइसाइकिल, हॉकी स्टिक... और दूर खड़े तमाशा देखते अनेक आदमी-औरत-बच्चे!

सारा दिन इसी वहशत से गुज़रा। सारा दिन सरदार जी चुपचाप पड़े रहे, सारा दिन उन्होंने दवा की गोलियों के सिवा कुछ नहीं खाया, सारा दिन आतंक, उदासी और मनहूसियत का आलम डिब्बे पर छाया रहा।

लेकिन रात होते-होते हालत और ख़राब हो गई। अब किन्हीं भी दो स्टेशनों के बीच गाड़ी रोक ली जाती, भीड़ का बेक़ाबू रेला डिब्बों में घुस आता, गालियां दी जातीं, डंडे बजाए जाते... 'भाई साब, कोई सरदार तो नहीं है...' पूछा जाता और पत्थर फेंके जाते।

मैंने कहा, हमें डिब्बे के चारों दरवाज़े एकदम बंद कर लेने चाहिए।

दरवाज़े के नज़दीक दो सिंधी लड़के बैठे थे। तमाशा देखने और मज़ा लेने की मुद्रा में, जब कि डिब्बे के शेष लोग उदास और परेशान थे। शायद शर्मिंदा भी। सिंधियों ने कहा, 'दरवाज़ा नहीं खोलोगे तो उन्हें और डाउट होगा और वे पत्थर मारेंगे।' मैंने कहा, 'मारने दो, पत्थर मारने से डिब्बा नहीं टूटेगा। खिड़कियां बंद रखो।' उनमें से एक ने कहा, 'वे खिड़कियों में आग भी लगा सकते हैं।' मैं चुप हो गया। हालांकि आग कोई लगाता

भी तो डिब्बा एकदम जल नहीं जाता, लेकिन जो भगदड़ आग के नाम से मचती... अपनी सोच की निरर्थकता पर मैं सिर धुनने लगा। लेकिन अगर सब मिलकर... क्या सब मिलकर? कैसे सब मिलकर?

बाईं तरफ़ वाले कूपे में लोग एकदम गुमसुम थे और शायद ख़ैर मना रहे थे कि वे सरदार नहीं हैं। या शायद अब भी आशावान थे कि कुछ नहीं होगा, गाड़ी चलती रहेगी और वे सकुशल अपने गंतव्य तक पहुंच जाएंगे। या पछता रहे थे कि वे घर से चले ही क्यों, या रेल वालों को कोस रहे थे कि ये जगह-बेजगह गाड़ी रोकते ही क्यों हैं? या डर रहे थे कि कुछ भी हो सकता है। उन्माद के विषैले धुएं में वे ख़ुद भी सुरक्षित नहीं हैं। गाड़ी रोकी जा सकती है, सरदारों को लूटने वाले उनका सामान उठाकर भी भाग सकते हैं, उन्हें भी पीट सकते हैं और डिब्बे से उतारकर आग में भी झोंक सकते हैं।

दाहिनी तरफ़ वाले कूपे में भारी आवाज़ वाला संभ्रांत आदमी यूरोप की बातें अपनी लड़की और एक नौजवान सहयात्री को बता रहा था। कुछ देर में उन्होंने ठाठ से बोतल निकाली शराब पीनी शुरू कर दी। लड़की ने अंग्रेज़ी में कहा कि गिलास एक ही है। तब उनका नौकर, जो हमारे कूपे में था, हमसे गिलास मांगकर ले गया। हमें पता होता कि किसके लिए ले रहा है और क्या पीने के लिए, तो हम नहीं देते। ख़ैर! अब लड़की ने अंग्रेज़ी में कहा, 'इससे भूख खुल जाती है न?' और बाप ने बेटी से कहा, 'तुम भी लो, मन हो तो।' और बेटी ने कहा कि ड्रिंक्स का तो नहीं, स्मोक करने का मन है, पर यहां डिब्बे में सबके सामने नहीं पीऊंगी। अब नौजवान सहयात्री उसे मनाने लगा कि खाने-पीने में क्या शर्म! और वह सबकी इतनी परवाह क्यों करती है। पेश करने लगा और कुछ देर की नख़रेबाज़ी के बाद लड़की ने सिगरेट ले ली, बाप ने मज़ाक़ में नौजवान से कहा कि ख़ूबसूरत लड़कियां बहुत 'फ़सी' होती हैं और यूरोप के क़िस्से फिर चालू हो गए।

फिर किसी एक जगह जंगल में, अंधेरे में गाड़ी रुक गई और दोनों

तरफ़ से भड़-भड़ पत्थर फेंके जाने लगे। मैंने दौड़-दौड़कर खिड़कियां बंद कीं। सिरहाने की खिड़की जाम थी और बंद नहीं हो रही थी। पत्नी ने घबराकर बच्ची को चिपटा लिया और डर के मारे दोनों सीटों के बीच फ़र्श पर बैठ गई। मैंने कहा, कुछ नहीं होगा, फ़िक्र मत करो और अटैची खिड़की में अड़ाई और उससे पीठ सटाकर बैठ गया। पत्नी ने मुझे ऐसे देखा जैसे किसी गाय को क़साई ले जा रहा है और वह अपने रक्षक की तरफ़ देखे। मैंने उसे डांटा, 'क्या पढ़ी-लिखी होकर घबराती हो! कुछ नहीं होगा। ऊपर बैठो।' मैं डांट रहा था लेकिन मेरे मुंह से आवाज़ ऐसे निकल रही थी जैसे घिघिया रहा होऊं या आजिज़ी कर रहा होऊं।

सिंधियों ने दरवाज़ा खोल दिया।

लाठियों-बल्लमों-कुल्हाड़ियों और बेतों से लैस भीड़ डिब्बे में घुस आई। आगे-आगे एक नौजवान लड़का था। पतलून-बनियान पहने। काला-तगड़ा और ख़ूंख़ार। पिए हुए। वह जैसे हिस्टीरिया में चीख़ रहा था– 'मां को मार डाला! सरदाऽऽर! निकल बाहर इसकी...' और सीटों के नीचे से सामान हटा-हटाकर डंडा फटकारता जा रहा था।

मुसाफ़िर कह रहे थे, 'नहीं है। नहीं है। इस डिब्बे में कोई नहीं है।' एक तूफ़ान की तरह पागलों की वह भीड़ एक तरफ़ से घुसकर दूसरी तरफ़ निकल गई।

गाड़ी फिर भी नहीं चली।

फिर एक रेला भीड़ आ गया! फिर ताका-झांकी। डंडे फटकारना और 'नहीं है, नहीं है' सुनकर निकल जाना।

गाड़ी फिर भी नहीं चली।

मुझे बाद में पता चला कि एक बेवक़ूफ़ औरत ने खुद खिड़की से सिर निकालकर किसी को बता दिया था कि है। एक सरदार है इस डिब्बे में।

अब दुगनी भीड़ डिब्बे में थी और वे सारे सोए-लेटे-बैठे मुसाफ़िरों के कपड़े हटा-हटाकर देख रहे थे।

और तभी एक गुंडे ने हमारे सरदार जी को देख लिया।

'कौन है? ये कौन है? ये कौन है?' वह चिल्लाया।

सारे वहीं टूट पड़े। उसकी चादर खींची और नीचे गिरा दी। बिस्तरा खींचा और चीख़ते हुए, गालियां बकते हुए, उसे नीचे गिराने की ग़रज़ से ही उसकी टांग मरोड़ने और खींचने लगे। एक मेरी सीट पर ही खड़ा हो गया और उसकी दाढ़ी खींचने लगा। पत्नी ने बच्ची को भींच रखा था और मेरी बांह कसकर पकड़ रखी थी। मैं छूटने के लिए छटपटाया तो वह गिड़गिड़ाई, 'मेरा क्या होगा, इस बच्ची का क्या होगा? आप कहीं मत जाओ।' यहां तक कि भीड़ में से एक पत्नी से बोला, 'घबराओ मत भैंजी, आपको कुछ नहीं करेंगे।'

सरदार जी ने बर्थ की रॉड कसकर पकड़ी हुई थी और इतने लोगों की इतनी खींचातानी के बावजूद उन्हें नीचे नहीं गिराया जा सका। वह ज़िबह किए जा रहे बकरे की तरह चीख़ रहे थे, उनकी आंखें ख़ौफ़ से निकली पड़ रही थीं और शरीर पसीने-पसीने हो गया था। वे बुरी तरह कांप भी रहे थे। अब तक उनका बिस्तरा, अटैची, चादर, जूते, पगड़ी सब पता नहीं कहां जा चुके थे। भीड़ में से तरह-तरह की आवाज़ें उठ रही थीं। 'नंगा कर दे साले को, मारो साले को, छोड़ना मत ग़द्दार को...' की चीख़-पुकार मची हुई थी और इतने लोगों के सामूहिक हमले के सामने पड़ा वह अकेला निहत्था, बूढ़ा और बीमार आदमी फटी आवाज़ में 'आऽ आऽ' चिल्ला रहा था। उसकी पतलून-क़मीज़ फाड़ डाली गई और उसे एकदम नंगा कर दिया गया। पलक झपकते ही यह सब हो गया। इस बीच दो गुंडे सामने की ऊपरी बर्थ पर चढ़ गए थे और उसे लकड़ियों से मार रहे थे। एक उसी की बर्थ पर चढ़ गया और उसे अपनी मोटी लाठी से गोदने लगा। उसके पास बचाव के लिए कोई जगह या तरीक़ा नहीं था। सिवा अपने दो हाथों के कोई ढाल नहीं थी। और दो हाथ उसे कितना बचाते! बहुत सारे वहशी उस निहत्थे पर एक साथ टूट पड़े थे। एक मुसाफ़िर ने बीच-बचाव करने की कोशिश की। गुंडों में से एक

बोला, 'तू भी इसके साथ है क्या?' वह चुप हो गया। आख़िर सब मुसाफ़िर गुंडों के आगे गिड़गिड़ाए कि 'बस बहुत हो गया। अब छोड़ दो। बुड्ढा आदमी है। मर जाएगा बिचारा।' गुंडों में से भी कोई बोला, 'अबे मर जाएगा। माल मार लो माल।' इसी समय बाहर से कई लोगों के भागने, दौड़ने और चिल्लाने की आवाज़ें आईं। कोई किसी से कह रहा था, 'उतार! दूसरे को भी उतार साले को। अब पकड़ो-पकड़ो, भाग रहा है...' कि एक-एक कर सारे उतर भागे।

बाहर हमारे सरदार जी के सामान की होली जल रही थी और कई सारे आदमी एक नंगे सरदार को आग की तरफ़ धकेलने की कोशिश कर रहे थे। अंधेरे में सारे मुसाफ़िर खिड़कियों से चिपके बाहर देखने की कोशिश कर रहे थे और किसी को कुछ साफ़ दिखाई नहीं दे रहा था।

तभी गाड़ी ने रेंगना शुरू कर दिया...।

सरदार जी की दाढ़ी छितरी हुई थी और बाल बिखरे हुए थे। ऊपर की बर्थ के कोने में वे गर्दन लटकाए बैठे थे और हांफ रहे थे। उनके सिर पर जो थोड़े-बहुत बाल थे, वे गुच्छा-गुच्छा ख़ून में भीगे हुए थे। कान ख़ून से तर था। दाढ़ी-मूंछों से ख़ून इस तरह टपक रहा था, जैसे अभी ख़ून में नहाकर आए हों। भौंहें ख़ून में सनी हुई थीं और नाक की नोक पर ख़ून की एक बूंद लटक रही थी। बांहों पर, छाती पर, शरीर के किसी हिस्से पर कोई जगह ऐसी न थी जो लाल नहीं हो, जहां मार के निशान न हों।

और मैं—बेवक़ूफ़ मैं, सुबह कह रहा था—'हमारे रहते आपका कोई कुछ नहीं बिगाड़ सकता। आप मज़े से बैठिए। मज़े! इस मुल्क में मज़े!'

पत्नी ने मेरी लुंगी निकालकर सरदार जी को पकड़ाई और फफक-फफककर रोने लगी। कूपे के एक और आदमी ने क़मीज़ दी और पहनाई भी। अब डिब्बे के और मुसाफ़िर उन्हें देखने आ रहे थे। आख़िर क्यों न आते? इतने आदमियों के बीच बीसियों आदमियों द्वारा पीटा गया एक अकेला बूढ़ा-कमज़ोर आदमी क्या कम रोमांचक दृश्य होता है!

अब दाहिनी तरफ़ का संभ्रांत व्यक्ति हरकत में आया। 'क्या हुआ? बहुत मार लगी? देखें। कोई ख़ास नहीं लगी। कोई गहरी चोट नहीं है। फ़िक्र ना करो। कोई इसकी पल्स देखो। ऐसी हालत में इन लोगों को घर से बाहर ही नहीं निकलना चाहिए। डिब्बे में कोई डॉक्टर है? ...कोई डॉक्टर? ...सोफ्रामइसिन है किसी के पास?' वह अपनी भारी रौबदार आवाज़ में बोल रहा था। उसकी लड़की नौजवान सहयात्री के पास उधर ही बैठी रही। किसी के पास कोई माइसिन निकल आई। जैसे-जैसे दूसरों ने बताया, सरदार जी माइसिन लगाने लगे। लेकिन ज़ख़्म इतने ज़्यादा थे और मरहम इतना कम कि उसका लगना, नहीं लगना बराबर ही था।

मैं सोच रहा था कि आज फ़र्ज़ कर लो, इस सरदार की जगह मैं होता, तो क्या करता? फूट-फूटकर रो पड़ता या प्रार्थनाएं करने लगता या पता नहीं क्या करता! लेकिन सरदार जी की आंख में एक भी आंसू न था... न आंसू, न बदहवासी, न हताशा। मानो, बस यह हुआ हो कि उंगली किसी भारी पत्थर के नीचे आ गई हो।

सारा डिब्बा अब उन्हें सलाह दे रहा था। कोई कह रहा था, 'तुम तो बाल खोल लो और माथे पर तिलक लगाकर बाबाजी बन जाओ। कोई पूछे तो कह देना, बनारस जा रहे हो! राम-राम बोलना। और हिंदी में बात करना, पंजाबी में नहीं।' कोई कह रहा था, 'अगले स्टेशन पर उतर जाओ और पुलिस स्टेशन में बैठ जाओ।' इस सुझाव का कई लोगों ने स्वागत किया, क्योंकि उनके डिब्बे में रहने से सबको ख़तरा था। सही बात तो यही थी कि वे उतर जाते तो सब चैन की नींद सोते। लेकिन हालत यह थी कि उनकी आंखों में मौत का आतंक इस क़दर नुमायां था कि लाख टीके-तिलक लगाने पर भी वे छुप नहीं पाते। और थाने में जाने से उन्होंने मना कर दिया, क्योंकि इन्होंने कम से कम ज़िंदा तो छोड़ दिया। थाने वाले तो...

उन्होंने सबकी सुनी और आख़िर में फ़र्श की तरफ़ देखकर बोले—'मेरा टिकट था पैंट की जेब में।' लोगों ने कहा, 'कोई बात नहीं, टिकट

कौन पूछता है इस हालत में। कोई पूछेगा तो हम बता देंगे।' उन्होंने कहा, 'पैंट में मेरे पैसे थे। पौने तीन सौ।' लोगों ने कहा, 'कोई बात नहीं। पैसे का क्या है? हाथ का मैल है। शुक्र करो जान बच गई।' उन्होंने ज़मीन की तरफ़ देखते हुए अपनी करारी आवाज़ में बड़ी मुश्किल से कहा, 'अब जैसे पहुंच जाएंगे, पहुंच जाएंगे। बिलासपुर ही तो जाना है। सुबह तो आ ही जाएगा। आप तो मुझे बस चा-चू के पैसे दे दो, बिलासपुर में वापस कर दूंगा। फिर जो होगा, देखेंगे।'

यह आदमी अब भी, इस हालत में भी सिर्फ़ चाय के पैसे मांग रहा है। मेरी रीढ़ तक एक सर्द झुरझुरी दौड़ गई। उसका सत्तर साल का तजुर्बा हम हक़ीरों से सिर्फ़ चाय के पैसे मांग रहा था!

मुझे घबराहट होने लगी और रुलाई सी छूटने लगी और जी मितलाने लगा। मैं उठकर पानी के छींटे मारने टॉयलेट की तरफ़ चला गया।

लौटते में देखा कि तीनों संभ्रांत सिगरेटें पी रहे हैं और ठाठ से ताश खेल रहे हैं।

तीसरी चिट्ठी

वे चारों रोज़ शाम चौरसिया पान भंडार पर मिलते थे। चलती सड़क थी, लेकिन पान के खोखे के पीछे काफ़ी जगह थी। तिरपाल बंधा था। मुड्डियां पड़ी रहती थीं। सामने से चाय मंगाई जा सकती थी। चौरसिया मूड में हुआ तो दारू की संक्षिप्त और त्वरित घुटकी भी मारी जा सकती थी।

चारों पढ़े-लिखे, खाते-कमाते नौजवान थे। उनका एक ही काम था—सब पर हंसना। सबका मज़ाक़ उड़ाना। दुनिया में कोई ऐसी वस्तु-स्थान-व्यक्ति या भाववाचक संज्ञा या क्रिया या सर्वनाम या विशेषण नहीं था जिसका वे दिलचस्प और मौलिक मज़ाक़ न उड़ा सकते हों। आपस में एक-दूसरे को भी वे नहीं बख़्शते थे। यहां तक कि ख़ुद को भी नहीं। तो क्या कहा जाए उन्हें? चार हंसोड़? या चार ठट्ठाबाज़? उचक्के? निहिलिस्ट? क्या? आप ख़ुद तय कर लीजिएगा।

चार में से एक सिंचाई विभाग में था और उसे खिंचाई विभाग कहता था। उसका नाम निगम था जिसकी व्याख्या यह थी कि इसे दुनिया का कोई ग़म नहीं व्यापता। दूसरा, कपूर शिक्षा विभाग में था और उसे निभ्रांत भाव से भिक्षा विभाग कहा जाता था। वह कपूर इसलिए था कि वह कक्षा में जो भी बोले, तुरंत उड़ जाए, विद्यार्थियों के भेजे में न घुस पाए। तीसरे, जोशी के पास अपना कंप्यूटर का अच्छा-ख़ासा कारोबार, अतः अपनी मारुति कार थी। उसके जोशी होने का जोश से कोई ताल्लुक़ नहीं था। वह जोशी

इसलिए था कि यह साला जो भी 'शी' दिखाई देगी, उसी के पीछे लग लेगा। चौथा एक कारख़ाने में अफ़सरी क़िस्म की कोई नौकरी करता था। वह काफ़ी मात्रा में मोटा, गोरा, अधबूढ़ा, अधगंजा और निस्संतान विधुर था और आजकल दोबारा शादी करने के मंसूबे बांधने में लगा था। उम्र में तीनों से बड़ा था। उसे सब गुरु कहते थे। आजकल गुरु की यह स्वयंवर अभिलाषा ही उन लोगों की चर्चा के केंद्र में थी। वे रोज़ गुरु के आने से पहले एक-दूसरे को उसके नवीनतम क़िस्से सुनाते। 'गुरु लड़की देखने गया कानपुर। चार घंटे बैठ लिया, खा लिया, पी लिया, सारी बात हो गई, उठने लगा तो संभावित सास बोलीं—भाई साहब! अपने लड़के को भी साथ ले आते तो वह भी सरिता को देख लेता, आज ही बात पक्की हो जाती!' दूसरा सुनाता—'अरे गए हफ़्ते तो ग़ज़ब हो गया। गुरु गया नसीराबाद लड़की देखने... और लड़की की विधवा अम्मा पर इतनी बुरी तरह फ़िदा हो गया कि वहीं प्रणय निवेदन करने लगा, बाक़ायदा घुटनों के बल बैठ कर! लड़की समेत स्वीकार कर रहा है! यहां आकर इसने उसे सात पेज का एक प्रेमपत्र भी लिखा। अब फटके गुरु के गले में गुलाब की माला यों आ गई कि अम्माजी राज़ी हो गईं।'

ज़ाहिर है झूठे क़िस्से थे। सब जानते थे। पर हंसने के लिए क्या बुरे हैं?

आज भी यही बातें चल रही थीं। तीन आ चुके थे। गुरु का इंतज़ार था। चौरसिया मन ही मन मज़ा लेता था। ले रहा था।

—गुरु ने अख़बार में विज्ञापन निकाला है। सुना है चिट्ठियां आनी शुरू हो गई हैं।

—परसों तुम नहीं आए थे क्या? बता तो रहा था। उसने हमें पढ़वाई भी थीं दो।

—उम्र क्या लिखाई है गुरु ने अपनी?

—नॉटी फ़ॉर्टी!!

सब हंसे।

—गुरु को जंची क्या इस उम्र में शादी करने की?

—मैंने पूछा था... तो गुरु ने बड़े दुख से और गंभीरता से एक क़िस्सा सुनाया। क़िस्सा कुछ यों है कि... चौरसिया, चायवाले को डंडा मार दे!

चौरसिया ने सड़क पार चायवाले को ज़ोर से आवाज़ मारी और हवा में पंजा नचाया। अर्थात पांच चाय जल्दी ला। तीन ये, एक अपन और गुरु भी आता ही होगा।

—क्या क़िस्सा है?

—क़िस्सा यह है कि एक बार गुरु के श्रीलंका प्रदेश में एक फुंसी हो गई। पीछे तक। बट्टीकलउवा से थोड़ा ऊपर। काफ़ी परेशान करने लगी। गुरु गया डॉक्टर के पास। डॉक्टर ने कहा दिखाओ। तो गुरु ने दिखाई। डॉक्टर क्या करता? उसने कुछ गोली दे दीं खाने के लिए और ट्यूब दे दी कि रात को लगा लेना। अब गोली तो गुरु ने खा ली, रात को ट्यूब खोल कर दवा लगाने बैठा तो हाथ न इधर से पहुंचे न उधर से। कभी ऊपर लग जाए तो कभी नीचे। ...हंसे सब। ...गुरु ने कांच में देखकर लगाने की कोशिश की। दिख तो गई पर लगाने की कोशिश में मुड़े तो मुड़ते चले गए।' ...हंसे फिर। ...कांच की तरफ़ पीठ हो गई और हाथ वहीं का वहीं। ...फिर हंसी। ...अब गुरु परेशान। मुर्ग़ा बन कर नीचे से हाथ डाल कर लगाने की कोशिश की... तो कायको पोंचे हाथ वहां तक? भैया, भगवान किसी के श्रीलंका प्रदेश में फुंसी न पैदा करे।

—ख़ासकर कुंवारों या रंडवों के।

—सुनो तो सही। अब गुरु ने सोचा कि क्या करें? तो एक टूथब्रश पर कपड़ा बांधा, उस पर मल्हम लगाया... और ले गए उस कूंची टाइप को श्रीलंका की तरफ़ ... तो... सुनाने वाला ख़ुद हंसते-हंसते लोट-पोट होने लगा।

—तो? घुस गया?

ठहाकों में चौरसिया की तोंद थिरकने लगी। कत्थे की डंडी लोटे की

किनोर पर मंदिर की घंटी की तरह टुनटुनाने लगी। दूसरे के पतलून पर चाय गिर गई। एक के गले में ठसका लग गया। सब आंखें पोंछने लगे और पानी मांगने लगे।

—अब रात को क्या करे? किसी दोस्त को टेलीफ़ोन करके बुलाए?

—उसमें रिस्क है बाबू!

—बस कर यार... ख़त्म कर।

—तो गुरु ने सोचा कि सबसे सीधा इलाज। इससे तो शादी ही कर लेते हैं।

—सही बात है। फुंसी का क्या है? कल फिर हो जाए तो?

—और इसे नहीं, उसे ही हो जाए तो? सब जी खोल कर हंस पड़े।

अचानक सड़क पर सामने से एक महिला आती दिखी। अच्छे कपड़े। प्यारी सूरत। तीनों हंसना स्थगित कर टकटकी लगाए महिला को देखने लगे। महिला कुछ तिरछा-तिरछा चल रही थी। मानो एक पांव में कील सी चुभ रही हो। जब वह लगभग सामने आ गई तो एक ने कहा—इसकी चेसिस में कुछ डिफ़ेक्ट है क्या?

—लोडेड है मेरी जान! दूसरा समझाता हुआ बोला।

—तब तो गुरु के लिए ठीक रहेगी। पूछूं क्या उससे?

—तुम क्या सोचते हो? गुरु की सांस्कृतिक कार्यक्रम में कोई रुचि नहीं है?

—रुचि क्यों नहीं होगी? पर अब पुरानी बात हो गई न! दसवीं के कोर्स की बातें तुम्हें याद हैं क्या? गुरु से बिल्कुल नहीं बनेगा।

—जिसे कहते हैं 'राइज़िंग टु द ऑकेज़न!!' फिर सब हंसे।

तभी गुरु का स्कूटर आ कर रुका। बग़ैर उतरे उसने बुरा मानते हुए पूछा, 'पी ली?'

—अरे यार आओ तो सही। और आ जाएगी। उसमें क्या है?

—चौरसिया! यार एक डंडा और मार दे।

—साले! तुम हमारी वेट नहीं कर सकते थे? हम कोई तुम्हारे बाऊजी

की बारात में तो गए नहीं थे कि टाइम से लौट नहीं पाते!

—हम तो समझे तुम कारगिल की तरफ़ निकल गए।

—कारगिल तो सालो तुम सबको ले जाऊंगा अपने साथ। बुढ़ापे में। जैसे पांडव गए थे उस तरफ़। चौरसिया को भी ले चलेंगे। ये पान खिलाता रहेगा।

—पहले द्रौपदी तो ढूंढ़ लो धर्मराज!

—अबे चोप! मुर्ग़ी के ढेंचू! द्रौपदी होगी तेरी ताईजी!

—अबे तो इतनी एयर क्यों ले रहा है यार! आ तो सही।

स्कूटर खड़ा करके हंसते-फुदकते, कंधों को और सारे शरीर को नचाते हुए 'श्रीमान चौरसिया साहब को नमक खार' करने के बाद गुरु पीछे एक मुड्ढी पर आ बैठा। मुड्ढी ने मरे स्वर में थोड़ी त्राहि-त्राहि की, पर गुरु ने इसकी परवाह नहीं की। सर्कस में हाथी भी तो स्टूल पर बैठता है। स्टूल तो कुछ नहीं कहता!

कुछ देर इधर-उधर की बातें होती रहीं। फिर एक ने कहा— निगम ने अभी-अभी एक बहुत अच्छी लड़की देखी है तुम्हारे लिए।

—कहां है? कहां है? करते गुरु ने दाहिने-बाएं देखा। बाएं तो कुछ नहीं था, दाहिनी तरफ़ नेकर उचकाता छोकरा चाय का गिलास लिए आ खड़ा हुआ था। गुरु एक बार उसे आश्चर्य से देखता और एक बार बाक़ी साथियों को। मुस्कराते हुए। ऐसा उसने दो-तीन बार किया। मानो पूछता हो—इसी की बात कर रहे हो क्या? सब हंसने लगे। छोकरा खिसियाने लगा। गुरु ने उससे चाय का गिलास ले लिया और उसे पुचकारते हुए विदा किया। जब वह जाने लगा तो गुरु बोला—तुम्हारे बारे में हम बाद में विचार करेंगे।

सब हंसे।

कपूर ने पूछा—और गुरु? आज कोई चिट्ठी आई?

—आज तो तीन आई हैं। एक तो बड़ी भारी है। उसे तो मैंने अभी खोला ही नहीं। दरअसल आज दफ़्तर में ऐसा फंस गया...

—किससे?

—अबे चोप! लड्डू के तोते! हमारा कारख़ाना कोई तुम्हारी कन्या पाठशाला नहीं है। खड़े-खड़े रगड़वानी पड़ती है दिन भर, तब जाकर...

—चिट्ठियां आती हैं माताओं-बहनों की। किसी ने लपका। सब हंसे।

—तो निकालो यार, पढ़ें! भई कपूर, सीरियसली, मज़ाक़ नहीं। अब गुरु का घर बसाने के लिए हमें कमर कस लेनी चाहिए।

—उससे क्या होगा? कोई फुसफुसाया।

गुरु ने चाय पीकर गिलास परे रखा और खड़े होकर जेब से चिट्ठियां निकालीं। इस बीच जोंशी पान ले आया। सबने अपने-अपने पान उंगली-अंगूठे की चिमटी में पकड़ मुखस्थ किए और सिर के बालों से हाथ पोंछ एकाग्र हुए।

पहली चिट्ठी नागौर से आई थी। कन्या का नाम था कमलादेवी। बायोडाटा टाइप किया हुआ था। उम्र पैंतीस वर्ष। अध्यापिका। चिट्ठी कमलादेवी के बापू ने भेजी थी। गृहकार्य में दक्ष...।

—गुरु! गृहकार्य में दक्ष है। कर लो।

'...सिलाई-कढ़ाई में निपुण।'

—गुरु! सिलाई-कढ़ाई में निपुण है। तुम्हारी सारी क़मीज़ों पर उसका तुम्हारा नाम और तीर खाता दिल काढ़ देगी! मौक़ा मत छोड़ो।

'...संगीत प्रभाकर है। हारमोनियम बहुत अच्छा बजाती है।'

इस पर सब ख़ूब हंसे।

—गुरु! ऐसा सुर निकलेगा पीं ऽ ईं ऽ ईं ऽ के सुनते रह जाओगे।

—और सोचते रह जाओगे कि कहां से निकला?

—स्कूटर पर बैठा कर ले जाओगे तो हॉर्न तक नहीं बजाना पड़ेगा।

—बस, डिसाइड हो गया। गुरु? डिसाइड हो गया न?

—तुम तो कल ही लिख दो गमला भाभी को... गमलादेवी भाभी को, कि मैं तैयार हूं और आ रहा हूं पीं ईं ऽ ईं ऽ

—अरे रुको यार, दूसरी तो पढ़ लेने दो!

दूसरी चिट्ठी होशंगाबाद, मध्य प्रदेश से आई थी। हिंदी में थी। श्रीचरणों में सादर प्रणाम... ईश्वर की असीम अनुकंपा से...

—गुरु! यह तो किसी चपरासी की एप्लीकेशन लग रही है।

लिखने वाला लड़की का मामा था। लड़की का नाम शशि था। वह मैट्रिक, सी.टी, बी.ए., बी.एड., एम.ए. और एल.एल.बी कर चुकी थी और अब पत्रकारिता में पत्राचार से डिप्लोमा कर रही थी। उसकी शैक्षणिक अर्हताओं का विवरण पढ़ कर सबने आंखें फाड़ीं और मुंह गोल-गोल किए और ऐसे चेहरे बनाए जैसे वे डर गए हों। उम्र चालीस वर्ष थी। गृहकार्य में यह भी दक्ष थी, गोरी और सुंदर तो ख़ैर थी ही, जैसी कि सब होती हैं। मामाजी ने लिखा था कि हम लोग ग्रामीण पृष्ठभूमि के हैं इसलिए लड़कियों से नौकरी कराना पसंद नहीं करते। शशि की दो छोटी बहनें भी थीं जो विवाह योग्य थीं और उनके पास भी काफ़ी शैक्षणिक योग्यता थी। चिट्ठी के साथ लड़की का एक पासपोर्ट साइज़ ब्लैक एंड व्हाइट फ़ोटो भी था, जिसमें से बीस-बाईस साल की एक महत्वाकांक्षी किंतु भीत ग्रामीण बाला दुनिया को अविश्वास और आशंका से घूर रही थी। पत्र में हंसने जैसा कुछ नहीं था। लेकिन पन्ना पलटकर देखा तो पुनश्च करके लिखा था—'हम लोगों की आर्थिक स्थिति कोई बुरी नहीं है। गांव में ज़मीन है, कुआं है, भगवान की दया से अच्छी आमदनी हो जाती है। घर में दो गाय और तीन भैंसें भी हैं, जिनसे कुल मिलाकर दस-बारह किलो दूध रोज़ हो जाता है। यदि आप इस संबंध को स्वीकार कर लें तो आपका इस बिन बाप की बच्ची पर अत्यंत उपकार होगा।'

बस, इस भैंस वाली बात पर उनमें हंसी के फव्वारे छूटने लगे। वे लोट-पोट होते हुए एक-दूसरे पर गिरने लगे। उनकी आंखों में आंसू आ गए। उनकी संक्रामक हंसी के प्रभाव से बग़ैर पूरी बात समझे चौरसिया की तोंद भी थिरकने लगी और कत्थे की डंडी लोटे की किनोर पर घंटी टुनटुनाने लगी।

—अहाहा! दूध! शुद्ध दूध! मज़ा आ गया गुरु! कम से कम एक भैंस तो शीशी भाभी ले ही आएंगी आपकी सेवा में।

—ज़रा सोचो! छह-छह थन! किसे कहते हैं! गुरु, तुम तो भैंस को बाथरूम में ही बंधवा देना। मर्ज़ी आई तो पी लिया, मर्ज़ी आई तो नहाने लगे निकाल-निकाल के।

—गुरु! अब ज़्यादा सोचाविचारी की ज़रूरत नहीं है। गर्मी पड़ रही है। बाद में हरी-हरी घास भी नहीं मिलेगी आसानी से।

—इस केस में एक अच्छी बात ये है कि शूशू भाभी हारमोनियम नहीं बजातीं। ज़्यादा से ज़्यादा कभी-कभी रंभा लेंगी। आप तो स्वीकार कर ही लो।

—अरे कन्या को स्वीकार करने को थोड़ी कह रहे हैं वो! वो तो भैंस को स्वीकार करने को कह रहे हैं!

ठहाकों पर ठहाके लग रहे थे।

जब हंसी की सारी लहरें थम गईं तो गुरु ने कहा—अब आप लोग आज्ञा दें तो तीसरी चिट्ठी भी पढ़ ली जाए?

तीनों ने हां हां कही और सिर जोड़कर बैठ गए।

तीसरी चिट्ठी काफ़ी लंबी थी और सुगठित ज़नाना हस्तलेख में लिखी हुई थी। बीकानेर से आई थी। इसका संबोधन था प्रिय... जी। गुरु का नाम था। संबोधन देख कर ही सब चौंक गए। लगता था लड़की ने खुद चिट्ठी लिखी थी। जैसे-जैसे चिट्ठी आगे बढ़ती गई वे चारों गंभीर होते गए। इसमें उनके हंसने के लिए कोई मसाला नहीं था। बल्कि जैसे हर पंक्ति के बाद चिट्ठी उनकी आत्मा को कुछ-कुछ भींचती जा रही थी। चिट्ठी यों थी—

'...आपके विज्ञापन के प्रत्युत्तर में यह पत्र मैं स्वयं आपको लिख रही हूं। आशा तो नहीं है कि आप इसे गंभीरता से लेंगे और लिखने वाले की भावनाओं का अंदाज़ा लगाने की कोशिश करेंगे, क्योंकि बड़ी उमर

की कुंवारी लड़कियां हमारे समाज में स्वतः ही हंसने की, चखने की या दया करने की चीज़ हो जाती हैं, फिर भी।

मेरा नाम रजनी शर्मा है। अगले महीने छत्तीस साल की हो जाऊंगी। एक प्राइवेट स्कूल में पिछले ग्यारह साल से अध्यापिका हूं जहां तीन हज़ार पर दस्तख़त करवा कर मुझे पंद्रह सौ रुपए प्रति माह दिए जाते हैं। चुपचाप ले लेती हूं क्योंकि इसके अलावा कोई चारा नहीं है। बी.एड. अभी तक किया नहीं है। शायद करूंगी भी नहीं। उसके बग़ैर कहीं और नौकरी मिलेगी नहीं। ये लोग भी जब चाहे निकाल सकते हैं। दरअसल टीचर मैं कभी बनना ही नहीं चाहती थी। मैं गृहस्थन ही बनना चाहती थी। शादी की बात चल ही रही थी। सोचती थी इस साल नहीं तो अगले साल तो हो ही जाएगी।

मेरे पिताजी की घड़ी की दुकान थी। इतनी आमदनी तो हो ही जाती थी कि हम पांच भाई-बहनों की परवरिश आराम से हो जाती। पिताजी कैसी भी घड़ियां ठीक कर लेते थे। ख़ासकर दीवार घड़ियां। लेकिन धीरे-धीरे उनका धंधा बैठता गया। अब जापान से नई तरह की डिजिटल घड़ियां बाज़ार में आ रही थीं जो अव्वल तो ख़राब होती नहीं थीं और हो भी जाएं तो बजाय मरम्मत कराने के उन्हें फेंककर नई ख़रीद लेना ज़्यादा सस्ता पड़ता था। मेकेनिकल घड़ियों का ज़माना बीत गया था। पेंडुलम वाली दीवार घड़ियां दिखाई देना ही बंद हो गईं। पिताजी ने क़र्ज़ा लेकर नई तरह की घड़ियां रखीं। कुछ बिकीं, बाक़ी पड़ी रह गईं। उनके डिज़ाइन रोज़ बदल जाते थे। परेशानी में पिताजी ने शराब पीना शुरू कर दिया। ख़ैर, थोड़ी बहुत तो पहले भी पीते थे... पर पहले पीकर आते तो हम लोगों के लिए खिलौने-मिठाई लाते थे और लाड़ करते थे, अब पीकर आते तो हम लोगों को कोसते... गालियां बकते और हाथ तक चला बैठते। कोई गिनती नहीं है कि कितनी बार हमें बचाने के लिए हमारे बदले हमारी मां ने मार खाई। इस बीच जैसे-तैसे बड़ी बहनों की शादी हो गई। पिताजी पर ख़ूब क़र्ज़ा चढ़ गया। पैसा मांगने वाले घर के सामने आकर

चिल्लाते रात को, पिताजी घर में छिपे रहते और सारा मोहल्ला तमाशा देखता। दुकान पहले गिरवी रखी गई और बाद में बिक गई। मां अब रोज़ और सीधे पिटने लगी। भाई घर छोड़कर चले गए। बेरोज़गार-बर्बाद पिता और अभागी-बीमार मां वाले उस घर में रह गई उनकी सबसे छोटी लड़की—यानी मैं।

मैंने पढ़ाई छोड़कर नौकरी कर ली। जैसे-तैसे प्राइवेट बी.ए. कर लिया। शुरू-शुरू में मेरी तनख़ा से घर चलाने में पिताजी-मां को घोर कष्ट होता। लेकिन यह पापबोध जल्द ही ख़त्म हो गया और वे इसे अपना सहज अधिकार जैसा समझने लगे। फ़रमाइशें तक करने लगे। मेरा दिल रखने के लिए कह दिया जाता कि ये हमारी लड़की थोड़ई है, लड़का है।

शर्माहुज़ूरी में मेरी शादी की बात चलाई गई, लेकिन अक्सर लड़कों को बग़ैर देखे ही रिजेक्ट कर दिया जाता। किसी की नाक टेढ़ी लगती, किसी की आमदनी कम लगती, किसी का ख़ानदान ढंग का नहीं होता, कोई दूर नौकरी कर रहा होता। 'इतनी दूर कहां जाएगी हमारी बेटी! कोई दुख-दर्द हुआ उसको तो कैसे संभालेंगे?' शुरू-शुरू में मैं इसे मां-बाप का छोटी संतान के प्रति प्यार ही समझती थी, लेकिन इतना तो देखती ही थी कि जहां मेरी मां मेरी शादी की चिंता में घुलती रहती है, पिता हर प्रस्ताव को टालने, या रिजेक्ट करने का बहाना ही ढूंढ़ते रहते हैं। मैं ऊपर से हंसमुख बनी रहती पर मन ही मन खीझती रहती क्योंकि सहकर्मी-सहेलियां ही नहीं, अब तो छात्राएं भी टोकने लगी थीं—मैडम! आप मिसेज़ नहीं बनेंगी क्या?

फिर लड़के देखने भी आए। अधिकांश घर की दुर्दशा देख कर बिदक जाते, कुछ अगर आगे बात बढ़ाने की कोशिश भी करते तो पिताजी का व्यवहार उन्हें भड़का देता। मां उनसे भीख जैसी मांगने लगतीं। मैं ख़ून के आंसू पीकर रह जाती।

फिर मैं खुद अपने लिए योग्य वर ढूंढ़ने लगी। इधर-उधर, स्कूल में,

टाइप क्लास में, सड़क पर। और मैंने पाया कि बहुत सारे लोग मुझे स्वीकार करने के लिए तैयार हैं। लेकिन जीवनसंगिनी के रूप में नहीं, अंकशायिनी के रूप में। एक-दो विवाहित पुरुषों ने तो मुझसे इस तरह का प्रस्ताव करने की धृष्टता भी की। लेकिन मैंने उन्हें झिड़क दिया। (क्या आप विश्वास करेंगे कि इधर कई बार अपनी निद्राविहीन काली रातों में मैंने अफ़सोस के साथ सोचा है कि मैंने उन्हें क्यों झिड़क दिया?) कई बार सोचती दुनिया में जितनी आंखें हैं, उतने मर्द भी हैं, बल्कि कुछ ज़्यादा ही, तो फिर प्रॉब्लम क्या है? मेरा जोड़ीदार कहां है? वह मुझे मिलता क्यों नहीं? मैं ईश्वर पर बहुत ज़्यादा विश्वास नहीं करती, पर सोचती कि अगर वही यह सब कर रहा है तो मानना पड़ेगा कि वह कोई बहुत अच्छा मैनेजर नहीं है।

मन में यह ख़्याल भी आता कि कहीं ऐसा तो नहीं कि मां-पिताजी चाहते ही नहीं हों कि मेरी कहीं शादी हो जाए? क्योंकि मैं चली गई तो उनका गुज़ारा कैसे चलेगा? कहीं अनुकूलता दिखाने वाले लड़कों से वे गुपचुप ऐसी शर्त तो नहीं लगाते कि हमारी बेटी से शादी करोगे तो हमें भी अपने साथ रखना होगा? मुझे लगता, नहीं ऐसा नहीं हो सकता। कम से कम मां इसमें शामिल नहीं हो सकतीं। लेकिन जितनी ज़्यादा बार पिता मेरे सामने मेरी शादी की चिंता प्रकट करते और लंबी उसांसें भरते, उतना ही मेरा शक बढ़ता जाता। रात को पिताजी मां से ज़रूर कुछ पैसे खसोटकर ले जाते, देसी दारू पीकर आते, घंटे भर झींकते कि उन्हें बेटी की कमाई खानी पड़ रही है और कि कुंवारी बेटी छाती पर पहाड़ की तरह बैठी है और रोने लगते और फिर नाली पर बैठकर हड़ड़ हड़ड़ उल्टी करते और बग़ैर खाए-पिए सो जाते। रोज़ यही होता।

सब तरफ़ से हार कर मैंने भाइयों को लिखा कि मेरे सिर में सफ़ेद बाल आने लगे हैं, क्या मैं उमर भर यूं ही बैठी रहूंगी? सिर्फ़ महीने के महीने छोटा सा मनीऑर्डर भेज देते हो। या तो मेरी कहीं ठीक-ठाक नौकरी लगवा दो, या शादी करवाओ या कोई कुआं बता दो जिसमें डूब मरूं।

ख़ैर, मैं भाइयों को दोष नहीं देती। जब पैदा करने वालों ने ही परवाह नहीं की तो वे क्यों करें जिनकी अपनी घर-गृहस्थी, बाल-बच्चों की ज़िम्मेदारियां हैं।

यह तो बहुत बाद में मुझे समझ में आया कि मां-पिताजी बरसों से मेरे साथ कैसा मीठा और ज़हरीला नाटक कर रहे हैं। वे सचमुच नहीं चाहते कि मेरी शादी हो जाए। डरते हैं कि कहीं मैं ख़ुद ही किसी के साथ छिपकर या घर से भाग कर शादी न कर लूं। मेरे पिताजी घर से स्कूल तक रोज़ मेरा पीछा करते हैं। पीठ पीछे मेरे कमरे की तलाशी लेते हैं। मेरी व्यक्तिगत चीज़ों को खंगाल डालते हैं। बग़ैर किसी अफ़सोस, अपराध बोध या क्षमायाचना के। कुछ उचक्के क़िस्म के लोगों को छोड़ रखा है कि मुझ पर नज़र रखें। इस घर में रही तो कोई ताज्जुब नहीं यदि किसी दिन वे मुझे बेच डालें या किराए पर देना शुरू कर दें।

इसलिए अब ख़ुद इस नरक से निकलने की कोशिश कर रही हूं। ख़ुद ही अख़बार में विज्ञापन देख कर चिट्ठी लिख देती हूं। सबको इतना नहीं लिखती, सिर्फ़ बायोडाटा भेज देती हूं। आपको पता नहीं क्यों सारी बातें इतने विस्तार से लिख गई। पता नहीं क्यों, मुझे लगता है आप एक बार इसे पढ़ेंगे तो ज़रूर। वैसे भी परिचितों की बजाय अपरिचितों के आगे दिल खोल कर रखना ज़्यादा आसान होता है। अगर आपको लगे कि कोई चंट लड़की अपनी करुण कथा सुनाकर आपको ठगने या फंसाने की कोशिश कर रही है, तो प्लीज़, इस पत्र को तुरंत फाड़कर फेंक दीजिएगा। अगर आपको मेरी बातों में सच्चाई का एहसास हो और मेरे बारे में जानने की दिलचस्पी पैदा हो, तो आपका स्वागत है। मैं आपके बारे में उतना ही जानती हूं जितना आपने विज्ञापन में लिखा है। पता नहीं हम एक-दूसरे के लिए उपयुक्त जीवनसाथी होंगे या नहीं। यह फ़ैसला तो मिलने के बाद ही होगा।

पत्र का उत्तर कृपया स्कूल के पते पर ही दें, और लिफ़ाफ़े पर लाल स्याही से 'व्यक्तिगत' ज़रूर लिख दें।

तीन-चार साल देखती हूं, वरना कुछ और सोचूंगी। और कुछ नहीं तो सेल्फ़ोस और टिक ट्वंटी तो हमारे बीकानेर में भी बहुत मिलती हैं।

त्रुटियों के लिए क्षमायाचना।

रजनी शर्मा

पत्र समाप्त होने के बाद भी कुछ पल सन्नाटा सा खिंचा रहा।

तभी कपूर मीना कुमारी की नकल बनाते हुए माथे पर अपने बालों की एक 'लट' खींच कर थरथराती आवाज़ में बोला—तुम्हारे बग़ैर मैं कहां ऽऽ जाऊंगी भूतनाथ!!

और सब ज़ोर से हंस पड़े।

नहीं, सब नहीं। जोशी नहीं हंसा। वह झटके से उठ कर खड़ा हो गया और बोला—बस ठीक है यार! हर टाइम क्या खीखीखीखी! जानवरों की तरह।

शेष तीन जोशी को देखते रह गए।